바깥의 길

바람의 결 1

송진용 新무협 판타지 소설

초판 1쇄 찍은 날 § 2005년 2월 15일
초판 1쇄 펴낸 날 § 2005년 2월 25일

지은이 § 송진용
펴낸이 § 서경석

편집장 § 문혜영
편집 § 장상수 · 김희정 · 한지윤
마케팅 § 정필 · 강양원 · 이선구 · 홍현경

펴낸곳 § 도서출판 청어람
등록번호 § 제1081-1-89호
등록일자 § 1999. 5. 31
어람번호 § 제2-0528호

주소 § 경기도 부천시 원미구 심곡1동 350-1 남성B/D 3F (우) 420-011
전화 § 032-656-4452 팩스 § 032-656-4453
http://www.chungeoram.com
E-mail § eoram99@chollian.net

ISBN 89-5831-431-1 04810
ISBN 89-5831-430-3 (SET)

송진용 新무협 판타지 소설

Fantastic Oriental Heroes

바람의 길

1

■ 시련(試鍊)

도서출판 청어람

목
차

시작하면서

또 하나의 이야기를 떠올린다.

이번 것은 먼젓번 것과 다른 것이어야 한다는 강박 관념이 살아난다.

매번 겪는 일이지만 그때마다 곤혹스럽고 두렵다.

이번에는 무(武)를 통해서 '나'라는 존재를 찾아가는 한 사람의 이야기를 해보고 싶었다.

처절한 한(恨)과 통쾌한 복수.

그것이야말로 무협의 영원한 주제이면서 변치 않는 틀 중의 하나다.

로맨스에 삼각관계가 빠진다면 밍밍할 것이듯, 무협에서 복수가 빠진다면 역시 그럴 것이다.

그래서 이 이야기도 복수라는 커다란 틀을 전재로 하고 시작된다.

그러나 거기에만 머물고 싶지는 않다. 그건 나의 고집이기도 하고 의욕이기도 하다.

나는 복수를 뛰어넘어 참된 무인(武人)의 길을 걷고, '나'를 외치며 세상의 정점에 우뚝 서는 그런 사람을 원한다.

영웅이라도 좋고 아니라도 상관없다.

그저 자신의 고집대로, 자신의 의지를 따라 꿋꿋하게 나아가는 한 사람의 모습이면 족하다.

　세상이 그런 그를 두고 훗날 뭐라고 부르던지 그건 관심 밖이다.

　지금부터 내가 보여주고자 하는 곽무진(郭武進)이 가는 길은 바로 그런
길이다.

■ 제 1 장 ■

무진(武進)이라는 아이

무진(武進)이라는 아이

아버지는 늘 병색이 짙었다.
어머니는 한 번도 보지 못했다.
그게 여섯 살 난 무진(武進)의 인생이다.

―생일이다. 이제 일곱 살이 되는 것이다.

아침에 졸린 눈을 비비며 겨우 일어나자 아버지가 웃으며 그렇게 말
했다.
기름기가 떠 있고, 고깃점이 가라앉아 있는 국을 먹어본 게 언제인
가.
무진이 눈을 동그랗게 뜨고 바라보자 아버지가 창백한 얼굴에 한줄
기 미소를 띠고 다시 말했다.

"삼월 초이레. 네 생일이다."

일곱 번째 해주는 말일 테지만 무진은 매번 기억하지 못했다. 옛날에는 너무 어려서 그랬고, 작년부터는 너무 바빠서 그렇다.

"어서 다녀오너라. 오늘은 곧장 집으로 와야 한다."

"왜요?"

"아비가 네게 해줄 말이 있구나."

"……?"

더 물어보기에는 아버지의 표정이 너무 진지했다.

그래서 무진은 어제 그랬던 것처럼 오늘도 타박거리며 혼자서 산 너머 황가촌(黃哥村)의 서당으로 향했다.

이른 봄날 아침의 새소리는 언제 들어도 즐겁다. 파릇한 풀잎들마다 맺혀 있는 영롱한 이슬 방울도 예쁘다.

숲에서 뛰어나와 빤히 바라보다가 제풀에 깜짝 놀라 달아나는 저 토끼는 또 얼마나 사랑스러운가.

그래서 무진은 십 리 남짓한 길을 혼자 타박이며 가는 것이 조금도 지루하지 않았다.

공부는 청량산 위로 해가 한참 떠오른 뒤부터 시작한다. 어제 배운 글을 사부 앞에서 큰 소리로 외우고, 사부가 가리키는 글자를 알아맞힌 다음에는 점심을 먹는다.

조금 쉬었다가 다시 공부를 하는데, 이번에는 해가 태보산에 가까워질 때까지다.

늦게 일과를 시작하는데도 무진이 이처럼 아침 일찍 서둘러 서당으로 가는 데에는 이유가 있었다.

일을 해주기 위해서다.

매월 쌀 한 말, 콩 한 됫박을 내야 하는 월사금 대신 무진은 사부님 댁의 소소한 일을 돌보아주고 있었다.

공부 시작하기 전에 한 시진쯤, 끝나고 난 뒤에 다시 두 시진 남짓 해주는 일이지만 한 번도 그게 싫고 귀찮거나, 부끄럽게 여겨본 적이 없다.

마당을 쓸고 청소를 하면 깨끗해져서 내 마음도 상쾌해지고, 소에게 여물을 퍼다 주면 그놈이 좋아하니 나도 덩달아 기쁘다.

닭 모이를 준 다음에 오리 우리의 문을 열어서 풀어주고, 엄한 곳으로 가려는 놈은 회초리로 때려준다.

꽉꽉거리며 뒤뚱거리는 그놈들의 몸짓을 보는 일은 얼마나 재미있는가.

그때쯤이면 다섯 마리의 염소는 무진의 손을 기다리며 매앰거리고 보채기 시작한다. 그러면 그놈들을 끌고 싱싱한 풀밭을 찾아가는 일도 즐겁기만 했다. 경중거리는 귀여운 놈들 아닌가 말이다.

그날 아침도 무진은 그렇게 바삐 움직였다. 저녁에 해야 할 일까지 미리 다 해놓으려면 게으름 부려서는 안 된다.

동문수학하는 사형제들이 하나둘 모여들기 시작했다. 큰 놈은 열두엇 되었고, 작은 놈도 여덟 살이다. 그러니 다섯 명의 사형제들 중 무진이 가장 어린 셈이었다.

"오늘도 바쁘구나?"

열 살 난 가범이다. 무진에게는 언제나 따뜻했다.

"저기 지푸라기 떨어졌잖아. 언능 쓸어!"

아홉 살 난 종탁이는 때로 심술궂게 굴었다. 지금도 제가 슬그머니 던져 놓는 걸 보았다. 그래도 무진은 그가 밉지 않았다. 제 마음이 내키면 누구보다 잘 어울려 놀아주기 때문이다.

"알았어."

씩씩하게 대답한 무진이 빗자루를 들고 콩콩콩 뛰어가는 걸 보던 종탁이가 카악― 하고 발 아래 침을 뱉었다.

"여기 침도 떨어졌다. 사부님 나오시기 전에 언능 쓸어!"

막 서당으로 들어오던 아이가 무진의 빗자루를 꽉 밟았다.

"어?"

"요 꼬맹이가? 사형 옷에 마구 흙을 뿌릴 셈이냐?"

가장 나이 많은 대환과 두 번째로 나이 많은 수명이다. 그 둘은 언제나 붙어 다닌다. 열 살 난 수명이는 열두 살인 대환이의 심복 부하 같다.

"오는 걸 못 봤어. 미안해."

"또 그러면 재미없을 줄 알아?"

짐짓 눈을 부라려 보인 대환이 거들먹거리며 들어갔고, 그 뒤를 따르던 수명이 무진의 머리를 한 대 쥐어박았다.

아프지는 않다. 오늘 아침에는 다들 기분이 좋은가 보다.

하긴, 아프게 때렸다고 해도 무진은 소리치거나 울 수 없었다. 그러면 더 괴롭힌다는 걸 잘 알기 때문이다.

"무진아, 무진아, 사부님 나오셨어?"

헐레벌떡 뛰어들어 오며 그것부터 묻는 아이는 무진보다 한 살 많은 보문이다. 눈가에 눈곱이 그대로 붙어 있는 걸 보니 오늘도 늦게 일어난 모양이었다.

서당의 유일한 게으름쟁이, 지각 대장. 그게 여덟 살 난 보문이다.

"곧 나오실 거야."

"그래? 헤헤, 오늘은 안 늦었네."

다들 공부방으로 들어갔고, 마지막 정리를 해놓은 무진이 들어가자 사부님이 나오셨다. 여전히 근엄하고, 깨끗한 옷차림이다.

탁, 탁—

사부님이 회초리로 서탁을 두드렸다. 그게 신호다.

무릎을 꿇고 앉아 기다리고 있던 서동들이 일제히 어제 배운 명심보감(明心寶鑑) 구절을 소리 높여 외우기 시작했다.

—해고종견저 인사부지심(海枯終見底 人死不知心).

바다는 마르면 마침내 그 바닥을 볼 수 있지만, 사람은 죽어도 그 마음속을 알지 못한다.

—범인불가역상 해수불가두량(凡人不可逆相 海水不可斗量).

무릇 사람은 앞날을 점칠 수가 없고, 바닷물은 말[斗]로 그 양을 될 수 없다.

그렇게 하루의 공부가 시작되었고, 해는 어제나 다름없이 제 길을 유유히 흘러가 태보산에 가까워져 갔다.

"사부님, 오늘은 아버지께서 일찍 돌아오라고 하셨습니다."

"응? 무슨 일이라도 있는 게냐?"

"그건 모르겠는걸요?"

"그래. 그렇다면 아버님의 명대로 해야지. 어서 가보아라."

"오늘 못한 일은 내일 보태서 할게요."

"허허, 괜찮다. 걱정 말고 더 늦기 전에 어서 뛰어가거라."

절을 하고 물러나오자 밖에서 기다리고 있던 종탁이가 옷소매를 끌었다.

"개구리 잡으러 가자."

"벌써?"

"이런, 개구리 나온 지가 언제인데? 잡아서 궈 먹자."

"난 안 돼. 아버지가 일찍 오라고 하셨어."

"제기랄 놈 같으니. 그건 어른들이 늘 하는 소리야."

나이에 걸맞지 않게 벌써 걸쭉한 욕을 할 줄 아는 아이. 그런 종탁이를 보면 웃음부터 나온다. 헤, 웃은 무진이 달래듯 말했다.

"우리 내일 가면 안 될까?"

"쳇, 싫음 관두라지? 나 혼자 잡아서 배터지게 궈 먹을 거다."

종탁이가 입을 삐죽이며 돌아섰다. 그를 바라보는 무진의 입가에 더 큰 웃음이 걸렸다.

"너무 많이 먹지는 마. 개구리가 불쌍하잖아."

다들 가버렸다.

텅 빈 마당에 혼자 오두마니 서 있으려니 왠지 가슴이 허전해졌다. 그게 무엇 때문인지 알기에는 아직 어린 무진이었다.

올 때와 마찬가지로 타박거리며 돌아가는 무진의 뒷모습을 바라보는 사람이 있었다.

"저 아인가?"

"그렇다네."

"흠, 얼마나 영특하기에 자네가 그처럼 입에 침이 마르도록 자랑했는지 모르겠군."

"가세가 몰락해서 그렇지, 누군가 제대로 뒷받침만 해준다면 장차 높은 벼슬을 하게 될 걸세."

"태생은 모르고?"

얼굴이 훤하게 펴진 노인이 눈을 반짝이며 물었다. 말없이 머리를 끄덕이는 글선생의 얼굴에 수심이 어렸다.

"태생을 모른다면 그건 좀 곤란한데……."

"자네의 성이 사가(史哥) 아닌가. 저 아이도 사가라네. 그러니 잘된 일이지 뭘."

"종으로 부리려는 것도 아니고 양자를 삼겠다는 건데 근본을 모르는 아이라면 곤란하지."

"내가 보증함세. 무진의 아비를 만나본 적이 있었지. 예사 촌사람은 아니었네. 제대로 된 집안에서 제대로 된 교육을 받은 사람이 분명했어."

"그러니까 원래 이곳에 살던 자도 아니고 외지에서 흘러들어 온 자라는 거로군?"

"오 년 전에 저 아이를 안고 찾아왔지. 어디서 왔는지, 무얼 하던 사람인지는 아무도 모르네."

"허―"

살집 좋은 노인이 머리를 설레설레 저었다.

"아무래도 그건 안 되겠어."

"한번 만나보면 마음이 달라질 걸세."

"그럴까?"

"멀지 않으니 언제 시간을 내서 찾아가 보게."

"그런데 어디라고 했지?"

"청량산 아래 조령으로 갈라지는 길에서 왼쪽으로 한 마장쯤 떨어진 곳일세."

"마을 이름도 없어?"

"화전을 일구는 자들이 서너 집 모여 사는 곳인데 무슨 이름 같은 게 있겠나?"

"알았어. 일간 한번 찾아가 보지."

노인이 옷자락을 털고 일어섰다. 눈빛이 음침해지는 것을 글선생은 눈치채지 못했다.

글방을 나온 노인이 바쁜 걸음으로 마을을 벗어났다.

그는 삼십 리 밖 태보산 북쪽 기슭 우촌(牛村)에 사는 유복한 노인이다. 사가장(史家莊)이라고 인근에 제법 알려진 부유한 집안의 가주였는데, 글선생과는 젊었을 때 동문수학한 사이라 가끔 오갔다.

그런데 마을을 나온 사 노인이 향하는 곳은 우촌으로 가는 굽은 길이 아니었다. 잠시 길을 따라 걷던 그가 주위를 살피더니 성큼 산으로 뻗은 오솔길을 택해 들어선 것이다.

얼마쯤 갔을까. 울창한 소나무 숲 사이로 낡은 산신당이 보였다. 사 노인의 걸음이 더욱 빨라졌다.

신당 앞에서 다시 주위를 두리번거리고 난 노인이 조심스럽게 낡은 문을 밀치고 들어가자 한 사람이 불쑥 앞을 막아섰다. 깡마르고 양쪽 턱이 두툼해서 네모꼴의 얼굴을 한 자였다.

그자가 음침한 음성으로 대뜸 물었다.

"알아봤소?"

"그렇소이다."

"이름은?"

"무진이라 합디다."

"무진이라……."

네모꼴의 중년인이 희미하게 웃었다.

"어떻게 생겼습디까?"

사 노인이 제가 본 무진의 모습을 자세히 말해 주자 심각하게 듣고 있던 중년인이 다시 확인했다.

"그러니까 황가촌에 여섯 살 난 아이는 그 아이 하나뿐이라는 거지?"

"황가촌에 사는 아이가 아니오."

"어쨌든."

"그런데 여섯 살 난 사내아이라면 다른 곳에도 많을 텐데 굳이 황가촌에서 찾는 이유가 뭐요?"

"이 근처 십여 개의 촌락은 벌써 다 찾아봤지. 우리가 찾는 아이는 없었어. 황가촌이 마지막인 셈이오."

"그럼 그 아이가 맞소?"

"생김새를 들어보니 그런 것 같군. 나이도 꼭 맞고."

"청량산 아래 조령으로 갈라지는 길에서 왼쪽으로 한 마장쯤 떨어진 곳에 산다고 하오."

"좋소. 수고했소."

네모꼴사내의 얼굴에 기쁨이 반짝이고 지나갔다. 사 노인이 그의 눈치를 보며 조심스럽게 물었다.

"그럼 이제 내가 할 일은 다 끝난 거요?"

"물론."

"약속대로 내 집 식구들은 무사하겠지요?"

"약속을 했으니 지켜야지."

"고맙소."

사 노인이 긴 한숨과 함께 그렇게 말했다. 하지만 사내의 눈은 더욱 음침하게 빛날 뿐이다.

"대신 당신 목숨을 가져가야겠어."

"어?"

사 노인이 깜짝 놀라 주춤거렸다. 사내가 흐흐, 하고 낮게 웃었다.

"말이 퍼지면 안 되니까. 그리고 당신을 살려준다는 약속은 하지 않았지."

"이, 이런……."

일그러질 대로 일그러진 사 노인의 눈에 사내가 천천히 손을 뻗는 게 보였다. 삭정이처럼 깡마른 사내의 손가락이 노인의 사혈(死穴)에 닿았다.

사 노인은 한줄기 싸늘한 기운이 심맥에 흘러드는 걸 느끼고 맥없이 쓰러졌다. 한마디 비명도 지르지 못한 채였다.

며칠 뒤 마을 사람들이 발견한다면 그가 여우에 홀려서 이곳에 와 혼을 빼앗긴 거라고 수군댈 것이다.

"흐흐, 그동안 이 깊은 촌구석에 쥐 죽은 듯 숨어 있었군. 하지만 그것도 이젠 끝이다."

사내의 음침한 중얼거림이 신당 안의 칙칙한 어둠을 더 깊게 가라앉혔다.

"많이 먹어라."

"오늘은 이상하네요?"

"이상하긴, 마침 아비에게 돈이 몇 푼 생겼으니 그런 거지."

무진이 앞에 있는 볶은 쇠고기와 아버지를 번갈아 바라보다가 풀 죽은 얼굴을 했다.

"그러면 약포에 들러 약이라도 지으실 거지요."

"하하, 네 눈에는 아비가 곧 죽을 것처럼 보이기라도 하는 모양이구나?"

"며칠 전보다 더 안 좋아 보이는걸요?"

"그럴 리가 있겠느냐? 아비는 점점 좋아지고 있는 중이니 걱정하지 않아도 된다."

그것이 거짓말이라는 걸 모를 정도로 눈치가 둔한 무진이 아니었다. 내색하지 않아야 한다는 것도 안다.

늘 가난한 아버지가 어떻게 돈을 마련한 건지는 모르지만 쉽지 않았을 것이다. 그렇다면 맛있게 먹는 모습을 보여 드려야 한다. 그게 아버지를 기쁘게 해드리는 일 아니겠는가.

그래서 무진은 다른 때와는 달리 쩝쩝거리는 소리를 요란하게 내가며 정신없이 먹었다. 울컥 솟구치는 무엇이 눈시울을 뜨겁게 해서 목이 메이고 가슴이 답답해졌지만 젓가락질을 멈추지 않았다.

눈물이 나려는 것을 억지로 참고 있어야 하니 머리를 들 수도 없다. 그저 눈을 부릅뜨고 식탁을 노려보며 부지런히 젓가락을 놀릴 뿐이다.

푸짐해서 그 어느 때보다 슬픈 저녁 식사가 끝났다.

무진은 흐린 유등 불빛 아래 아버지와 마주 앉았다.

"네 성은 사가가 아니다."

"네?"

지그시 눈을 감은 채 오랫동안 침묵하던 아버지가 불쑥 내놓은 그 한마디가 무진에게는 벼락치는 소리처럼 들렸다.

"너의 성은 곽(郭)가이니라."

'곽무진…….'

입속으로 몇 번 중얼거려 보았지만 영 이상하기만 했다. 왜 갑자기 사가에서 곽가로 바뀐 것인지 알 수가 없다.

"너는 아비의 이름을 아느냐?"

"춘 자, 서 자요."

"그건 본래의 이름이 아니다."

"네?"

무진이 글을 배우면서 가장 먼저 익힌 게 아버지의 이름자였다. 사춘서(史春瑞). 삐뚤빼뚤하게 그 석 자를 써 보이자 아버지가 얼마나 기뻐했던가.

그런데 아니었다니…….

이제 무진은 자기가 꿈을 꾸고 있는 게 아닌가, 하고 의심하기 시작했다.

"아비의 진짜 이름은 문탁(文卓)이니라."

곽문탁(郭文卓).

무진은 그 이름의 의미를 전혀 알지 못했다. 그게 얼마나 무섭고 쟁쟁한 것이며, 얼마나 한이 깃들어 있는 이름인지 모르는 것이다.

"너는 누구에게도 아비의 진짜 이름을 말해 주어서는 안 된다. 네가 스스로 당당해질 때까지는 네 성이 곽가라는 것도 말해서는 안 된다. 약속하겠느냐?"

"……?"

"약속하겠느냐?"

아버지가 이처럼 엄한 얼굴로 강요하는 건 처음 본다. 왈칵 두려운 마음이 들었다.

무진이 울먹이며 겨우 '예' 하고 대답하자 비로소 아버지의 낯빛이 조금 풀렸다. 그가 무진의 머리를 쓰다듬어 주고 나서 다시 말하기 시작했다.

"이제 일곱 살이 되었을 뿐이지만 너는 남자다."

남자라는 말이 무진의 가슴에 박혀들었다.

'남자……'

그게 무얼 뜻하는 말인지는 모른다. 하지만 가만히 중얼거려 보자 왠지 어깨가 우쭐거려졌다.

"사나이는 한 번 한 약속을 결코 저버리지 않는다."

"알겠습니다."

아버지는 한동안 아무 말도 하지 않고 무진을 바라보기만 했다. 그 눈에 깃들어 있는 안타까움과 미안함, 절망이 무진의 작은 가슴속으로 고스란히 옮겨들었다.

한참 만에야 아버지가 다시 느릿느릿하게 말을 계속했다.

"너는 네 아비가 무엇을 하던 사람인지 아느냐?"

"모릅니다."

"그럼 보여주마. 잘 보아라."

곽문탁이 손가락 한 개를 꼿꼿이 폈다. 무진이 눈을 동그랗게 뜨고 입을 딱 벌렸다. 아버지의 손가락 주위에 은은히 자색 빛이 어렸기 때문이다.

곽문탁이 천천히 벽을 찔렀다.

무진은 도대체 아버지가 지금 제정신인가? 하는 의심이 들었다. 그러나 천천히 손가락을 밀어내고 있는 아버지의 얼굴은 엄숙하기만 했다. 무리해서 힘을 주고 있는 듯 얼굴색이 더욱 핼쑥해졌다.

그리고 손가락이 단단한 황토 흙벽을 뚫고 조금씩 박혀 들어갔다.

"앗!"

그 믿을 수 없는 일에 무진이 깜짝 놀라 비명을 터뜨렸다.

곽문탁의 손가락은 이제 벽 속에 완전히 박혀 버렸다. 마치 무른 진흙을 찌르듯이 그렇게 벽을 뚫은 것이다.

무진은 아버지의 얼굴을 보았다. 늘 보던 그 얼굴이고, 눈을 감아도 환히 떠오르는 그 얼굴이다. 그런데 지금은 아니었다. 무진의 눈에 아버지는 전혀 다른 사람인 것처럼 보였다.

그건 충격이었다.

"보았느냐?"

백지장처럼 창백해진 얼굴로 가슴을 움켜쥐고 거친 기침을 쏟아내고 난 곽문탁이 헐떡이며 물었다.

무진은 뭐라고 대답해야 할지 알 수 없었다. 어린 마음에도 그저 잘 보았다고 하는 건 이 커다란 충격을 표현하기에 너무 부족하다고 여겨졌기 때문이다.

"아버지는 이런 사람이었다."

몇 번 숨을 고른 후에야 다시 평상의 목소리를 되찾은 곽문탁이 그렇게 말했다.

무진은 아버지의 음성에서 쓸쓸함을 느꼈다. 아들 앞에서 자랑스러워하는 그런 말이 아니었던 것이다.

"너는 이게 뭐라는 건지 모르겠지?"

"어떻게 그렇게 할 수 있지요?"

"이건 아무것도 아니다. 하지만 아비는 네게 이까짓 금강지(金剛指)를 보여주는 데에도 너무 힘이 드는구나."

"……!"

무진은 금강지가 무엇인지 모른다. 아버지가 해 보인 저것이 어떤 의미인지 조금도 알지 못한다. 왜 아버지가 그렇게 해 보였는지도 알 수 없었다.

하지만 한 가지 저절로 깨달아지는 건 있었다.

'바로 저것 때문에 아버지가 늘 아프셨던 거야.'

무진은 그렇게 믿었다.

사람의 힘이라고는 믿을 수 없는 아버지의 저 놀라운 손가락 힘. 그것이 오히려 아버지를 해친 게 틀림없다.

"네가 태어나기 전에 사람들은 아비를 일러 진천수(震天手)라고 불렀더니라."

"진천수?"

그 말을 할 때 곽문탁의 얼굴에는 강한 자부심이 어렸다.

진천수(震天手) 곽문탁(郭文卓).

하지만 강호가 어떤 곳인지, 무공이 무언지 알지 못하는 무진에게 그 이름은 아무 의미도 없다. 그저 아버지가 걱정스럽고, 이상하게 변해 버린 이 분위기가 무서울 뿐이었다.

"너는 이제 일곱 살이 되었으니 혼자 살 수 있겠지?"

일곱 살과, 혼자 산다는 것 사이에 무슨 상관이 있단 말인가?

무진은 낯선 사람처럼 변해 버린 아버지를 바라보기만 했다. 아버지의 얼굴에 다시 쓸쓸함과 안타까움이 가득해졌다.

"내가 너를 끝까지 돌보지 못하게 되었다는 걸 네가 알아주었으면 좋겠다."

"대체 무슨 말이죠?"

"아비에게는 원수들이 많단다. 그들을 피해서 여태까지 잘 숨어 살아온 셈이지. 하지만 이제는 더 그럴 수 없게 되었구나."

"저는 아버지 말씀을 알아들을 수가 없어요."

"그렇지, 그래. 네가 어찌 내 말을 이해할 수 있겠느냐? 하지만 더 기다릴 수가 없으니 억지로라도 알려줄 수밖에 없다."

"꼭 지금 해야 하나요?"

곽문탁이 슬픈 얼굴로 조금 웃었다.

"오늘 밤 그들이 올 것이다. 아버지의 원수들 말이다."

"싸우실 거로군요."

"아니, 아비는 네가 보는 앞에서 죽을 생각이다."

"악!"

무진이 비명을 지르고 주춤 물러앉았다가 와락 아버지의 품속으로 뛰어들었다.

"무서워요. 그런 말은 하지 마세요. 제발."

"그들은 오늘 밤 나를 찾아올 것이고, 나는 더 달아날 수가 없다. 병이 깊어졌기 때문이지. 그러니 그들과 싸워서 이길 수도 없다. 내가 어떻게 할 수 있겠느냐?"

"그럼 숨어요. 지금이라도 청량산에 들어가 꼼짝하지 않고 숨어 있으면 그들이 찾지 못할걸요?"

곽문탁이 떨리는 손으로 무진의 등을 쓸어주며 쓸쓸히 웃었다.

"그들은 지금쯤 내가 이곳에 있다는 걸 알아냈을 테니 이제는 소용없지."

"거짓말이지요?"

무진이 간절한 눈길로 아버지를 보았다. 아버지가 껄껄 웃으며 너를 놀려준 거라고 말하기를 바라고 또 바라는 얼굴이다.

그러나 아버지의 낯설음은 조금도 달라지지 않았다.

"어제 장에서 그들을 보았다."

곽문탁이 애써 감정을 죽이고 그렇게 말했다.

무진에게 생일 아침 국을 끓여주기 위해 고기를 사러 나갔던 장터에서 그는 누군가를 본 것이다.

울먹이면서 무진은 아버지의 말이 정말인 모양이라고 생각했다. 그렇다면 대체 무엇 때문에? 어떻게?

가장 가까운 장도 이십 리나 떨어진 곳에 있다. 거기서 잠깐 보았을 뿐인 모양인데 그들이 아버지가 여기 사신다는 걸 어떻게 안단 말인가?

무진이 아는 한 아버지는 거의 밖으로 나가는 일이 없었고, 바깥 사람들과 왕래하는 일도 없었다. 그러니 장터에서 물어보아도 아버지가 어디 사는지 가르쳐 줄 사람이 없을 것이다.

"너는 이해하지 못한다. 그들은 충분히 그럴 수 있는 사람들이란다. 지난 오 년 동안 그들의 눈을 피해 살 수 있었던 게 더 이상한 일이지."

무진은 이제 의문을 버리고 그럴 것이라고 믿었다. 아버지가 그렇다고 하면 그런 것이다.

그리고 아버지는 정말 자신의 죽음을 보여줄 것이다.

죽는 게 무언지 무진은 아직 알지 못했다. 하지만 아버지가 죽으면 다시는 이렇게 마주 볼 수 없다는 건 안다.

무진은 그게 슬프고 무서웠다. 아버지를 다시는 보지 못하게 되다니.

우왕― 하고 기어이 울음을 터뜨리는 무진을 꼭 안고서 곽문탁은 남의 말 하듯이, 마치 옛날얘기라도 들려주듯이 천천히 말했다.

"나는 이 방법밖에 없다고 생각했다. 그러면 너는 평생 잊지 않겠지."

"싫어요! 아버지가 죽는 건 싫어요!"

무진이 아버지의 가슴을 두드리며 울부짖었다. 그럴수록 곽문탁의 마음은 더욱 아파지기만 했다.

"시간이 많지 않다. 너는 내 말을 잘 듣고 기억해야 한다. 이것이 내가 너에게 해주는 마지막 말이라는 걸 생각해라."

무진은 아버지의 마음을 돌이킬 수 없다는 걸 알았다. 그렇다면 그가 아버지를 위해서 할 수 있는 일은 아무것도 없다.

무진이 눈물을 훔치고 똑바로 앉았다. 그리고 아버지를 눈도 깜빡이지 않고 바라보았다. 그 얼굴을 머리 속에, 제 조그만 영혼 속에 새겨놓으려는 것이다.

곽문탁이 엄숙한 얼굴로 알아들을 수 없는 말들을 한동안 중얼거렸다.

무진은 온 정신을 모아 그 한마디 한마디를 놓치지 않고 머리 속에 붙잡아두었다. 아버지가 남기는 마지막 말인 것이다. 세상의 그 무엇보다 소중하고 아까운 것이 아닐 수 없다.

"잘 기억했느냐?"

"예, 똑똑히 기억했어요."

"그럼 네가 한번 해보아라."

이번에는 무진이 방금 아버지에게서 들은 이상한 말들을 중얼거리기 시작했다. 뜨거운 차 한 잔 마실 만한 시간 동안 외우면서 한 자도 틀리지 않고, 빠뜨리지 않았다.

곽문탁의 얼굴이 밝아졌다. 그가 무진의 머리를 쓰다듬으며 흡족한 미소를 지었다.

"장하다. 너는 이제부터 하루도 거르지 말고 아침저녁으로 외우고 또 외워야 한다. 절대로 한 자라도 잊어서는 안 된다."

"약속할게요."

"그래. 그래야 내 아들이지."

"그런데 이게 대체 뭐죠?"

"이건 아비의 사문에 전해져 내려오는 운기 비법이란다. 자부신공(紫府神功)이라고 하는 것이지."

그리고 곧 구절에 대한 해설을 해주기 시작했다. 어떻게 수련하고 운용하는 건지를 세밀하게 가르쳐 준 것이다.

"아비와의 약속대로 네가 지금부터 쉬지 않고 연마한다면 이십 년 후에는 대성하게 될 것이다."

"이십…… 년……."

무진에게는 실감나지 않는 세월이다.

"몇 년만 더 시간이 있었더라면 좋았을 것을……. 너에게 아무것도 전해주지 못하는 게 한스럽구나."

곽문탁이 길게 탄식했다.

"그런데 그들은 왜 아버지를 죽이려는 건가요?"

"오해 때문이지."

"그럼 서로 만나서 잘 이야기하면 되겠군요."

"벌써 몇 번이나 만나 이야기했었단다. 하지만 그때마다 오해는 더욱 깊어지기만 했다."

무진이 머리를 갸웃거렸다.

사부님은 풀지 못할 오해란 없다고 했다. 군자는 진실만을 말하고 진실되게 행동할 뿐, 구구한 변명을 하지 않는다고도 했다.

나의 마음과 생각과 행동이 떳떳하다면 천만인이 손가락질해도 조금도 두렵지 않은 거라고 하지 않았던가.

무진은 왜 아버지가 오해를 풀려고 하면 할수록 더 깊어졌다고 하는 건지 이해할 수가 없었다.

"이제 시간이 다 됐다."

곽문탁이 무진을 번쩍 안아 들고 급히 밖으로 나갔다. 마당 구석에 서 있는 굵은 소나무 아래 이른 그가 나무뿌리를 더듬는 것 같았는데 땅거죽이 불쑥 들려 올라왔다.

이런 날이 올 줄 알고 벌써 오래전부터 준비해 두었던 모양이다.

땅을 파고 묻어둔 항아리 속에 무진을 넣은 곽문탁이 다시 당부했다.

"내가 죽더라도 절대로 나오거나 소리를 내서는 안 된다. 그들은 너마저도 죽일 테니까. 이틀이 지난 뒤에는 나와도 좋다. 그리고 아무도 모르게 먼 곳으로 가거라. 약속하겠느냐?"

이제 이별할 때가 된 모양이다.

무진의 가슴이 두려움과 슬픔으로 무너졌다. 아버지가 탄식하더니 말했다.

"죽는다는 건 조금도 두려운 게 아니다. 나는 오히려 혼자 살아가게 될 네가 걱정이란다. 하지만 너는 사내이니 아무리 어려운 시련이 닥치더라도 꿋꿋하게 이겨내리라고 믿는다."

울고 싶지만 울 수 없는 게 이처럼 고통스럽다는 걸 무진은 처음 알았다.

무진이 애써 두려움을 참으며 머리를 끄덕였다. 하지만 창백하게 질린 그 얼굴과 덜덜 떨리는 몸마저 감출 수는 없었다.

다시 뚜껑을 닫고 한 뼘쯤 자라난 풀들을 잘 만져서 세워놓은 곽문탁이 마당 가운데 버티고 섰다.

무진은 뚜껑을 조금 밀어내고 풀잎들 사이로 그런 아버지의 모습을 바라보았다.

땅 위로 드러난 나무뿌리와 잡풀들 때문에 아무리 눈이 밝은 자라고 해도 무진이 그곳에 있다는 걸 알아볼 수는 없을 것이다.

흐린 달빛 아래 우뚝 서 있는 곽문탁은 조금도 움직이지 않았다.

무진은 그런 아버지의 모습을 훔쳐보면서 처음으로 천지신명에게 간절히 빌어보았다.

―제발 그들이 오지 않도록 해주세요. 제발 아버지를 살려주세요. 그러면 무엇이든 시키는 대로 다 하겠습니다.

하늘은 언제나 잠잠하고 땅은 언제나 무심할 뿐이다.

무진의 간절함에 대한 응답이 있을 리 없다. 그래서 무진은 더욱 불안하고 두려워 숨이 막힐 지경이 되었다.

그때 그들이 왔다.

■ 제2장 ■

천애(天涯)에 홀로 떠도는 몸이 되다

천애(天涯)에 홀로 떠도는 몸이 되다

삐이익—

괴조의 울부짖음같이 높고 날카로운 휘파람 소리가 멀리서 들려왔다.

곽문탁은 듣지 못한 듯 여전히 마당 한가운데 우뚝 서 있을 뿐이다. 무진은 사뭇 떨리는 가슴을 쓸며 눈도 깜짝하지 않고 그런 아버지의 생소한 모습을 바라보았다.

"흐흐흐, 천하를 오시하던 곽문탁이 이런 곳에 쥐새끼처럼 숨어 살게 될 줄이야 누가 알았으랴."

"진천장이 하늘마저 놀라게 한다던데 과연 아직도 그럴까?"

마당에는 어느새 다섯 명의 괴한이 아버지를 에워싸고 서 있었다.

갑자기 하늘에서 뚝 떨어지기라도 한 것처럼 여겨졌다. 눈을 부릅뜨고 있었건만 무진은 그들이 언제 어디서 어떻게 나타난 건지 똑똑히 보지 못했던 것이다.

무섭게 번쩍이는 아버지의 저런 눈빛도 처음 보았다.

무진은 저건 아버지의 눈이 아니라고 생각했다. 늘 다정하게 바라보고, 부드럽게 안아주던 그 아버지의 모습이 지금은 어디에서도 보이지 않았다.

보는 것만으로도 가슴을 압박해 오는 어떤 알 수 없는 힘을 온몸에 두르고 있는 사람.

그것이 머리맡에서 옛날얘기를 해주고, 먼 길을 걸어서 장에 다녀와 오늘 아침에 생일상을 차려주었던 그 아버지라고 어찌 믿을 수 있을 것인가.

달빛 아래에서 곽문탁의 얼굴은 붉은빛을 띠고 번쩍거렸다. 병색이 완연하던 그 창백한 얼굴이 아니다.

내내 침묵하고 있던 그가 천천히 입을 열었다.

"오랜만이군. 그동안 잘들 지냈는가?"

그것 또한 무진이 늘 들었던 아버지의 자상한 음성이 아니었다. 도대체 저 건조한 말소리는 누구의 것이란 말인가.

"흐흥, 너를 찾아 온 천하를 헤매고 다니기 벌써 오 년째다. 하루도 두 발을 편히 뻗고 자본 적이 없었지."

"그렇군."

"천하가 아무리 넓다고 해도 이제 더 이상 네가 숨을 곳은 없어."

"그렇겠지."

"훔쳐 간 보전(寶典)을 내놓아라. 그러면 고통없이 죽여주겠다."

곽문탁이 한쪽 볼을 일그러뜨리며 소리없이 웃었다.

"원래 내 사문의 물건이었다. 그게 언제부터 너희들의 것이 되었지?"

"여전하군."

곽문탁과 다섯 괴한들 사이에 무거운 침묵이 흘렀다.

흘러내린 머리카락을 쓸어 넘기며 자연스럽게 무진이 숨어 있는 소나무 쪽을 힐끔 바라본 곽문탁이 다시 소리없이 웃었다. 아까와는 달리 쓸쓸하고 어두운 웃음이었다.

"날이 밝아지기를 기다리는 건가?"

그 말에 다섯 괴한들이 일제히 흥! 하고 코웃음을 치며 한 걸음씩 물러섰다.

"어린 아들이 하나 있을 텐데?"

문득 이제야 생각났다는 것처럼 한 사람이 그렇게 물었다. 곽문탁의 어깨가 흠칫하고 떨렸지만 순간적인 일이다. 말을 꺼냈던 괴한이 흐흐, 웃었다.

"마지막 기회다. 보전을 넘겨주면 네 혈육은 살려주마."

"그 아이는 벌써 떠났다."

"그래? 믿을 수 없는걸?"

괴한이 재빠른 눈길로 주위를 훑어보고 나서 다시 말했다.

"끝까지 고집을 부린다면 대를 끊어버릴 수밖에."

순간 곽문탁이 이얍! 하고 날카롭게 소리치더니 그자를 향해 번개처럼 덮쳐 가며 일권을 내질렀다.

우웅— 하는 웅장한 파공성이 급하게 퍼져 나갔다.

"흥!"

예상하고 있었다는 듯 괴한이 몸을 비틀며 마주 일장을 쳐냈다. 두 사람이 뿜어낸 경력이 허공에서 부딪치자 꽝! 하는 요란한 폭음이 터져 나왔다.

첫 수가 실패하자 곽문탁은 즉시 풍차처럼 맴돌며 권과 장을 섞어 사방을 쓸어치고 걷어찼다.

그의 일권 일장이 뻗어나갈 때마다 허공에 우르릉거리는 뇌성이 진동하고 사나운 경기의 폭풍이 흙과 돌조각을 말아 올렸다.

괴한들도 그에 못지않게 재빨리 움직이며 맹렬한 공격을 퍼부었다.

검을 쓰는 자가 하나, 권장을 쳐내는 자가 하나, 칼을 휘두르는 자가 하나, 채찍을 치는 자가 하나였다. 그리고 특이하게 마지막 한 명은 날이 굽은 두 자루의 얇은 칼을 썼다.

그들의 병장기와 권격이 미친 듯 아버지를 들이치고 감싸는 것을 보면서 무진은 저도 모르게 주먹을 꼭 쥐고 이를 악물었다.

이런 일이 세상에 있으리라고는 꿈에서도 생각해 보지 못했다. 사람이 어쩌면 저렇게 빠르고 가벼우면서 맹렬하게 움직일 수 있으며, 흉흉한 살기를 쏟아낼 수 있단 말인가.

다섯 괴한들의 놀라운 움직임도 그렇지만 무진에게는 처음 보는 아버지의 저 손짓 발짓이 더욱 놀랍고 기막혔다.

늘 기침을 하고 조금만 움직여도 가쁜 숨을 헐떡이던 그 아버지는 어디에 있단 말인가.

창백한 얼굴에 손을 떨던 아버지는 어디 가고, 저렇게 무섭고 사나운 사람이 남았단 말인가.

하지만 무진은 저도 모르게 마음속으로 간절히 빌고 있었다. 제발 아버지가 저 다섯 사람들을 모두 이기게 해달라고. 그래서 자기를 업고 이 끔찍한 곳을 떠나게 해달라고.

곽문탁의 두 손은 네 개의 각기 다른 병장기와 한 쌍의 권장을 맞아 쉴 새 없이 움직였다. 그의 일권 일장이 뻗어나가고, 열 손가락이 활짝 펼쳐져 잡아채 갈 때마다 따가운 파공성이 높이 일었다.

"좋구나! 진천수가 과연 허명은 아니었어!"

검을 찌르던 자가 크게 외치며 훌쩍 뛰어 물러섰다. 그의 앞가슴 옷자락이 길게 찢어져 그리로 손톱에 패인 맨살이 드러났다.

"흥! 그래 봐야 얼마나 버티겠어?"

덩치 큰 자가 등이 두터운 칼을 벼락처럼 내려치며 소리쳤다. 곽문탁이 몸을 기울이며 주먹으로 그자의 칼몸을 후려치고 날카롭게 외쳤다.

"단문도(斷門刀)!"

그가 체중을 실었던 왼발을 축으로 반 바퀴 돌며 어느새 칼을 내려친 자의 옆에 붙어서 팔꿈치를 불쑥 내밀어 태양혈을 찍었다.

"헛!"

놀란 괴한이 급히 칼을 들어 막았다. 곽문탁의 팔꿈치와 부딪친 칼몸에서 땅! 하는 맑은 쇳소리가 터져 나왔다.

크게 칼을 휘둘러 곽문탁을 떼어놓은 자가 성큼 물러서자 멀리서 쐐애액― 하는 요란한 파공성과 함께 긴 채찍이 날아들었다.

"염라편(閻羅鞭)!"

곽문탁이 다시 크게 외치고 재빨리 몸을 웅크렸다. 그의 목을 휘감을 듯하던 채찍이 허공을 치더니 교묘하게 끝이 말렸다가 튕겨진 것처럼 펴지며 가슴을 찔렀다.

"흥! 그 정도로는 아직 나를 상대할 수 없지!"

코웃음을 날린 곽문탁이 와락 손을 뻗어 채찍을 잡아채려 했다. 그러자 채찍이 스스로 살아 있는 것처럼 좌우로 급히 꿈틀거리며 물러났다.

"혈왕폭으로 과연 일각이나 제대로 버틸 수 있을까?"

네모꼴의 중년인이 쌍장을 번갈아 쳐서 채찍이 물러난 자리를 메우며 음침하게 중얼거렸다.

혈왕폭(血王爆)은 몸 안에 남아 있는 진원지기를 남김없이 끌어올려 폭발적인 힘을 내게 하는 신공이다. 그런 만큼 단 한 번 사용할 수 있을 뿐인 금단의 마공이기도 했다.

곽문탁은 오 년 전에도 이들과 싸운 적이 있었다. 그때 심각한 부상을 입고 내공을 거의 잃었다. 그 즉시 운기요상을 해야 했지만 무진을 데리고 달아나느라 제대로 치료하지 못했는데, 그것이 오 년이라는 세월을 두고 점점 그의 몸을 갉아먹고 있는 중이었다.

그게 무진이 늘 병색 짙은 아버지를 보아야 했던 이유였다.

지금 곽문탁은 마지막으로 혈왕폭이라는 금지된 신공을 끌어올려서 이들과 싸우고 있었다. 다섯 괴한들은 그것을 알아채고 조금도 서두르지 않았다.

네모꼴중년인의 화려한 장법이 곽문탁을 경력의 회오리 속에 가두었다. 보기에도 위태위태한 그 순간에 곽문탁이 다시 커다랗게 소리쳤다.

"낙화신장(落花神掌)!"

곽문탁이 왼손을 매의 발톱처럼 웅크려 중년인의 어깨를 잡아채면서 오른손의 다섯 손가락을 활짝 펼쳐 금강지력을 쏟아냈다.

"헛! 무시무시하군!"

중년인이 두려운 얼굴을 하고 급히 몸을 뺐다. 그 즉시 두 자루의 달처럼 굽은 만도(蠻刀)가 소리도 없이 곽문탁을 베어왔다.

"천외쌍도(天外雙刀)!"

그때쯤 곽문탁의 기력은 썰물 빠지듯 급속히 빠져나가고 있었다. 혈왕폭의 위력이 다한 것이다.

곽문탁이 품에서 벽옥소(碧玉簫)를 꺼내 들었다. 그리고 온 힘을 다해 옥퉁소를 휘둘러 허공에 현란한 궤적을 남기며 찍고 후려치고 쓸어갔다.

"핫! 그놈의 옥퉁소가 언제 나오나 했더니 이제야 나오는군?"

좌우로 나누어 쥔 한 쌍의 만도를 어지럽게 그어대던 자가 비웃음을 터뜨렸다. 하지만 그의 얼굴은 침중하게 가라앉았고, 번쩍이는 눈빛이 옥퉁소에서 한시도 떨어지지 않았다.

삐이이이―

곽문탁이 퉁소를 휘두를 때마다 곱고 날카로운 소성(簫聲)이 쏟아져 나와 하늘을 찔렀다. 진기가 충만하게 실려 있다면 그 소리만으로도 상대의 넋을 빼앗으련만 지금은 그렇지 못해서 한이었다.

그러나 쌍도괴한은 그것만으로도 정신이 어지러워지는 듯 얼굴을 붉힌 채 이를 악물며 좌우의 칼을 더욱 신랄하게 휘둘러 필사적으로 대항했다.

"설마 나를 잊은 건 아니겠지?"

등 뒤에 있던 자가 쌍도괴한을 도우려는 듯 질풍처럼 달려들며 검을 곧게 세워서 매섭게 찔렀다.

"매종칠검(梅從七劍)!"

역시 그자의 검법명을 크게 외친 곽문탁이 재빨리 돌아서며 벽옥소를 마주 뻗어냈다.

땅―!

벽옥소가 검신을 두드리자 맑고 낭랑한 소리가 터져 나왔다.

지이이익―!

그리고 그것을 긁으며 타고 오르는 끔찍한 소리에 무진의 머리카락이 다 곤두섰다.

"헛! 과연 명불허전!"

급히 검을 털어서 벽옥소를 뿌리친 괴한이 크게 한 걸음 물러서며 소리쳤다.

'아버지는 나에게 알려주신 거다.'

항아리 속에서 두 눈만 내놓은 채 그 모든 광경을 똑똑히 지켜보고 있던 무진은 비로소 그것을 깨달았다.

다섯 명의 괴한과 그들이 펼쳐 낸 다섯 가지의 무공.

곽문탁은 그 무공의 이름들을 일일이 소리쳐 무진에게 기억시켰던 것이다.

'잊지 않는다.'

무진이 눈물을 떨어뜨리며 이를 악물었다. 잊으려고 해도 그건 절대로 잊혀지지 않을 것이다.

"하하하― 고양이가 병들어 힘이 다하니 쥐새끼 다섯 마리에게도 놀림을 당하는구나!"

곽문탁의 한스러운 외침이 밤하늘 멀리 퍼져 나갔다.

번쩍 정신을 차린 무진이 눈을 부릅뜨고 급한 숨을 들이켰다. 제 손으로 입을 꽉 틀어막은 무진은 주먹을 깨물어서 비명을 삼켜야 했다.

힘이 다한 아버지의 손짓은 이제 덧없는 것에 지나지 않았다.

씨잉.

바람을 가르고 떨어지는 차가운 칼날이 어둠 속에서 번쩍거렸다.

'악!'

무진의 가슴속에 찢어지는 비명이 가득 찼다. 그러나 결코 소리 내어 외치지 않았다. 더욱 눈을 부릅뜨고 똑똑히 지켜볼 뿐이다. 악문 이빨이 입술을 파고들었지만 아픔도 느끼지 못했다.

"욱!"

아버지의 낮은 신음이 불칼이 되어서 어린 무진의 가슴에 박혀들었다.

쩍 벌어진 옆구리에서 붉은 선혈이 뿜어져 나오는 아버지. 그의 등을 다시 만도의 창백한 도신이 훑었다.

또 한줄기의 선혈이 어두운 허공에 왈칵 뿜어지고 곽문탁은 두어 걸음 비틀거리고 물러섰다. 그러나 쓰러지지 않았다. 애써 버티며 눈을 부릅뜨고 목전에 닥쳐든 죽음을 노려볼 뿐이다.

그 시퍼렇게 살아 있는 의지가, 처절함이 무진의 뼛속으로 고스란히 옮겨왔다.

아버지가 무엇을 원하고 있는지 무진은 다시 한 번 느꼈다. 그래서 아이는 견디기 힘들 만큼 커다란 그 충격을 꾹꾹 참으며 숨 쉬는 것마저도 잊은 채 아버지를 바라보았다.

"하하하. 천하의 진천수도 이렇게 끝나는구나!"

덩치 큰 괴한이 칼을 번쩍 들어 올린 채 비웃음을 터뜨렸다. 그리고 천천히 그것을 내려 아버지의 어깨 위에 올려놓았다.

이제 곽문탁은 자신의 몸에서 흘러내린 피로 흠뻑 젖어 있었다. 창백한 얼굴에 부들부들 경련이 일었다. 하지만 꼿꼿하게 선 자세를 조금도 흐트러뜨리지 않았다. 냉엄한 눈길로 괴한을 노려볼 뿐이다.

"흐흐흐. 나는 언제든 네놈의 살속에 내 칼을 박아 넣어보고 싶었어. 이제 그 소원을 풀게 되었으니 한이 없다."

괴한이 낮게 중얼거리며 곽문탁의 어깨 위에 놓인 칼에 지그시 힘을
주었다.

무진은 그것이 아버지의 살을 가르고 뼈에 박혀 버걱거리는 소리를
똑똑히 들었다.

아버지가 견디고 있을 그 고통과 절망이 고스란히 옮겨들었다. 차라
리 눈을 감고, 차라리 내가 먼저 죽어버리는 게 나을 거라는 충동을 견
디는 게 더 힘들었다.

끝까지 눈을 뜨고 아버지의 저런 모습을 지켜봐야 한다는 건 괴한들
에게 머리가 밟혀 깨지는 것보다 더 견딜 수 없는 고통이었다.

"이제 끝내자!"

저쪽에 물러서 있던 깡마른 자가 긴 채찍을 휘둘렀다. 쐐애액 하는
날카로운 파공성을 터뜨리며 날아온 채찍이 아버지의 목을 휘감았다.

"크하하하!"

갑자기 아버지의 미친 듯한 웃음소리가 터져 나왔고, 그 목이 허공
을 날았다.

'크윽!'

비명을 삼키는 무진의 입에서 울컥울컥 피가 토해졌다. 하지만 아이
는 끝까지 눈을 감지 않았다. 숨마저 멈추고 찢어질 듯 부릅뜬 눈으로
똑똑히 바라볼 뿐이다.

머리를 잃은 채 우뚝 서 있는 곽문탁의 가슴에 잔인한 검이 깊이 박
혔고, 괴한의 일장이 작렬했다.

펑!

가슴이 움푹 함몰된 채 훌훌 날려가는 곽문탁의 몸에서 핏줄기들이
왈칵 뿜어져 어두운 허공을 적셨다.

손에 쥐었던 벽옥 퉁소가 떨어져 맑은 소리를 내며 굴러갔다.

몇 번 꿈틀거리던 곽문탁이 사지를 쭉 뻗은 채 잠잠해졌다. 그리고 허공 높이 솟구쳤던 그의 머리가 떨어져 뒹굴었다.

공교롭게도 그것은 마당 구석의 소나무 아래까지 굴러와 멎었는데, 부릅뜬 눈이 무진을 응시하고 있었다.

무진은 아버지의 그 마지막 눈길을 고스란히 받았다. 그것에 서려 있는 한과 고통이, 절망이 남김없이 무진의 눈 속으로 옮겨왔다.

무진은 아버지의 눈에서 맑은 눈물이 흘러내려 마른땅을 적시고 스며드는 걸 똑똑히 보았다.

'네가 혼자서 어찌 살아갈 수 있을지…….'

눈물은 무진에게 그렇게 말하고 있었다.

무진은 애써 터져 나오려는 울음과 신음을 삼키며 부릅뜬 채 생기를 잃어버린 그 아버지의 눈을 똑바로 바라보았다. 덧없이 어둠을 향하고 있는 그 눈. 아직도 염려와 절망과 한이 남아 떠돌고 있는 그 눈을…….

곽문탁의 주검을 둘러싼 자들은 모두 말이 없었다.

그들에게도 그의 덧없는 죽음은 충격이었던 모양이다. 그렇지 않으면 허무함을 느낀 것일까?

오랫동안 쫓았던 자를 죽이고 난 뒤의 허탈감에 빠진 건지도 모른다.

무겁고 축축한 침묵이 이어졌다. 그리고 누군가가 한숨과 함께 말했다.

"뒤져 보자."

퍼뜩 정신을 차린 그들이 곽문탁의 품을 뒤졌다.

"있다!"

한 명이 낡은 책 한 권을 꺼내 들고 높이 치켜든 채 그렇게 소리쳤다.

"현천무경(玄天武經)!"

그것을 본 자들이 일제히 떨리는 음성으로 외쳤다.

무진은 어둠 속에서도 똑똑히 보았다. 매종칠검을 쓰던 자가 번쩍 쳐들고 있는 그 책에 아직도 아버지의 뜨거운 피가 묻어 있는 것을. 그리고 기쁨으로 떨고 있는 자들을.

무진은 저들의 손에 있는 낡은 책 한 권이 바로 이 모든 일의 원인이라는 것을 알았다. 그러자 어린 마음에도 그 책에 대한 증오와 다섯 괴한들에 대한 노여움이 들끓어 올랐다.

"아직 문탁의 아이가 남아 있다."

문득 채찍을 쓰던 자가 주위를 두리번거리며 그렇게 말했다.

"뿌리를 남겨두고 갈 수는 없지."

괴한들이 즉시 사방으로 흩어졌다. 두 명은 집 안으로 뛰어들어 갔고, 나머지 세 명은 집 주위를 샅샅이 훑었다.

무진은 더 이상 아버지의 공허한 눈을 바라보고 있을 수가 없었다. 그가 살며시 뚜껑을 내리고 몸을 웅크렸다. 짙은 어둠과 항아리의 차갑고 단단한 느낌이 무진을 아득한 나락으로 끌어내렸다.

어머니의 태중에 이렇게 웅크리고 있었을 때는 편안했을 것이다. 하지만 지금 무진에게는 지옥의 어둠 속에 홀로 내던져진 것 같은 절망과 두려움이 있을 뿐이었다.

누군가가 소나무 아래로 다가왔다. 조심스런 발자국 소리가 주위를 맴돌았다. 그러더니 옷자락 펄럭이는 소리가 났다. 나무 위로 뛰어오르는 것이리라.

집 안에서는 우당탕거리는 소리와 집기 깨지는 소리들이 쉬지 않고 들려왔다. 무진은 아무것도 보이지 않는 어둠 속에서 무릎을 감싸 안고 웅크린 채 그 모든 소리를 들었다.

아버지의 공허한 눈이 저만큼 둥둥 떠 있었다.

잘 자라, 잘 자라. 꿈을 꾸면 꽃밭의 나비가 되고, 꿈을 깨면 우리 아기가 되지. 잘 자는 아기는 예쁜 아기. 항아(姮娥)님 품에서 나왔나, 동모(洞母) 할미 옥갑에서 나왔나……

언젠가, 이불을 토닥거리며 불러주었던 아버지의 자장가가 은은한 향기가 되어 떠돌았다.

소나무 위에 올라갔던 자가 가볍게 뛰어내렸다. 무진이 파묻혀 있는 나무뿌리 곁이다. 그자가 다시 세심한 눈길로 나무를 따라 한 바퀴 돌며 위와 아래를 유심히 살펴보았다.

"없다!"

집 안에 들어갔던 자들이 튀어나오며 소리쳤다.

"여기도 없는걸?"

나무 밑에서 돌아본 자가 마주 소리치고 마당으로 달려갔다. 집 안에서 매캐한 연기가 뭉클 피어오르더니 이내 사나운 불길이 넘실거렸다.

"아무래도 산으로 달아난 것 같은데?"

"모두 흩어져서 찾아보고 새벽에 거기서 모이기로 하자."

"좋아. 나는 동쪽으로 가지."

투닥거리는 발자국 소리들이 멀어졌다.

숨도 쉬지 않는 것같이 웅크리고만 있을 뿐, 무진은 꼼짝도 하지 않았다.

집이 훨훨 불타는 모양이었다. 마른 나무 타는 소리가 요란하게 들리더니 우르르 하고 벽과 지붕이 무너지는 소리도 들렸다.

그러나 항아리 속은 여전히 죽음처럼 어두울 뿐이었다. 그 모든 소리들마저 아득히 가라앉았다.

이제 무진은 무섭지도, 슬프지도, 억울하지도 않았다. 아무것도 생각나지 않고, 아무 감정도 떠오르지 않았다. 오직 저만큼 둥둥 떠 있는 아버지의 공허한 눈을 보고 또 볼 뿐이다. 그저 멍하니 그렇게 바라보고 있는 것이다.

얼마나 시간이 지났을까. 무진은 그것마저 잊었고, 제가 있는 곳도 잊었다. 아니, 살아 있는 건지 죽은 건지도 잊은 채 존재하는 듯, 존재하지 않는 듯 모호한 상태가 되어서 어둠으로 녹아들고 있을 뿐이었다.

"에그, 에그……. 이게 무슨 변고야, 그래……."

"대체 이 불쌍한 사람이 무슨 죄를 지었기에 천벌을 받았누……."

"그런데 무진이는? 그 아이는 어디 있는 거지?"

"설마 집 안에서 나오지 못하고 타 죽은 건 아니겠지?"

사람들의 두런거리는 소리가 들려왔다. 아침이 된 모양이다.

아버지는 이틀간 꼼짝하지 말라고 했다. 무진은 아버지의 말들을 모두 똑똑히 기억하고 있었다. 한마디도 잊어버리지 않았다. 잊어버릴 수가 없는 것이다.

"어젯밤에 대체 무슨 일이 있었던 거야?"

"낸들 아나? 하늘이 흔들리고 땅이 요동치는 것같이 굉장한 소리가 들리더니 이 모양이 되어버렸군 그래."

"아마도 천신들이 내려와 한바탕 싸움을 했던 모양이야."

"그럼 무진 아비는 원래 천신이었다가 쫓겨난 신세였던 모양이군."

"어쩐지, 예사 사람 같지 않아 보이더라니……."

"그나저나 이 일을 어쩐담……."

뚝뚝 떨어져서 살고 있는 네 가구의 사람들이 모두 모인 게 틀림없었다.

'귀원전량(歸元前輔) 포시허공(抱始虛空) 임독개구(任督開口) 무차진원(無次眞元)…….'

무진은 아버지로부터 들은 구결을 마음속으로 중얼거리고 있었다.

낮인지 밤인지 알 수 없는 그 모호한 어둠 속에서 아이는 정령이 되어 주문을 외우고 있는 것이다.

외우고 또 외우노라면 어느덧 신명이 돌아서 아버지가 훌쩍 살아날지 모른다고 믿기라도 하는 것 같았다.

"우선 제를 올려서 천신의 노기를 달랜 다음에 죽은 사람은 남쪽 호두나무 아래에 묻어주고, 불탄 집 자리는 정리를 하세."

누군가의 말에 사람들이 모두 그렇게 하자고 동의했다.

"그런데 이 벽옥 퉁소는 어쩌지? 보아하니 무진 아비가 지녔던 물건인 듯한데……."

"이 사람. 천신의 노여움을 탄 그런 부정한 물건을 탐내다가는 재앙을 면치 못할 걸세. 그건 서쪽 관음당에 모셔서 액을 예방하도록 하세나."

"그래, 그게 좋겠어."

벽옥 퉁소는 그 자체로 누구나 탐낼 만큼 값진 물건이다. 게다가 그 것은 맑은 옥빛 위에 은은한 칠채 문양(七彩紋樣)까지 띠고 있었다. 여 의주를 물고 날아오르는 용이 섬세하게 새겨져 있는 것이 예사롭지 않 아 보인다.

하지만 순박한 촌사람들에게는 그저 살신지화에 멸문지화를 가져오 는 악귀 붙은 물건으로 여겨질 뿐이었다. 그것이 강호에서 음룡옥소(吟 龍玉簫)로 불리는 보물이라는 것을 알 리가 없으니 더욱 그렇다.

오래지 않아 닭을 잡는 소리가 들리고 몇 가지 음식과 곡물을 그릇 에 담아내는 소리들이 들렸다. 제상을 준비하는 것이다.

화전민 부락에서 가장 연장자인, 북쪽 언덕의 흙집에 살고 있는 유 노인이 제주가 되었다. 노인이 웅얼웅얼 알아들을 수 없는 말을 읊조 리며 수도 없이 머리를 조아리고 손을 비벼댔다.

사방에 옥수수를 걸러 만든 탁한 술을 뿌리고 다시 한바탕 주문을 외며 맴돈 노인이 손뼉을 친 것으로 제를 끝냈다.

"자, 무진 아비를 묻으러 가자. 너희들 두 사람은 집터를 뒤져서 무 진이의 유골이라도 있거든 잘 거두어들이고. 에그, 그 어리고 똘똘한 것이 어쩌다가 이런 횡액을 당했누 그래. 쯧쯧……."

노인이 지저분한 옷소매로 눈물을 찍어내며 혀를 찼다.

다시 밤이 되었다.

낮 동안 법석을 떨며 들끓던 사람들의 기척이 사라진 지 오래다. 무 진은 여전히 항아리 속에서 자는 것도 아니고 깨어 있는 것도 아닌 채 웅크리고 있었다.

눈물이 말라 버린 지는 오래전이다. 이제는 아버지의 그 공허한 눈 도 사라졌다.

'엄마……'

차가워진 항아리 속에서 무진이 가만히 불러보았다. 그러자 가슴이 찢어지는 듯 아파오고 다시 눈물이 흘러내렸다.

무진은 한 번도 본 적이 없는 엄마의 얼굴을 그려보기 위해 애썼다. 하지만 짙은 안개 속인 것처럼 모호할 뿐이었다. 그런데도 달착지근한 젖 냄새가 맡아지고 혀끝에 느껴졌다.

엄마라는 말속에는 그런 신비로움이 숨어 있는가 보다.

무진은 아버지가 왜 혼자서 자기를 안고 이곳에 찾아왔는지 알 것 같았다.

어머니는 아버지보다 먼저 그들에게 죽임을 당한 것이 틀림없다. 그렇다면 그들은 아버지에게 했던 것처럼 어머니에게도 그렇게 끔찍한 짓을 했을까?

그 생각이 들자 몸서리가 쳐졌다. 온몸에서 피를 뿌리며 쓰러지던 아버지의 마지막 모습이 선명하게 떠올랐다.

'그래, 아버지는 이걸 원하셨던 거야.'

무진이 머리를 끄덕였다. 자신의 비참한 죽음을 보여준다는 것. 그 것은 복수해 달라는 절규에 다름 아니었다. 그래서 다섯 괴한들의 무 공 이름을 하나씩 불러주고 죽은 것이다. 똑똑히 보여준 것이다.

'복수……'

그 말을 중얼거리자 가슴이 답답해졌다. 내가 어떻게? 무엇으로? 하 는 절망감 때문이었다.

아버지가 그들의 손에 돌아가셨고, 그것이 낡은 책자 한 권 때문이라는 짐작이 섰을 뿐, 무슨 사연이 있는 건지 알지 못한다.

더구나 흐린 달빛 속이라 다섯 괴한의 모습을 똑똑히 보지도 못했다. 오직 아버지의 얼굴만 크게 보였을 뿐이다. 그러니 그들이 누구인 줄 어떻게 알 것이며, 이 넓은 세상 어디에서 찾는단 말인가.

모든 것이 막막하기만 했다.

'복수……'

무진이 무릎에 얼굴을 묻었다. 새로운 흐느낌과 눈물이 그의 무릎을 뜨겁게 했다.

둘째 날이 되었다. 이제는 찾아오는 사람도 없었다.

무진에게는 해가 지고 달이 뜨는 게 의미가 없다. 적막하고 또 적막 한 중에서 오직 아버지가 들려주었던 그 구결을 외우고, 그 뜻을 생각 했을 뿐이다.

밤이 되었다. 항아리 속의 공기가 다 되어가는 듯 숨 쉬기가 답답해 졌다. 무진은 살그머니 뚜껑을 들어 올렸다. 아주 조금만이다. 그 틈새 로 눈을 내놓고 흐릿한 달빛 속에 둥둥 떠 있는 마당을 바라보았다.

아무도, 아무것도 없다. 저기 있던 아버지의 주검도 이미 사라지고 없었다. 시커멓게 그슬린 나무토막이며 무너진 벽의 잔해가 을씨년스 럽게 버려져 있을 뿐이다.

이제는 이틀이 되었으니 나가도 되지 않을까? 하는 유혹에 잠깐 빠 졌을 때였다.

휘익—

머리 위로 바람 한줄기가 스쳐 지나갔다. 깜짝 놀란 무진이 급히 숨 을 멈추었다. 마당에는 어느새 그 다섯 괴한들이 다시 모여 서 있었다. 무진의 등줄기에 소름이 돋았다.

"쳇, 무지한 촌것들이 하는 꼴이라니."

칼을 쓰던 자가 발 아래 침을 뱉고 중얼거렸다.

"역시 멀리 달아난 모양이다."

"그렇겠지? 어디 숨어 있었다면 벌써 이 빌어먹을 곳으로 돌아왔을 텐데 말이야."

"제 아비의 유품까지 남겨두었으니 그랬어야 마땅하지."

"그러니 역시 문탁이가 미리 알아채고 그 맹랑한 녀석을 멀리 보내 버린 거야."

"그나저나 화근을 남겨두게 되었으니……."

"그 꼬마 놈이 몇 살이라고 했지?"

"여섯 살."

"쳇, 그럼 잊어버리자."

"그렇지. 그놈이 화근이 되려면 빨리 잡아도 이십 년. 그렇지 않으면 삼십 년은 지나야 할 거다. 그때면 우리 나이가 몇이냐?"

"흐흐, 명 짧은 너는 그때쯤 늙어 죽었을지도 모르지."

"빌어먹을 놈."

"아무래도 그렇겠지? 이삼십 년이면 너무 긴 세월이야."

"내 말이 그 말이다. 내일 일이 어찌 될지도 모르는데 여기서 한가롭게 까마득한 앞날을 걱정하고 있을 틈이 어디 있어?"

"하하하—"

그들이 일제히 웃음을 터뜨렸다. 무진은 눈을 부릅뜨고 그자들의 면면을 알아보려 했으나 여전히 똑똑히 볼 수가 없었다. 게다가 흐릿한 달마저 구름에 가리고 나니 더욱 그랬다.

"음룡옥소는 어떻게 할까? 그냥 버리기에는 아까운 물건인데……."

"쳇, 촌놈들도 안 갖는 재수없는 물건이다. 난 필요없어."

"그렇게 찾아다니던 보전을 손에 넣었는데 그 정도는 양보해 줘야지."

"맞다. 그것마저 가져가 버린다면 문탁이 그놈에게 너무 야박한 짓 아니겠어? 게다가 보전을 이렇게 잘 간직하고 있다가 얌전히 내줬는데 말이야."

"하하하—"

다시 한 차례 득의양양한 웃음을 터뜨린 그들이 훌쩍 몸을 날리더니 꺼지듯 사라져 버렸다.

'큰일날 뻔했다.'

무진이 가슴을 쓸며 한숨을 내쉬었다.

그 교활한 자들은 어딘가에 꼼짝 않고 숨어서 지난 이틀간 내내 지켜보고 있었던 것이다. 아버지의 말을 듣지 않았더라면 영락없이 그자들의 손에 붙잡혀 죽었으리라.

무진은 아버지의 깊은 뜻을 다시 한 번 깨달았다.

유언처럼 마지막 당부의 말을 하면서도 끝내 현천무경에 대해서는 한마디의 말도 하지 않았던 것. 그리고 그것을 품에 지니고 있다가 그들이 가져가도록 한 것. 그 깊은 의미를 이제 안 것이다.

그 책은 아버지가 그동안 목숨을 걸고 지켰을 만큼 소중한 물건이었다. 하지만 아버지는 마지막 순간에 그것을 내던져 사랑하는 아들의 목숨을 구했다.

만약 무진이 그것을 갖고 숨었더라면 그들은 이처럼 쉽게 포기하지 않고 끝까지 찾았을 것이다.

아버지의 뒤를 쫓았듯 몇 년이 걸리든 상관하지 않고 땅 끝까지라도 쫓아다닐 것이니 어린 무진이 과연 얼마나 견딜 수 있었겠는가.

그런 생각들을 하자 아버지에 대한 그리움이 새삼 깊어져서 무진은
몸을 떨며 소리 죽여 흐느꼈다.

새벽이 되었다.

두 번째 밤이 지나가고 안개가 서서히 피어오르기 시작했다. 청량산
너머의 하늘이 붉은 기운을 띠어갈 때쯤 무진이 조심스럽게 항아리 속
에서 기어나왔다.

어머니의 태중에서 나오듯, 새가 껍질을 깨고 처음 나오듯 그렇게
죽음과 같던 어둠을 벗어내고 새롭게 세상 속으로 기어나온 것이다.

두 번째 탄생이었다.

"아버지……."

비로소 마당으로 나온 무진이 아직도 남아 있는 아버지의 핏자국을
쓸며 서럽게 흐느꼈다.

한동안 아버지의 품에 안기듯 땅에 엎드려 흐느끼던 아이가 마음을
추스르고 일어섰다. 그리고 비틀거리며 안개 속으로 걸어 들어가더니
마침내 사라져 버렸다.

무덤은 그저 벌건 흙을 드러낸 채 안개에 젖어 있었다.

남쪽 호두나무 아래다.

구덩이를 파고 그 위에 흙을 덮어놓았을 뿐, 뗏장도 입히지 않은 초
라한 봉분. 무진은 그 앞에 무릎을 꿇고 앉아 있었다.

할 말은 없다. 이미 마음속으로 다 해버렸으니 남은 말이 없고, 아버
지로부터는 더 들을 수도 없다.

"다시 돌아오겠어요."

무진이 떨리는 입술을 악물고 겨우 그렇게 말했다. 반은 흐느낌이라

탁, 탁, 끊어지는 알아듣기 힘든 중얼거림이었다.

이제 하늘은 뿌옇게 밝아졌다. 이른 아침 숲에서 나온 새들이 지저귀며 이리저리 날았고, 안개가 느릿느릿 밀려갔다.

"다시 돌아오겠어요."

한 번 더 그렇게 알아들을 수 없는 흐느낌으로 중얼거린 무진이 젖은 몸을 일으켰다.

이제는 떠나야 한다. 문득 글방 사부의 얼굴이 떠올랐다. 다섯 아이들의 모습도 하나씩 눈에 보인다.

짐승들의 모이는 누가 주고, 염소는 누가 풀밭으로 끌어갈까. 마당이나 쓸었는지…….

아버지는 아무도 모르게 먼 곳으로 가라고 했다. 그건 곧 누구도 찾아보지 말고 속히 떠나라는 말 아니겠는가.

무진이 북쪽을 바라보고 한 번 절했다. 사부와 동무들에게 이곳에서 작별 인사를 하는 것이다.

무진은 더 이상 일곱 살이 된 아이가 아니었다. 몸은 작고 여리지만 그 마음의 상처와 기억들이 그를 장성한 사람보다 더 속 깊고 신중한 아이로 만들었다. 그래서 무진은 불과 이틀 만에 전혀 다른 아이가 되어버렸다.

아버지의 초라한 무덤을 지그시 바라본 무진이 내키지 않는 걸음을 떼어놓았다. 그리고 서쪽을 향해 비틀거리며 천천히 멀어져 갔다.

무진이 다음으로 향한 곳은 벼랑 아래 참나무 숲을 두르고 있는 관음당이었다. 그곳에 아버지의 유품이 있기 때문이다.

낡은 관음당 문을 밀고 들어선 무진은 아무 망설임 없이 제탁(祭卓) 위에 놓여 있는 벽옥소를 집어 들었다. 그것을 쓰다듬자 다시 아버지의 얼굴이 떠올랐다. 그러나 더는 '아버지……' 하고 부르지 않았다.

벽옥소를 품에 지니고 있는 한 아버지의 따뜻함과 하나가 되어 있는 것이다. 그러므로 아버지는 죽지 않았다. 무진은 그 아버지를 가슴 깊이 품고 관음당을 나와 아무 곳으로나 걸어갔다.

가야 할 데가 없으니 동서남북을 가릴 필요도 없다. 길이 있으면 그저 갈 뿐이었다. 가다가 지치면 앉아서 쉬고, 배가 고프면 칡뿌리를 씹거나 문전걸식을 했다.

언제까지, 어디까지 갈 것인지도 정하지 않았다. 그저 멀리, 더 멀리 갈 뿐이었다. 청량산 기슭에서, 자신의 슬픔에서 벗어나는 일이었다. 그 끔찍했던 밤의 기억으로부터 멀어지면 멀어질수록 좋지 않은가.

그렇게 봄이 가고 여름이 갔다. 가을이 다가오는가 싶더니 그것마저도 꼬리만 남겨두고 거의 다 지나갔다.

한낮에도 양지 쪽에 있지 않으면 몸이 움츠러들 만큼 쌀쌀해졌다.

무진은 지난 여덟 달 동안 그 작은 발로 타박거리며 무려 열다섯 개의 현(縣)을 지나왔다.

지금 자기가 밟고 있는 땅이 호남(湖南) 땅이라는 건 모른다. 산은 어디 가나 그 산인 듯하고, 물도 그렇다. 달라진 게 있다면 사람들의 말투였다.

투박하고 둥글다. 무진이 살았던 호북 지방의 갈라지는 억양이 아닌 것이다.

객지에서 정처없이 떠도는 삶에 나이는 상관없다. 어리든 어리지 않든 하루 끼니를 찾아 먹는 게 고달프고, 잠자리를 마련하는 일이 근심인 것은 다 똑같다.

버려진 집이나 사당이라도 있으면 이슬을 피해 잘 수 있었다. 그렇지 않을 때는 남의 집 헛간에 숨어들어 쥐와 다투며 하룻밤 도둑잠을 잤다.

무진은 그렇게 보낸 지난 몇 달 사이에 몰라보게 새까매졌고 살결이 거칠어졌다. 몸은 더 컸지만 길 떠나기 전보다 오히려 야위었다.

심한 몸살을 앓고, 감기와 열병을 앓은 적이 몇 번이던가.

아무도 들여다보지 않는 빈 사당에서, 때로는 퀴퀴한 굴속에서 혼자 웅크리고 몇 날씩 식은땀을 흘리며 끙끙거리는 일은 일곱 살 난 작은 아이에게 너무 힘든 일이었다.

그때마다 아버지 생각이 났고, 어머니에 대한 그리움이 생겨났다. 하지만 결코 울지 않았다.

무진은 그날 흐느껴 운 이후 한 번도, 한순간도 눈물을 흘려보지 않았다. 꾹꾹 참고 가슴속에 눌러둘 뿐이었다. 모든 걸 혼자 감당해야 하는 제 처지를 너무 잘 알기 때문이었다.

―너는 남자다.

아버지의 그 말은 일곱 살의 끝자락에 서 있는 무진에게 그 무엇보다 크고 든든한 의지를 가져다 주었다. 그리고 이 가을부터는 또 달라졌다.

무진은 이제 자기가 시시하게 병 따위로 앓아눕는 일이 없을 거라고 믿었다. 그건 자신감이었다.

유리걸식하면서도 아버지와 약속한 대로 하루에 두 번씩, 해 뜨기 직전과 해 진 직후에 꼭 자부신공(紫府神功)을 연마했다.

아버지가 가르쳐 주었던 구결이 이제는 뼛속에 새겨졌고, 그 해설과 운기의 비결이 무진과 한 몸이 되었다.

구결을 외우며 운기법에 따라 기식(氣息)을 조절하길 팔 개월. 무진은 제 안에 쌓여가는 알 수 없는 힘을 느끼기 시작했다. 아직은 미약한 기운이었으나 그것만으로도 몸이 한결 가벼워지고 정신이 맑아졌다.

하루 종일 걸어도 피곤한 줄을 모르게 된 다음부터 무진은 더욱 열심히 신공을 연마했다. 그래서 그의 겉모습은 작고 깡마르고 초라했지만 안으로는 철골을 세운 것처럼 단단해져 갔다.

'이십 년……'

무진은 그동안 수도 없이 그 말을 중얼거렸다. 아버지는 이십 년을 열심히 연마하면 대성할 수 있다고 했다.

그게 어떤 건지는 모른다. 적어도 아버지 같은 불가사의한 힘을 갖게 되지 않을까? 하는 막연한 생각이 들 뿐이다. 그러면 그것만으로도 벌써 가슴이 뛰었다.

하지만 그건 이십 년이라는 까마득한 세월 저쪽의 일이다. 지금은 당장 겨울을 보낼 대책을 세워야 했다. 찬바람과 폭설 속에서 외진 길을 방황할 수는 없지 않은가.

지금처럼 한뎃잠을 자다가는 아침에 꽁꽁 얼어 죽은 시체로 발견되기 십상일 것이다.

'어떻게 해야 할까?'

아무리 머리를 쥐어짜 봐도 뾰족한 생각이 떠오르지 않았다.

양지바른 담벼락에 기대고 쪼그려 앉아 한숨만 폭, 폭, 내쉬고 있던 무진의 눈이 반짝, 하고 빛났다.

등에 깃발을 꽂은 죽궤(竹櫃)를 지고 털레털레 지나가고 있는 초라한 늙은이를 본 것이다. 아니, 빛바랜 그 깃발에 적혀 있는 글귀를 보았다.

매여천기(賣汝天機) 점여길흉(占與吉凶)—너에게 천기를 팔고 길흉을 점쳐 주겠다.

길거리에 앉아 점을 쳐주는 복술사(卜術師)였던 것이다.

날은 저물어가고, 찾는 손님도 없으니 일찌감치 자리 걷어서 돌아가는 중인 게 분명했다. 그러니 저렇게 궁색한 얼굴 아니겠는가.

상강(湘江)이 동정호(洞庭湖)로 흘러드는 어귀에 상음현(湘陰縣)이 있다. 동정호를 보려는 유람객과 바다 같은 호수에서 잡아 올린 고기를 파는 어부들, 질 좋은 차를 사 들고 뱃길 따라 동쪽으로 북쪽으로 가려는 사람들로 저잣거리가 늘 북적거리는 큰 현이다.

그 상음현 동쪽 저잣거리에 작은 구경거리가 하나 생겼다.

원매아신(願賣我身)—나를 판다.

더러운 천에 목탄으로 삐뚤빼뚤 갈겨 쓴 깃발을 품에 안고 꾸벅꾸벅 졸고 있는 꾀죄죄한 아이.

처음에는 흥미를 갖고 꾀어들었던 사람들이 무진의 꼴을 보고는 혀를 차며 돌아섰다.

거지나 다름없는 행색에 비쩍 마르고 버짐이 핀 시커먼 얼굴. 게다가 일고여덟 살로밖에 보이지 않는 그 어린아이를 사가겠다는 작자가 나설 리 없는 게 당연하다. 그래서 무진은 하루 종일 밥도 굶은 채 앉아 졸고 있는 중이었다.

"얼마냐?"

문득 째지는 듯한 소리가 들려왔다.

무진이 아직도 무겁기만 한 눈꺼풀을 겨우 밀어 올렸다. 깨끗한 비단 옷자락을 따라 한참을 올려다보니 거기 뱁새눈을 한 청년이 가소롭다는 웃음을 띠고 서 있었다.

"뭐 하는 분이세요?"

"알아야 되냐?"

"그래야 값을 부르지요."

이것 봐라? 하는 얼굴로 무진을 쏘아보던 청년이 불쑥 내뱉었다.

"놀고먹지."

주위에 둘러서서 흥미롭게 바라보던 자들이 낄낄거리고 웃었다.

저잣거리에 기생하는 건달이라는 얘기다. 아니면 재산깨나 있는 집안의 망나니가 분명했다. 무진의 사람 보는 눈치는 이제 몸에 배어서 여간해서 틀리지 않는다.

"만 냥."

"엥?"

청년이 눈을 크게 떴다. 그러더니 기가 막힌다는 듯 허허, 하고 헛웃음을 터뜨렸다.

"네가 지금 감히 나를 놀리는 거지?"

"저를 사겠다고 마음먹으셨으니 제가 필요한 때문이겠지요? 꼭 필요하다면 만 냥도 아깝지 않을 것이고, 그렇지 않다면 살 마음이 없으면서 그저 물어본 것이니 놀린 사람은 도련님이 아닐까요?"

억지를 써보는 소리다.

"요놈의 꼬맹이가?"

맹랑하다는 듯 지그시 노려보던 청년이 하하, 웃고 돌아섰다. 그래도 마음이 모진 자는 아니었던 거다. 아니, 때려주고 싶어도 무진의 몰골을 보고는 차마 그럴 수 없었던 건지 모른다.

무진은 다시 꾸벅꾸벅 졸기 시작했다.

"얼마냐?"

힐끗 보니 이번에는 욕심 많게 생긴 상인이다.

"천 냥."

무진이 망설이지 않고 대답했다. 눈을 흘긴 자가 '미친놈' 하고서는 휭 하니 사라졌다.

그 뒤로도 몇 사람이 더 물어왔지만 모두가 장난으로 한 일이다. 그래서 그날 무진은 저를 팔지 못했다.

다음날 다시 나와 앉았을 때 이제는 뱃가죽이 등에 달라붙어 견디기 힘들 지경이었다. 누가 뜨거운 밥 한 그릇 사주겠다고 하면 냉큼 저를 팔아버리겠다는 생각마저 들었다.

"너를 팔겠다고?"

굵직한 음성이 배를 잡고 웅크린 무진의 뒤통수에 떨어졌다. 가까스로 허리를 펴고 바라보니 체구가 좋은 중년인이었다. 얼굴이 검고 큰데, 온통 덴 자국들이 있어서 일견 흉악해 보이기도 했다.

무진은 그 사람의 눈을 보았다. 부릅뜬 고리눈에 핏발이 서 있고, 눈썹이 성글어서 언뜻 보면 '이게 아주 포악하고 잔인한 놈 아닌가?' 하는 생각이 들 정도였다.

하지만 무진은 그 사람의 눈에서 번쩍이는 정기를 보았다. 사악하거나 간교함이 조금도 들어 있지 않은 그것이 마음에 들었다.

"뭐 하는 분이세요?"

"대장장이지."

"대장장이?"

무진의 눈이 반짝였다. 늘 화로에 시퍼런 불이 타오르고 있을 것 아닌가.

"그럼 겨울 동안 춥지는 않겠군요."

"흐흐, 그럴 새도 없을 게다. 그런데 얼마면 되겠냐?"

"밥이나 한 그릇 사주세요."

제3장

인연(因緣)

인연(因緣)

염차목(廉借睦)이라고 했다.

오십을 넘긴 나이라지만 체구며 기상은 삼십대 장한의 그것이어서 믿어지지 않았다.

평생을 쇳조각과 함께 살다 보니 저도 모르게 성품 속에 그것의 기질이 배어든 것일까?

염차목은 보기 드물게 강단이 있고 무르지 않은 사람이었다. 그것은 고집이 센 한편, 책임감이 투철한 사람이라는 의미이기도 하다.

"이름이 뭐냐?"

저잣거리를 벗어나며 염차목이 불쑥 그렇게 물었을 때, 무진은 잠깐 망설여야 했다. 그리고 나서 천연덕스럽게 말해 주었다.

"왕자경이라고 해요."

"응, 그렇구나."

머리를 끄덕인 염차목이 무진의 손을 끌었다.

뜨거운 밥과 고기를 푸짐하게 얻어먹은 대가로 그에게 저를 팔아버린 무진은 그 길로 염차목을 따라 그의 대장간으로 왔다.

현성에서 상강의 물줄기를 따라 남쪽으로 이십 리 떨어진 한적한 시골 마을이었다. 화 씨들이 떼지어 살았으므로 오십여 호(戶) 남짓한 제법 큰 마을은 당연히 화가촌(華哥村)이 되었다.

염차목은 그곳에 붙어살고 있는 몇 안 되는 이성(異性)들 중 한 사람이었다.

마을에 들어서기 전에 염차목이 다시 불쑥 물었다.

"이름이 뭐라고?"

"왕자정이요."

얼떨결에 무진이 그렇게 대답하자 염차목이 그의 머리통을 두드리며 껄껄 웃었다.

"성은 왕가인데 아까는 자경이더니 지금은 자정이야? 맹랑한 놈이로구나?"

무진의 얼굴이 새빨개졌다. 하지만 재빨리 변명하는 말이 어린아이답지 않게 능숙했다.

"제가 다른 생각을 하느라고 잠깐 정신이 없었어요."

"됐다."

염차목이 눈을 부라렸다.

"도망다니는 놈인 게로구나?"

"아, 아니에요. 도망은 왜……. 그냥 집이 없을 뿐이에요. 정말이라니깐요?"

"부모님은?"

"다 돌아가셨어요."

"어쩌다가?"

"다치고 병이 들어서……."

거짓말이 익숙하지 않아서 누구라도 금방 눈치챘을 것이다. 그러나 염차목은 더 묻지 않았다.

"겨울 동안 따뜻이 지내고 봄이 되면 떠나도 좋다."

벌써 무진의 의중을 다 들여다보고 있었다. 무진의 얼굴이 이제는 목까지 빨개졌다. 염차목이 껄껄 웃으며 다시 머리통을 두드리고 말했다.

"그러지 말고 성을 바꿔라."

"예?"

"이왕 내 집에서 살게 되었으니 염자경이라고 해. 다시는 헷갈리지 말고."

그의 따뜻한 마음이 비로소 읽혔다. 동정심이었던 거다. 추운 저잣거리에 쪼그리고 앉아서 오죽하면 저를 팔겠노라고 했겠는가.

집도, 가족도 없이 떠도는 신세는 어른이라 해도 처량하고 불쌍한 건데 열 살도 안 된 꼬마에게야 더 말할 것이 없었다. 게다가 겨울이 닥쳐들고 있는 때 아닌가.

제 성을 쓰게 한 것은 이상한 눈으로 볼 마을 사람들에게 먼 친척 조카라고 둘러댈 생각에서이리라.

그런 배려 깊은 마음을 안 무진은 눈물마저 글썽거리며 염차목을 바라보았다. 그가 이번에는 무진의 머리를 쓰다듬어 주었다.

"하지만 일을 해야 해. 공짜로 먹여주는 밥은 없다."

그렇게 해서 나이 어린 대장장이가 된 지 벌써 다섯 달이 지났다.

그동안 무진은 화로에 열심히 풀무질을 해댔다. 사소한 심부름도 곁들인 건 물론이다.

유난히 눈이 적고 추웠던 그해 겨울 동안 무진은 제 소원대로 활활 타오르는 불 곁에서 내내 땀 흘리며 살았다.

염차목의 대장간에는 두 명의 장한들이 제자 노릇을 하며 함께 기거했다. 그들은 스스로 철물을 만들기도 했지만 대개는 염차목에게 매우 혼나가면서 쇳물 다루는 법을 배우고 있었다.

농기구와 생활용품 외에도 창이나 도검류 같은 병장기를 만들었는데, 실은 그게 염가 대장간의 주된 철물이었다.

병장기는 만드는 대로 한곳에 모아두었다. 그래서 일정한 양이 되면 관에서 수레를 끌고 온 사람이 모두 실어갔다. 무진은 그것들이 모두 병사들의 무기가 된다는 걸 알았다.

일이 힘들었지만 무진은 누구보다 열심히 했다. 그게 저를 따뜻하게 맞아준 염 아저씨에게 보답하는 길이라는 걸 알기 때문이다.

무진이 하는 일은 하루 종일 화로 앞에 쪼그리고 앉아서 풀무질을 해대는 것이었다. 불이 조금이라도 약해지는 것 같으면 그 즉시 큰제자인 화웅의 날벼락이 떨어졌다.

"요 꼬맹이가! 정신 차리지 못해! 그까짓 거 하나 제대로 하지 못하면서 어떻게 대장장이가 되려고 한단 말이냐!"

그러면 무진은 졸린 눈을 부릅뜨고 다시 죽어라고 풀무질을 했다.

일곱 살 아이에게 빽빽한 풀무를 돌리거나 부쳐 대는 일은 여간 힘든 게 아니다. 그것도 쉴 틈 없이 해야 하니 처음에는 팔다리가 마비되어 쓰러지기도 여러 번 했다.

그런 날은 하루 종일 꼼짝 못하고 구린 냄새 배어 있는 골방에 누워서 끙끙 앓았다. 그러면 걸걸한 염차목이 슬며시 찾아와 뜨겁게 데운 약물로 찜질을 해주고 주물러 주었을 뿐, 누구 하나 들여다보는 사람이 없었다.

그렇게 겨울이 지나갈 무렵부터 무진은 더 이상 쓰러지지 않았다. 요령도 생겼지만, 무엇보다 팔에 힘이 붙어서 종일 풀무질을 해도 멀쩡할 수 있었던 것이다.

누가 봐도 그건 놀랄 만한 일이었다.

일곱 살 난 꼬마가 땀을 뻘뻘 흘리며 종일 쉬지 않고 그 큰 화로에 풀무질을 하고 있는 모습은 가련하고 불쌍하게만 보였으리라. 하지만 그 어린 녀석은 하루 일과가 끝나면 아무렇지도 않다는 듯 헤헤, 웃으며 툭툭 털고 일어났다. 그걸 본 사람은 누구나 제 눈을 의심했다.

염차목의 제자인 두 청년, 화웅과 화길상도 처음에는 눈을 휘둥그레 뜨고 놀라워했지만 이제는 그러려니 여겼다.

"저놈은 일을 빨리 배우겠는걸?"

"특이한 꼬마 놈이야."

"헤헤거리고 웃는 거와는 달리 저놈이 저게 아주 독한 놈이란 말씀이야?"

"사부님의 눈치를 보니 저놈에게 푹 빠진 모양이더라."

저희들끼리 그렇게 수군거린 걸로 그만이다.

무진은 그동안 하루도 빠지지 않고 새벽녘과 저물녘에 한차례씩 자부신공을 수련했다. 그래서 그의 몸 안에는 아이답지 않게 왕성한 진기가 생성되고 있는 중이었다.

그 사실을 아는 자가 아무도 없는 것처럼 무진은 제가 익히고 있는 자부신공이 소림사의 반야신공(般若神功), 무당파의 대정신공(岱精神

功)과 함께 천하삼대신공으로 꼽히고 있다는 걸 전혀 알지 못했다. 거기에 대해서는 아버지가 한마디도 해주지 않았기 때문이다.

무언지도 모르고 신공을 연마하기 시작한 지 일 년이 다 되어가는 지금 무진의 상태는 확실히 달라져 있었다.

비록 신공이 아직 힘으로 나타나지 않았고, 또 그렇게 할 줄도 몰랐지만 무진은 여간해서 지치지 않았다. 쉽게 지치지 않고, 지쳤어도 빨리 회복되는 능력은 그 또래의 다른 아이들과 비교할 바가 아니었던 것이다.

몇 년 더 지나서 아이의 티를 벗고 근육에 힘이 붙기 시작한다면 어렵지 않게 꼬마 장사라는 소리를 듣게 될 것이다.

그리고 몇 년이 더 지나면 몸 안에 내력이 쌓여서 태산을 담아놓은 것 같은 힘이 생길 테니 그때는 스스로도 주체할 수 없게 될지 모른다.

하지만 아쉽게도 무진은 그 힘을 밖으로 쏟아낼 수 있는 발경(發勁)의 비전은 알지 못했다.

그렇게 겨울이 지나가고 다시 봄이 왔지만 무진은 처음 마음먹었던 것과는 달리 대장간을 떠나지 못했다. 거기에는 몇 가지 이유가 있었다.

그 첫 번째가 당돌하게도 힘을 기르겠다는 것이었다.

무진은 가끔 웅과 길상, 두 청년의 울퉁불퉁 근육이 박힌 상체를 황홀한 듯 한참 동안 바라보곤 했는데, 그때마다 진심으로 감탄하고 부러워했다.

구릿빛으로 벌겋게 달아오른 몸에 땀을 뻘뻘 흘려가며 망치질을 하고 담금질을 하는 그들의 상체는 마치 잘 빚어놓은 청동의 금강역사들 같았던 것이다.

종일 무거운 쇠를 다루고 망치질을 한 지 십 년이나 되는 청년들이다. 그 누구보다 팔 힘이 대단해지지 않을 수 없었다.

'나도 저 형들처럼 열심히 일하면 언젠가는 저렇게 멋진 몸과 힘을 갖게 될 거야.'

어린 마음에도 그런 생각이 든 건 역시 아버지의 죽음을 잊지 못해서였다. 복수를 하려면 힘이 있어야 할 것 아닌가. 아버지를 죽였던 그 다섯 괴한들보다 굳센 힘을 가져야 한다.

유치하지만 지금은 그게 무진이 생각할 수 있는 전부였다.

다음으로는 염차목의 자상함 때문이다.

겉모습에서 보이는 것처럼 염차목은 성격이 불같고 곧은 사람이었다. 한 번 아니다 싶으면 죽을지언정 굽히지 않았다.

사람이 나이 오십을 넘기면 급하던 성정도 많이 누그러지고 신중해지기 마련이다. 그런데 대장장이 염차목은 조금도 그렇지 않았다.

그 염차목이 무진에 대해서만은 아버지 못지않은 자상함으로 늘 따뜻하게 대해주었다. 때로 눈을 부라리고 거친 말로 다그치기도 했지만 그 속에 숨어 있는 애정을 무진은 벌써 눈치채고 있었다.

어린 무진에게는 믿고 의지할 누군가가 절실히 필요했다. 천애고아가 된 지금은 더욱 그렇다. 그런 무진에게 염차목은 사람 간의 사랑이 무언지 느끼게 해주는 유일한 보호자였다. 그래서 지난겨울 동안 무진은 그에게서 아버지 같은 신뢰와 애정을 느꼈다.

그게 대장간을 떠나지 못하는 두 번째 이유였다.

세 번째 이유가 또 있다.

한 소녀를 알게 되었던 것이다. 벌써 두 달이 되어간다.

"자경아!"

무진을 부르는 소리다. 여기서는 누구나 다 그렇게 불렀다.

호통 소리에 뒤이어서 염차목이 대장간으로 성큼성큼 들어섰다. 꾀를 부리고 있던 두 청년이 그 즉시 죽어라고 망치질을 해댔으므로 귀가 따가워졌다.

"시끄럽다, 이놈들아!"

"예?"

"뭔 말을 할 수가 없잖아!"

염차목이 짐짓 눈을 부라렸다. 그 즉시 두 청년은 망치를 놓고 염차목과 그 앞에 오똑 선 무진을 멀뚱하게 바라보기만 했다.

염차목의 부리부리한 눈에 웃음이 실렸다.

"가자."

"네, 잠깐만 기다리세요."

먼지와 땀으로 범벅이 된 무진의 얼굴이 환하게 밝아졌다. 그가 재빨리 골방으로 뛰어들어 가더니 작은 보따리 한 개를 안고 나왔다.

"열심히들 해! 오늘까지 칼 다섯 자루, 화살촉 오십 개의 틀을 잡아 놔야 하는 거 알지?"

"풀무질까지 해가면서 그걸 다 하려면 너무 벅차요."

"이놈이!"

염차목이 눈을 부라리자 투덜거렸던 큰제자 화웅이 즉시 뒤로 물러서며 겁먹은 얼굴을 했다.

사방에 널린 게 쇳조각이고 쇠몽둥이다. 사부가 손에 잡히는 대로 쥐고 두들겨 패기 시작하면 대책이 없는 것이다.

"자경이가 오기 전에는 어떻게 했어?"

"알았습니다. 다녀오세요. 해 떨어지기 전까지 다 맞춰놓죠······. 제기랄."

마지막 소리는 입 안에서 웅얼거렸으므로 다행히 염차목의 귀에 들어가지 않았다.

"준비해 놨지?"

눈을 흘긴 염차목이 이번에는 작은 제자에게 그렇게 물었다. 화길상이 대답할 것도 없이 후다닥 달려가더니 큼직한 가죽 궤짝을 안고 왔다.

"나 말고 이 녀석에게 지워줘라."

염차목이 무진의 등을 가리켰다.

"예?"

웅과 길상이 눈을 휘둥그레 떴고, 무진은 기가 막혀서 멍하니 염차목을 바라보기만 했다.

"한번 해봐."

염차목이 고압적인 눈으로 내려다봤으므로 무진은 불평할 수도 없었다.

재빠르게 구석에서 작은 지게를 꺼내온 길상이 그것을 무진의 등에 걸고 궤짝을 붙들어맸다.

무거웠다. 엉덩이 아래로 축 처지는 궤짝의 무게 때문에 무진은 자칫 엉덩방아를 찧을 뻔했다.

그걸 본 염차목이 껄껄 웃으며 무진의 머리통을 두드렸다.

"이놈아, 부처님께 가는 길은 그렇게 힘든 거야. 중생이 지고 가야 하는 업보가 얼마나 많겠느냐? 그러니 아무 소리 말고 나서라."

잔설(殘雪)이 군데군데 쌓여 있는 마을을 벗어나자 넓은 평원이 나타났다. 지난 겨우내 시들어 버린 억새들이 누렇게 흔들리고 있는 그곳은 천산평(川山坪)이라고 한다.

여름 우기(雨期)에는 상강의 물이 늘 범람하는 침수 지대였다. 그래서 습지(濕地)가 많았으므로 누구도 농사를 지으려 하지 않아 버려진 땅이 되었다.

염차목은 뒤돌아보는 법도 없이 콧노래까지 불러가며 그 천산평 속으로 허청허청 걸어 들어가기만 했다.

무거운 짐을 진 무진은 그의 걸음을 따라잡느라고 낑낑거리며 땀을 비 오듯 흘려댔다. 다리가 휘청거리고, 뒤에서 억센 손이 잡아당기기라도 하는 것처럼 자꾸만 몸이 넘어가려고 해서 더 힘들었다.

벌써 열 번도 넘게 다닌 길이지만 오늘만큼 멀고 지루하게 느껴진 적이 없다.

말라서 버석거리는 억새 사이의 둔덕길을 따라 이리저리 굽어지며 얼마나 갔을까. 저 앞에 불룩 솟아 있는 소나무 언덕이 보였다. 천산평에서 제일 높은 구릉 지대다.

그곳에는 호은암(湖恩庵)이라고 하는 작은 암자가 있었다. 법당 하나에 부엌이 딸려 있는 객방 두 개, 그리고 헛간 하나가 전부인 초라한 암자다.

무광(無光)이라는 늙은 중과 어린 계집아이, 둘이 암자를 지키고 살았다.

염차목은 불심이 깊은 사람이었다. 종종 암자에 들러 발원을 하고 늙은 중의 설법을 들었으며, 때로는 많은 곡식과 돈을 시주하기도 했다.

무진이 그에게 온 후로 염차목은 호은암에 갈 때마다 그를 데리고 갔다. 무진에게도 불심을 넣어주려는 마음이었는지 모른다.

"스님! 내가 왔소!"

돌담에 붙어 있는 낡고 초라한 문을 밀고 썩 들어선 염차목이 그렇게 소리부터 질렀다.

"어머, 염 아저씨!"

부엌에서 동그란 얼굴을 삐죽 내밀었던 댕기머리 소녀가 먼저 반색을 하고 뛰어나왔다. 예닐곱 살 쯤 되어 보이는 아주 귀여운 계집아이였다. 헐렁한 승복 바지저고리를 입고 있었으나 곱고 깜찍한 미태는 조금도 가려지지 않았다.

"어째서 이렇게 오랜만에 오셨어요?"

계집아이가 뾰족하게 소리치며 염차목의 품으로 팔짝 뛰어들었다.

아이를 안고 허허, 웃는 염차목의 시커먼 얼굴이 둥근 달덩이처럼 환하게 밝아졌다.

"허허, 요 깜찍한 것아. 정말 이 아저씨가 보고 싶었던 게냐?"

"아이, 참. 그럼 누가 보고 싶었겠어요?"

"요런 앙큼한 년. 솔직히 말하지 않으면 엉덩이를 때려준다?"

"어머나! 숭악해라."

"네가 기다리는 놈은 따로 있잖아?"

"핏!"

계집아이가 얼굴을 붉히고 혀를 낼름 내밀었다. 다시 허허, 웃은 염차목이 아이를 번쩍 안아 들고 한 바퀴 휘돌린 다음에 내려놓았다.

"저 아래 오고 있을 게다. 그나저나 스님은 어디 가셨니?"

"안에 계세요!"

아이의 음성은 벌써 대문 밖에서 들려오고 있었다.

두 가닥으로 땋은 댕기머리를 팔랑거리며 폴짝폴짝 뛰어가는 그 모습이 새끼 사슴을 닮은 것 같아서 염차목의 입가에 다시 환한 웃음이 걸렸다.

"이 사람, 왔으면 들어올 게지, 뭐 하고 있어?"

불당 곁의 승방 안에서 늙은 스님이 손짓을 했다.

"아, 예. 거기 계셨군요. 그나저나 수련(水蓮)이, 저 깜찍한 것은 이제 처녀티가 나는뎁쇼?"

"예끼, 이 사람. 숭한 소리 하지 말게."

짐짓 눈을 부라려 보인 스님이 허허, 웃었다.

"봄이 된 게야. 싹이 새로 돋아나고 어린 새의 날개에 깃털이 생겨나는 걸 뉘라서 막을 수 있겠나?"

"그렇지요. 그러니 이제 스님이 돌아가실 날도 얼마 남지 않았군요."

"이런, 이런, 고약한 사람 같으니……."

"하하—"

노스님이 눈을 흘기자 염차목이 유쾌하게 웃었다.

평소에는 그렇게 무섭고 엄한 얼굴만 하고 있더니 노스님 앞에서 그는 모든 걸 다 잊고 아이가 되어버린 듯했다.

"그나저나 저 수련이라는 년은 손님이 왔는데 시원한 물 한 잔 대접할 생각도 안 하는군요? 그러니 새끼들은 키워봐 봐야 죄다 헛거라니까요."

염차목이 투덜거릴 때 대문 안으로 무진과 계집아이가 들어오는 게 보였다. 무진은 여전히 큰 궤짝을 등에 진 채 땀을 뻘뻘 흘려대고 있었고, 수련이 그 곁에서 토라진 모습으로 계속 쫑알거리고 있었다.

"바보야. 너 바보 맞지?"

"헉, 헉. 내가 왜?"

"같이 들면 덜 힘들 거 아냐. 왜 황소고집을 부려?"

"내 짐을 왜 너하고 나눠 들어? 저리 비켜, 더 힘들다."

"쳇, 고집쟁이, 멍청이."

눈을 흘긴 수련이 쪼르르 달려오더니 허리에 두 손을 척, 얹은 채 염차목 앞에 버티고 서서 당돌하게 쏘아보았다.

"왜 아저씨가 지고 오지 않고 저 바보에게 시켰죠? 저건 꼬맹이가 지기에는 너무 무겁잖아욧!"

"어라? 저놈은 가만히 있는데 왜 네가 나서서 따지는 게냐? 허, 그 참 이상한 일일세. 이상한걸?"

염차목이 턱을 쓸며 짐짓 의뭉스런 눈으로 빤히 바라보자 아이의 얼굴이 금세 홍당무처럼 빨개졌다.

"몰라욧!"

소리친 아이가 부엌으로 쪼르르 달려들어 갔고, 무진이 섬돌 위에 궤짝을 내려놓고 헐떡거렸다. 염차목이 빙긋 웃었다.

"힘드냐?"

"힘들죠."

"그래도 앞으로는 짐이 있을 때마다 네가 지거라."

"계속이요?"

"그래. 이젠 너 혼자서 해야 한다."

무진이 울상이 되어서 낯을 찡그렸다. 그걸 물끄러미 바라보고 있던 노스님이 히히, 웃었다.

"이놈아, 앞으로 네가 져야 할 짐이 점점 더 무겁고 커질 텐데 어찌

하려느냐? 그렇다고 내던질 수도 없으니 딱한 일이지. 쯧쯧……."

"아, 스님, 인사가 늦었네요. 그동안 평안하셨죠?"

"그럼. 나는 벌써 부처님 발 아래 짐을 다 벗어 팽개쳐 버렸으니 편안할 밖에."

제 머리통을 툭툭 두드리고 곤혹스런 표정을 지었던 무진이 궤짝을 가리켰다.

"대체 뭐가 들어 있기에 이렇게 무거운 거예요?"

염차목이 말없이 궤짝을 열었다. 그 안에 들어 있는 것은 쇳물을 부어 주조한 두어 자 남짓한 크기의 비로자나불상이었다.

비로자나불(毘盧舍那佛)은 편일체처(遍一切處), 광명편조(光明遍照) 등으로 말해지는 화엄불(華嚴佛)이다. 불교의 근원적인 부처를 의미한다. 무한한 과거로부터 무량무변의 수행을 쌓아 깨달음을 얻은 부처인 것이다.

비로자나불만의 독특한 지권인(智拳印)을 취하고 있는 그 모습이 정교하고 아름답기 짝이 없어서 무진은 저도 모르게 와, 하는 탄성을 터뜨렸다.

"보기 좋으냐?"

노스님이 그런 무진을 흐뭇한 얼굴로 바라보다가 그렇게 물었다.

"예. 이 부처님은 정말 잘생겼는걸요?"

"부처님이야 모두 잘생기셨지. 너도 잘생겼다. 그러니 너도 부처님인 게야."

"헤―"

무진이 뒤통수를 긁으며 멋쩍게 웃었다. 너도 부처님이라는 노스님의 그 말에 왠지 가슴이 간질거려서다.

"사람은 본디 모두 부처님이니라. 스스로 그걸 잊고 있을 뿐이지."

"그렇지 않아요. 나쁜 사람들도 많은걸요?"

그 말을 하는 무진의 얼굴에 그늘이 졌다. 아버지의 마지막 모습이 불쑥 떠올라서다.

그 다섯 괴한들은 결코 부처님이 아니다. 그자들은 악귀 나찰이라고 해야 하지 않겠는가. 그런 자들도 부처님이라고 한다면 나는 부처 따위는 조금도 존경하지 않을 테다. 비웃어주고 미워할 테다.

그런 생각에 고개 숙이고 있는 무진의 눈에는 원독의 불길마저 화르르 피어올랐다.

늙은 스님이 무진의 속을 빤히 들여다보는 듯 맑은 눈으로 한동안 바라보다가 가볍게 탄식하고 철불을 안아 들었다.

"이 지권인의 뜻을 아느냐?"

"알 리가 없죠."

여전히 무진의 얼굴은 어두웠고, 말투가 퉁명스러워졌다. 노스님이 아랑곳하지 않고 자상하게 말했다.

"잘 보아라. 두 손으로 각각 금강권을 만들고, 왼손의 집게손가락을 펴서 바른 주먹 속에 넣고, 바른손의 엄지손가락과 왼손의 집게손가락을 마주 댔지? 오른손은 불계를 표하고 왼손은 중생계를 표한 것이다. 그러니 이 결인은 중생과 부처가 둘이 아니고, 아름다움과 추악함이 일체인 깊은 뜻을 나타내는 것이지."

"쳇, 물에 물 탄 듯 술에 술 탄 듯 밍밍한 부처님이었군요?"

무진의 입이 삐죽 튀어나왔다.

좋은 건 좋은 거고 아름다운 건 아름다운 거지 어째서 좋은 것과 나쁜 것, 아름다운 것과 추한 것이 하나란 말인가?

그렇다고 우긴다면 세상에 그보다 싱거운 부처님은 또 없을 거라는 엉뚱한 생각이 들었다.

글방 사부님은 말하지 않았던가. 군자는 예(禮)를 좋아하고 인(仁)을 좇으며 악(樂)을 즐기고 항상 바른 몸가짐을 지키는 거라고 말이다.

불충과 불의를 혐오하고 불인과 포악을 미워하는 게 군자다.

옳고 그름을 명확히 구분하지 못한 채 이것도 좋고 저것도 옳다고 한다면 그게 무슨 부처냐?

그런 불만이 무진을 토라지게 했다.

염차목이 가만히 바라보다가 무진의 머리를 쥐어박고 껄껄 웃었다.

"스님, 글쎄 이놈은 아직 멀었다니까요."

"헐헐, 인연이 있으니 대오각성해서 어느 날 갑자기 부처님이 될지 누가 알겠나? 그나저나 자네가 정말 수고했군. 이처럼 잘생긴 부처님은 내 생전 처음일세."

"만족하신다니 다행입니다."

"만족하다 뿐인가. 이건 이제부터 호은암의 보물로 잘 간직해야겠는걸?"

"배운 재주가 이것뿐이라 부끄럽습니다."

"이 사람, 지나친 겸양은 오만인 걸세. 이 넓은 천하에 수많은 대장장이들이 있겠지만 내가 보기에는 그중 자네가 최고의 명장이야. 부처님도 그리 인정하실걸?"

"핫! 그건 감당할 수 없군요."

입이 귀에 걸린 염차목이 손사래를 치며 사양했다.

"들어오게. 차라도 해야지?"

"그럴까요?"

그가 무광 스님과 함께 방 안으로 들어가자 무진은 수련이 숨어버린 부엌으로 쪼르르 달려갔다.

"핏, 왜 왔어?"

채소를 썰던 수련이 탁탁탁 소리가 크게 나도록 칼을 두드려 대며 톡 쏘았다. 무진이 제 말을 듣지 않고 고집 부린 게 아직도 서운한 모양이다.

그와 수련은 여덟 살 동갑내기였다. 무진의 생일이 다섯 달 빨랐지만 조숙하기는 수련이 몇 년은 앞질러 있다.

"어허!"

무진이 짐짓 근엄한 얼굴을 하고 눈을 부라렸다. 어딘지 염차목을 닮은 듯한 표정이어서 수련이 어리둥절한 눈으로 바라보다가 까르르 웃었다.

"어떻게 된 거야? 그렇게 닮다니. 너도 점점 염 아저씨처럼 재미없어져 가나 보다."

"응?"

"사람이든 짐승이든 붙어살면 서로 닮아간대. 자기가 바라는 쪽을 자꾸 부러워해서 그렇다나? 그러니 너도 염 아저씨를 닮아가는 거겠지 뭐."

처음 들어보는 소리다. 하지만 그럴듯했다.

"그럼 내가 아저씨의 무서운 얼굴을 부러워한다고?"

"누가 알아? 사람들이 너를 꼬맹아, 꼬맹아, 하고 우습게 아니까 아저씨의 무서운 얼굴이 갖고 싶었겠지."

"허?"

무진이 눈을 휘둥그레 떴다. 만나면 늘 느끼는 거지만 수련의 똑똑

함은 제가 도저히 따라가지 못할 것이어서 부럽기도 하고 샘이 나기도
했다.

그러면 무진은 심술과 억지로 맞서서 이기는 수밖에 없었다.

"요 쪼그만 게 오빠를 가르치려 들어?"

"핏, 다섯 달 먼저 태어난 것도 오빠야?"

"쌍둥이는 한발 늦게 나왔어도 형 아우를 따진단다. 그러니 다섯 달
이면 엄청난 거지."

"오빠가 오빠다워야 오빠지. 고집만 센 멍청이에다가 못생겼으니 그
게 무슨 오빠람?"

"이게 정말?"

무진이 주먹을 들어 올렸지만 수련은 조금도 무서워하지 않았다.

"내가 지금 손에 뭘 쥐고 있는지 잘 보고 생각해라."

탁탁탁탁—

더 크게 소리를 내며 채소를 다지고 있다. 아주 짓이긴다. 무진은 그
만 어이가 없어서 입을 다물고 말았다.

두 아이는 그렇게 만나면 토닥토닥 다퉜다. 그리고 헤어질 때면 아
쉬워서 서로 잡은 손을 놓지 않으려고 했다.

염차목을 따라 멀어지며 돌아보고 또 돌아보던 무진의 모습이 기어
이 보이지 않게 되면 수련은 불당 뒤로 달려가 쪼그리고 앉아서 훌쩍
훌쩍 울었다. 무진만큼이나 외로운 아이였던 것이다.

"받아."

무진이 불쑥 주먹을 내밀었다.

"뭔데?"

"받아보면 알 거 아냐."

"핏."

수련이 앞치마에 손을 닦고 내민다. 작고 하얀 손가락들이 반짝거렸다. 그 손바닥 위에 나비 한 마리가 앉았다.

"어머? 예쁘다!"

아이의 눈이 커졌다. 통통한 볼이 활짝 퍼지고 하얀 치아가 드러났다.

앞니가 두 개나 빠져 있다.

가장 부끄러워하는 그걸 잊었을 만큼 철호접(鐵胡蝶)은 수련에게 놀라움과 감동을 주었다.

"어떻게 만들었어? 이젠 꼬맹이 대장장이가 다 됐네?"

"헤, 이빨 빠졌구나?"

"헉!"

수련이 급히 입을 가리고 돌아섰다. 하긴 무진도 지금 아랫니 한 개가 흔들리는 중이었다.

이날을 기다리며 지난 열흘 동안 잠자는 시간을 아껴서 쇳조각을 깎고 다듬어 만든 나비 노리개였다.

두 청년들 모르게 숨어서 형틀을 만들고, 쇳물을 훔쳐다 찍어냈다. 망치로 두드릴 수 없으니 손바닥에 물집이 잡히도록 줄칼로 갈고 숫돌로 다듬었다.

그렇게 해서 완성된 나비는 무진이 생전 처음 제 손으로 만들어낸 특별한 것이었다.

저잣거리에 나가면 그보다 훨씬 더 예쁘고 정교한 노리개들이 지천일 것이다. 그러나 투박하고 조악하지만 하얗게 반짝이는 그 철나비는 세상에 하나뿐인 물건이었다.

그것을 꼭 쥐고 있는 수련의 목덜미가 사과 빛으로 달아올라 있었다.

"어라? 아저씨는요?"

"벌써 갔다."

"네? 아니, 말도 없이요?"

"너는 내일 와도 좋다고 했으니 오늘은 나와 함께 자자."

수련과 둘이서 저녁 식탁을 마련하고 기별하러 갔더니 염차목이 보이지 않았던 것이다. 그래서 저녁 식사를 하는 내내 무진은 우울했다. 염차목이 한마디 말도 없이 저를 두고 갔다는 서운함 때문이었다.

버려진다는 것에 대해서 무진은 저도 모르는 새 커다란 두려움을 갖고 있었다.

건성건성 저녁을 먹고 나자 수련은 설거지를 했고 무진은 승방 안에 노스님과 마주 앉았다.

"다 해왔느냐?"

노스님이 낯빛을 엄숙하게 하고 무진이 싸들고 왔던 보자기를 가리켰다.

그 안에서 나온 건 깨알 같은 글씨가 빼곡하게 써 있는 두툼한 종이 뭉치였다. 노스님이 되는대로 한 장을 집어 들었다.

"어디 보자……"

"열흘 만에 한 권을 베껴 쓰라니, 너무하셨어요."

"흘흘, 그래도 해왔구만 그래. 열흘이 넉넉했던가 보다. 다음에는 칠 일이다."

"네?"

무진이 어이없다는 얼굴로 노스님을 빤히 바라보았다.

열흘 전 염차목과 함께 왔을 때 노스님은 무진에게 불경 한 권을 불쑥 건네주고 필사해 오라고 시켰다. 전에도 몇 번 이런 일이 있었지만 책 한 권을 통째로 내주기는 이번이 처음이었다.

법구경(法句經)이었다.

두 권으로 묶인 책에 총 이십육 장(章), 오백 수(首)의 시구가 들어 있는데, 그중 몇 장씩 뽑아서 필사해 오라고 했던 게 마음에 차지 않았던지 무광 노화상은 무진에게 불쑥 한 권을 통째로 맡겼던 것이다.

경전 안의 게송(偈頌)들은 부처님의 가르침을 보다 쉽게 입에서 입으로 전하고자 한 의도에서 이루어진 것들이다. 그래서 간결한 노래의 형식을 띠고 있었다.

그 하나하나에 담긴 뜻이 깊으면서 접하기에 어렵지 않았으므로 읽고 쓰는 중에 절로 불법에 눈뜰 수 있게 된다.

그래서 무광 노화상은 무진에게 법구경을 필사하도록 시켰던 건지도 모른다.

어린 무진이 글을 읽고 쓸 줄 안다는 게 대견한 일이지만 역시 조악한 필체는 어쩔 수 없었다. 그러나 뒷장으로 갈수록 점점 필체가 매끄러워지는 것이 쓰는 동안 많이 늘었다는 걸 알 수 있었다.

대충 훑어본 노스님이 넌지시 무진을 건너다보며 물었다.

"다 알겠더냐?"

"하나도 모르겠어요."

"흘흘, 그렇겠지. 그런데 궁금한 건 없더냐?"

"쓰다 보니 이런 말이 있었어요."

棄欲無着(기욕무착) 缺三界障(결삼계장)
望意已絶(망의이절) 是謂上人(시위상인)
욕심을 버리고 집착없으니 삼계의 속박을 벗어났구나.
욕망 또한 이미 끊어졌으니 그야말로 가장 뛰어난 사람이다.

"흠, 그래서?"

"이건 죽은 사람에게나 가능한 일 아닌가요? 아니다. 한을 품고 죽은 사람에게는 이것도 당치 않겠는데요?"

"허―!"

노스님이 눈을 부릅떴다.

"마음속에 커다란 한을 품고 있고, 분노를 억지로 감추고 있는 사람이 있는데 그 사람에게 욕심을 버리고 집착을 끊으라고 한다면 좋아할까요?"

"누가 그렇다는 말이냐?"

"예를 들자면 그렇다는 거지요, 뭐."

노스님의 안색이 침중해졌다. 물끄러미 무진을 바라보는 눈에 연민과 안타까움이 흘러넘쳤다.

"그만 자거라."

길게 탄식한 노스님이 더 이상 말하지 않겠다는 듯 자리에 누웠다.

한나절 동안 무거운 궤짝을 지고 오느라 피곤할 대로 피곤한 무진이었다. 자리에 쓰러지자마자 곧 깊은 잠에 빠져들어 누가 흔들고 때려도 모를 지경이 되었다.

노스님이 슬며시 일어나 앉아 잠에 떨어져 있는 무진을 물끄러미 바라보더니 탄식했다.

"분명 범상치 않은 자질을 타고난 놈인데, 무슨 사연이 있는지 모르나 어린 나이에 심성이 벌써 이처럼 강퍅해져 있으니……. 잘못하면 장차 세상에 커다란 액(厄)을 가져올 놈이 되고 말 테니 걱정이로다. 아미타불……."

노스님은 진정으로 무진의 앞날을 걱정하는 사람이었다. 그는 어떻게 해서든 단단히 닫혀 버린 무진의 마음에 따뜻한 생명과 사랑의 불씨를 넣어주려 하고 있었다.

겉으로 보기에는 쾌활하고 심성 고운 무진이다. 하지만 무광 노승은 염차목이 그를 처음 데리고 왔을 때 단번에 알아보았다. 무진의 얼굴에 깃들어 있는 어둠과 조개처럼 단단히 닫혀 있는 속마음을 말이다.

그래서 염차목에게 은근히 당부했다.

"다음부터는 이놈을 꼭 데리고 오게."

"왜요?"

"이게 다 전생의 인연이라는 것이고, 세상을 가엾게 여기는 부처님의 자비라는 게야. 그렇게만 알고 더 묻지 말게."

"스님이 그렇다면 그런 거지요. 제가 뭘 알겠습니까?"

그 이후로 염차목은 호은암에 갈 일이 생기면 반드시 무진을 데리고 갔다. 노스님이 무진을 아끼고 사랑해 주는 모습이 보기 좋았고, 무진이 수련과 짝이 맞아서 개구지게 뛰놀며 밝게 웃고 즐거워하는 걸 보는 것도 흐뭇했다.

다음날이 되었다. 떠나는 무진의 마음도 아팠지만 보내는 수련의 마음은 더한 듯했다. 천산평의 버석거리는 억새밭 속으로 한참이나 따라왔다.

손을 꼭 잡고 있는 두 아이는 말이 없었다.

저 멀리 호은암의 소나무 언덕이 보이는 곳에서 무진이 멈추어 섰다.

"이제 그만 가."

"조금만 더……."

"안 돼. 스님이 걱정하셔. 어서 가."

"언제 또 올 거야?"

"열흘 뒤에 올게. 스님이 그러라고 하셨거든."

무진이 수련의 손을 놓고 마른 억새를 헤치며 멀어져 갔다.

수련은 억새에 파묻히듯 보였다가 사라지고 또 보이는 무진의 뒷모습을 끝까지 바라보았다.

드디어 그가 보이지 않게 되고서야 돌아서는 수련의 가슴에 쓸쓸한 바람이 깃들었다.

수련은 엄마의 얼굴도, 아버지의 얼굴도 기억하지 못했다. 제가 왜 호은암에서 무광 스님과 함께 살게 되었는지도 아는 바 없었다.

사물을 가려 볼 줄 알게 되고 기억이라는 걸 갖게 되었을 때 아이는 거기 스님과 그렇게 있었던 것이다.

그때는 호은암과 이 넓은 천산평이 세상의 전부인 줄 알았다. 스님과 자기는 그 세상 속에 있는 단 두 명뿐인 사람이라고 믿었다.

그런데 어느 날 불쑥 염차목이 찾아오기 시작했다. 그래서 수련은 비로소 천산평 너머에 또 다른 세상이 있다는 걸 알았다.

그리고 두 달 전 무진이 염차목을 따라 처음 왔을 때, 세상에는 나 같은 아이도 있다는 걸 알고 신기했다.

짧을 때는 사흘에 한 번, 길게는 열흘이 지나서 오는 그가 언제부터

인가 수련의 유일한 기다림이 되었다. 그래서 몇 밤을 더 자야 무진이 오느냐고 스님에게 물었고, 대문턱에 턱 괴고 앉아서 멍하니 막막한 천산평을 바라보곤 했다.

　이제 무진은 갔다. 열흘 뒤라고 말했지만 수련에게는 그게 너무 까마득한 세월이 되어버렸다.

　"하루에 두 번씩 잘까? 그럼 다섯 밤 자면 되는데……. 아니다. 오늘 열 번을 다 자버리면 내일 오지 않을까?"

　중얼거리고 머리를 갸웃거린 수련이 돌아서서 마구 뛰어가기 시작했다. 누렇게 마른 억새풀 사이로 아이의 두 갈래 댕기머리가 팔랑거리며 멀어졌다.

제4장

이상한 방문객

이상한 방문객

집을 떠난 뒤 어느덧 일곱 번의 겨울이 가고 봄이 왔다.

이제 무진은 나이 열네 살의 어엿한 소년이 되었다.

그동안 여러 가지 변화가 있었는데, 가장 큰 변화라면 역시 그의 달라진 모습일 것이다.

얼굴에는 아직 앳된 소년의 티가 가득했으나 체구는 어지간한 장정 부럽지 않을 만큼 커진 것이어서 뒤에서 보면 누구도 소년이라고 믿지 않았다.

그리고 무진은 힘이 장사가 되었다.

쇳조각이 가득 들어 있는 가마를 번쩍번쩍 들어 올리는 무진의 힘은 결코 열네 살 난 아이의 것이 아니었다. 그건 마을의 웬만한 장정들에 게도 힘든 일이었는데 무진에게는 그저 그럴 뿐이었다.

그런 무진의 기운을 본 사람들은 한결같이 혀를 내둘렀다.

웅이나 길상이도 이제는 꼬마라고 함부로 구박하지 못했을뿐더러, 마을에 나가면 다들 놀라고 감탄하고 부러워했다.

그건 집을 떠나온 지난 칠 년간 하루도 거르지 않고 연마한 자부신 공과 망치질 덕분이었다.

저도 모르는 사이에 무진의 단전에는 제법 커다란 기운이 쌓여갔다. 발경법을 알지 못해도 의지가 동하면 기운도 동해서 무진에게 끊임없이 원기를 불어넣어 주었다.

그러므로 무진은 하루 종일 커다란 망치로 달군 쇳덩이를 두드려도 피곤한 줄을 몰랐다.

걸음걸이에 힘이 실려서 웅장한 기상이 배어났고, 몸놀림이 때로는 저도 놀랄 만큼 경쾌해져서 달리고 뛰는 것이 여느 아이와 같지 않았다.

무진은 망치질을 할 때 오른손과 왼손을 번갈아 사용했다. 화웅과 화길상 두 청년에게서 폐단을 발견한 때문이다. 그것은 그들의 근육과 힘이 한쪽으로만 발달했다는 것이었다.

오른손잡이인 두 청년은 십수 년 동안 주로 한 손으로만 망치질을 했으므로 오른손의 힘은 천하장사 못지않았지만 왼손은 그저 평범함을 조금 웃돌 정도에 지나지 않았다. 그것을 알아본 무진은 두 손을 모두 사용하기로 마음먹었다.

망치질을 하는 일에만 두 손을 쓰는 게 아니었다. 젓가락질도 오른손과 왼손을 번갈아 했고, 글씨를 쓰거나 그림을 그리는 것도 그렇게 했으며 물건을 만드는 일도 그렇게 했다.

일상생활에서 두 손을 모두 똑같이 사용하기 위해 노력한 결과 몇 년이 지난 지금 무진은 특이한 사람이 되어 있었다.

단지 양팔의 힘이 고르게 높아졌을 뿐만 아니라 그 능력까지도 고르게 되어서 이제는 어느 손으로 무얼 하더라도 전혀 불편한 걸 느끼지 못하게 되었던 것이다.

거기에 재미를 붙인 무진은 요즘 왼손과 오른손이 각기 다른 일을 할 수 있도록 연습하는 중이었다.

오른손으로 그림을 그리면서 왼손으로는 글씨를 쓴다. 오른손으로 망치질을 하면서 왼손으로는 풀무를 돌린다.

그렇게 해서 왼손과 오른손이 각기 다른 일을 완벽히 수행할 수 있게 된다면 한 사람이 두 사람의 능력을 발휘하게 되는 것이나 다름없으리라.

어린 무진의 마음에 으쓱한 생각이 어찌 들지 않으랴. 저도 모르게 턱이 나오고 눈매가 가늘어지면서 얼굴에 당돌한 기색이 어렸다.

작년에 호은암의 노스님은 그런 무진을 불러 앉혀놓고 불쑥 꾸짖었다.

"너는 장차 큰 도적이 될 셈이냐?"

"예?"

"아니면 항우나 여포 같은 장수가 될 테냐?"

"무슨 말씀이신지……."

"화가촌에서 장사가 났다고 소문이 자자하더구만. 에잉, 쯧쯧……."

"……."

"이 미련한 놈아. 모난 돌이 정 맞고 곧은 나무가 먼저 베어지는 이치를 어째서 모른단 말인고!"

무진은 뒷머리가 띵해졌다. 호되게 얻어맞은 것 같았다.

"재주를 자랑하는 건 광대나 하는 짓이고, 힘을 자랑하는 건 미련한 소나 할 짓이다."

"잘못했습니다."

"멧돼지는 제 힘이 산중에서 제일인 줄 알고 꿀꿀거리며 천지사방을 파헤쳐서 숲을 온통 어지럽히고 시끄럽게 한다. 짐승이든지 사람이든지 가리지 않고 달려들어 받아넘기려고 하니 그놈과 마주치면 다들 달아날 밖에. 그러면 어리석은 그놈은 꼬리를 빳빳하게 세우고 턱을 치켜들고 콧김을 씩씩 뿜어내면서 우쭐거리고 돌아다니지. 호랑이가 풀숲에 납작 엎드려서 조용히 바라보고 있다는 걸 까맣게 모르고 말이다. 호랑이는 숨어서 기다리다가 때가 되면 비로소 한 번 크게 울부짖고 뛰쳐나가 후려칠 뿐이다. 그러면 멧돼지는 당장 목이 부러지고 사지가 꺾여서 호랑이 밥이 되고 말지. 어떠냐. 너는 멧돼지가 되고 싶으냐?"

"잘못했습니다."

무진은 노스님 앞에 납작 엎드려 눈물마저 흘리며 자신의 어리석었음을 뉘우쳤다.

이 작은 힘은 벽을 뚫던 아버지의 손가락 하나만도 못한 것이다. 아버지를 죽인 다섯 괴한들의 힘과는 더 더욱 비교할 수도 없다.

그걸 생각한 무진은 제 머리통을 섬돌에 찧어 부수고 싶었다.

복수할 날만을 기다리며 숨어 살고 있는 제 처지를 잠시 잊고 있었던 것이다.

우물 안 개구리라더니 제가 딱 그 꼴이었다는 뉘우침이 들면서 저의 어리석음에 대한 후회와 경멸이 마구 들어 견디기 힘들 만큼 괴로워졌다.

다음부터 무진은 여간해서는 대장간 밖으로 나가지 않았다.

어쩌다 밖에 나갈 일이 있을 때도 사람과 마주치면 눈을 깔고 공손히 비켜섰으며, 울퉁불퉁 근육이 잡혀가는 맨살을 드러내지도 않았다. 일부러 천천히 걸었고, 함부로 힘을 자랑하지 않았다.

그러나 대장간에서 일을 할 때만큼은 그 어느 때보다 격렬하고 힘차게 했다. 염차목이 망치 부러진다고 혀를 찰 만큼 그의 힘은 펄펄 넘쳐 났다.

그렇게 무진이 커진 지난 칠 년 동안 염차목은 늙었다.

환갑을 바라보게 되면서 흰머리도 많이 생겼고 얼굴에 주름도 늘어 이제는 누가 보아도 완연하게 노인티가 났다.

걸걸하고 급하던 성격도 어느덧 소심하고 꼼꼼한 것으로 바뀌어서 여간해서는 호통 치는 일이 드물어졌다.

대장간의 큰제자 화웅은 결혼을 하여 멀리 강서성 남창부로 독립해 나갔다. 그곳에서 대장간을 열었다고 하더니 들려오는 말로는 군역을 면제받는 대신 부중에 속한 대장장이가 되었다고 한다.

작은 제자 화길상 또한 독립을 준비하고 있었다. 그는 조만간 염차목의 도움을 받아 가까운 장사(長沙) 성중에 대장간을 낸다며 한껏 들떠 있는 중이었다.

무진은 평생을 가족 없이 홀로 살아온 염차목의 노년이 쓸쓸해지는 것이 싫었다. 지난 칠 년간의 세월을 돌이켜 보면 더욱 그렇다. 그는 아버지처럼 스승처럼 자신을 언제나 자상하고 따뜻하게 보살펴 주지 않았던가.

늙기로는 염차목보다 호은암의 무광 노스님이 더욱 늙었어야 옳다. 처음 보았을 때도 할아버지 스님이었으니 그렇다.

그런데 이상하게도 노스님은 그때나 지금이나 다름이 없어 보였다. 세월도 그 얼굴만은 어쩌지 못하는 것 같았고, 시간도 노스님은 비켜서 지나가는 것 같았다.

그건 이해할 수 없는 일이었다. 그래서 어느 날 수련에게 물어보았다.

"스님이 몇 살인지 나도 몰라. 스님 말로는 저 천산평의 나이와 같다고 해서."

"쳇, 그런 거짓말이 어디 있어?"

"바보야. 이미 자연이 되어서 세상을 잊었듯 당신의 나이마저 잊었다는 뜻이야."

"그럼 도통하신 게로군?"

"스님은 아마 도라는 게 뭔지 모르실걸? 불법이 무언지도 점점 잊어가고 있으셔."

"응?"

"내일은 문득, 부처님이 뭐 하시는 양반인고? 이러실지도 몰라."

"그럼 노망이 드신 건가?"

"바보, 멍청이."

내가 부처이고 부처가 곧 나이며, 내가 자연이고 자연이 곧 나라는 의미의 말임을 안다. 하지만 무진이 그렇게 억지를 써본 건 또 믿을 수 없어서이기도 하다.

이제 무진은 세상이 어떤 건지, 불법이 어떤 거며 도가 무엇인지 어렴풋이 알고 느끼고 생각할 수 있는 나이가 되었다. 지적 호기심도 왕성해져서 천하의 모든 것을 알고 싶다는 욕망도 생겼다.

수련의 말대로라면 노스님은 이미 도와 하나가 되어서 조화로운 경지에 드셨다는 게 된다. 무진은 그게 실감나지 않았다.

신선이나 보살이라고 해야 할 그런 경지에 든 사람은 세상과 동떨어저서 저 먼 산중에 숨어 있어야 그럴듯하다.

천산평의 이 보잘것없는 작은 암자 안에 버젓이 살아 있는 보살을 본다는 건 아무래도 실감나지 않는 일이었다. 더구나 무진 스스로가 누구보다 노스님과 가까워져 있는 터라 더욱 그렇다.

"스님은 항상 너를 걱정하셔."

수련이 그늘진 얼굴로 그렇게 말했다. 무진이 눈을 크게 떴다.

"왜?"

"네 팔자가 기구하고 운명이 가혹하다고."

"쳇, 나를 어떻게 아신다고 그런 말을 하신담."

"스님은 모든 걸 다 아셔. 네 마음속도 이미 다 들여다보셨을 거야."

무진의 가슴이 뜨끔했다.

'내 속을 다 아신다니. 어떻게?'

그런 의문과 반발이 생기면서, 여태까지 누구에게도 말하지 않은 채 꼭꼭 숨겨두고 있는 자신의 비밀이 정말 들통난 건 아닌가? 하는 불안도 생겼다.

스님이 그 무슨 불가육통(佛家六通) 중에서 타심통(他心通)과 숙명통(宿命通)이라고 하는 그런 것에 이미 통해 있는 건 아닐까? 하는 생각도 들었다. 그렇다면 그건 정말 놀라운 일이다.

하지만 무진은 믿지 않았다. 세상에 남의 마음을 훤히 들여다보거나, 그 사람의 운명을 내 손금 보듯이 꿰뚫어볼 수 있는 능력이 있다는 건 웃기는 얘기다.

그런 게 있지도 않으려니와, 만에 하나 있다면 무슨 재미로 세상을 살아갈 것인가?

무진은 그 무광 노스님에게서 지겹도록 법구경을 배워야 했다. 하고 많은 불경들 중에서 왜 하필 스님은 그처럼 법구경 하나만 무진에게 내보였는지 모른다.

그동안 그것을 하도 많이 필사해서 몇 번이나 썼는지 기억도 나지 않았다. 법구경 구절 하나하나가 머리 속에 박혀 버렸을 정도다. 지겹기까지 하다.

그래도 찾아갈 때마다 노스님은 그 안에서 또 새로운 것을 말해 주곤 했으니 도대체 어디가 끝인지 알 수 없었다.

불법은 무한해서 바다와 같다더니 그 말이 꼭 맞는가 보다고 여기고 이제는 다른 경전 배우기를 포기했다.

그 무렵 수련은 완연히 처녀티가 나고 있었다.

무진의 얼굴에 아직 장난기가 남아 있다면 수련의 얼굴에는 부끄러워하고 망설이는 처녀의 수줍음이 있었다. 열네 살인 것이다.

이 넓은 세상, 이 많은 사람들 중에서 무진과 수련은 그 누구보다 크게 공통된 것이 있었다. 바로 정을 붙이고 사는 대상이 똑같다는 것이었다.

두 아이는 오직 염차목, 무광 노스님에게만 정을 주고 있었다. 그건 편협하다고 해야 할 인간 관계였지만 그들은 조금도 알지 못했다. 오직 그 두 사람만이 진심으로 믿고 의지할 사람들로 여길 뿐이다.

그래서 두 아이는 서로에 대한 믿음이 더욱 깊어졌고, 동질감에서 오는 따뜻함을 마음속 깊이 나누어 가졌다.

세상의 그 많은 또래들 중에서 무진에게는 오직 수련만이 있을 뿐이고 수련 또한 그랬다. 그러니 둘 사이의 은근하고 깊은 정은 피를 나눈 혈육보다 오히려 절절한 바가 있었다.

무진에게는 저절로 수련의 아픔이 느껴졌고, 수련 역시 말하지 않은 무진의 아픔을 느꼈다. 그러고 보면 서로에 대한 타심통은 오히려 그 두 소년 소녀가 저도 모르게 대성하고 있는 건지도 모른다.

그러던 어느 날 한 사람이 찾아왔다.

검은 옷을 입은 중년의 깡마른 사내였는데, 눈매가 매섭고 허리가 곧았으며 몸집이 잘 마른 박달나무처럼 단단해 보이는 사람이었다.

"당신이 염차목인가?"

세 가닥 짧은 수염을 기른 중년인이 대뜸 그렇게 물었다.

그때 무진은 한창 망치질에 열중해 있는 중이었고, 곁에서 염차목은 잘못된 점을 찾아내기 위해 꼼꼼히 들여다보고 있었으므로 누구도 그가 왔다는 것을 알아채지 못했다.

대장간 가득 무진이 두드리는 힘찬 망치질 소리가 넘쳐 나고 있어서 밖에 벼락이 떨어졌다고 해도 알아듣지 못할 만큼 시끄러웠다. 그런데도 중년인의 카랑카랑하고 건조한 음성은 그 지독한 소음을 뚫고 귀에 똑똑히 박혀들었다.

염차목이 살짝 낯을 찡그리고 천천히 돌아보았다. 무진도 뜻밖의 일에 망치질을 멈춘 채 흠뻑 땀에 젖은 얼굴로 중년인을 보았다.

중년인의 시선이 무진의 얼굴에 못 박혔다.

"아직 아이 아닌가?"

그가 놀랍다는 듯 눈을 크게 떴다. 뒤에서 보았을 때는 단단한 몸집과 망치질에 실려 있는 충만한 힘 때문에 근력이 뛰어난 장정쯤으로 여겼던 것이리라.

무진이 목에 두르고 있던 꾀죄죄한 수건으로 땀을 닦고 머리를 숙여 보았다. 중년인의 번쩍이는 눈이 그런 무진의 얼굴과 몸을 몇 번이고 쓸어보았다.

"자네가 악(鄂:호북)과 상(湘:호남) 땅에서 제일이라고 소문난 명장이라지?"

눈으로는 무진을 보면서 말은 염차목에게 하고 있었다. 염차목이 빙긋 웃었다.

"그 말은 과하고…… 쇠를 좀 다룰 줄 압죠."

중년인이 옆구리에 끼고 있던 나무 궤짝을 내려놓았다.

"이게 무슨 물건인지 알겠나?"

염차목이 말없이 궤짝을 열어보았다. 안에 들어 있는 것은 검은빛이 도는 네 덩어리의 철괴(鐵塊)였다. 네모반듯한 하나의 크기가 두부모 넉 장을 붙여놓은 것만했다. 그런 게 네 덩어리 들어 있었던 것이다.

염차목의 얼굴색이 즉시 달라졌다. 철괴를 본 그가 크게 놀라서 입을 딱 벌렸다.

"이, 이것은 현철이 아닙니까?"

"눈이 밝군."

중년인이 희미하게 웃었다.

"바다에서 건져 올린 현철석에서 뽑아낸 거다."

"용왕주(龍王柱)!"

염차목이 더욱 크게 놀라 흠칫 떨기까지 했다.

용왕주는 해저 깊이 묻혀 있는 현철석(玄鐵石)을 말한다.

현철석은 대륙의 철광산에서도 아주 드물게 발견되곤 했다. 하지만 이것이 정말 깊은 바닷속 단단한 암반에 박혀 있던 용왕주에서 뽑아낸 것이라면 이건 이만저만한 보물이 아니었다. 철광산에서 캐내는 현철과는 비교할 수도 없는 것이다.

일평생 구경해 보기도 어려운 것일뿐더러 그것을 구한다는 건 더욱 어려운 일이었다. 해저에서 화산이 터질 때 용암에 섞여 치솟아올라 오는 경우를 빼고는 내륙에서 용왕주라고 불리는 현철석을 구하기란 불가능했기 때문이다.

어디 해저 화산이 자주 폭발하던가. 수백 년에 한 번 터질까 말까 한데, 그 용암이 바다를 뚫고 솟구쳐 올라와 쌓이는 경우는 드물뿐더러, 그렇게 쌓였다고 해도 그것이 현철석을 포함하고 있는 일은 더 더욱 드물었다.

그런데 지금 염차목은 그 용왕주에서 뽑아냈다는 네 덩어리의 검은 철괴를 보고 있었다.

이만한 양의 철괴를 걸러냈다면 용왕주는 아마 그 크기가 집채만했을 것이다. 불가사의한 일이 아닐 수 없다.

염차목이 넋이 나간 얼굴로 중년인을 바라보았다. 그가 비로소 무진에게서 눈길을 거두어 염차목을 마주 보았다. 그 눈 속에 담겨 있는 서늘하고 날카로운 기운에 염차목이 다시 부르르 몸을 떨었다.

"검 한 자루를 만들어라."

"검…… 이라굽쇼?"

"기한은 석 달."

"……!"

"얼마를 주면 되겠는가?"

이런 쇠로 검을 만든다면 천하의 명검이 될 것이다. 그것을 중년인은 아무렇지도 않게 말하고 있었다.

염차목은 이것이 함부로 말할 수 있는 일이 아니라는 걸 깨달았다.

그가 어리둥절해서 빤히 바라보자 중년인이 낮게 말했다.

"좋은 검을 만들어라. 그렇게 한다면 원하는 대로 돈을 주마."

만약 그렇지 못하면 죽이겠다는 뜻이 그의 말투와 눈빛에서 읽혔다.

염차목이 다시 부르르 어깨를 떨었다.

대장장이로서 이런 쇠를 만난다는 건 꿈속에서도 바라던 일이다. 이와 같이 좋은 쇠로 명검을 빚어내는 일이라면 그야말로 일생을 걸고라도 해볼 만하다.

욕망과 두려움이 교차하던 끝에 염차목이 길게 탄식하고 말했다.

"좋습니다. 하지만 돈은 필요없습니다."

"응?"

"검 한 자루라고 하셨지요?"

"그렇다."

"그렇다면 여기 있는 네 덩이의 철괴 중 두 덩어리면 충분합니다."

"그런가?"

"석 달 뒤, 소인이 만들어낸 검이 마음에 드신다면 그때 남은 두 덩이의 철괴를 저에게 주십시오."

중년인이 희미하게 웃었다.

"돈 대신 철괴를 갖겠다는 거로군?"

"그렇습니다."

이번에는 중년인이 한동안 생각에 잠겼다. 그리고 결정한 듯 머리를 끄덕였다.

"좋다. 그렇게 하자."

염차목의 얼굴이 환하게 밝아졌다.

"달리 주문하실 건 없습니까?"

"검신을 타고 금룡(金龍) 한 마리가 날고 있으면 될 뿐, 소소한 건 필요없다."

"그럼 석 달 후에 오시지요."

떠나기 전 중년인이 어리둥절해서 한쪽에 서 있는 무진을 다시 돌아보았다.

"네 이름이 무엇이냐?"

"염…… 자경이라 합니다."

"염자경이라, 염자경……."

몇 번 입 안에서 중얼거린 중년인이 이번에는 염차목과 무진을 번갈아 바라보더니 다시 물었다.

"몇 살이지?"

"며칠 후면 열여섯 살이 됩니다."

거짓말이다. 무진은 왠지 제 나이를 솔직하게 말해 주면 안 될 것 같다는 느낌을 받았던 것이다. 중년인이 머리를 끄덕였다.

"좋은 나이다."

더 머물 것 없다는 듯 그가 돌아서서 빠른 걸음으로 사라졌다. 제 이름조차 가르쳐 주지 않았다.

한동안 그가 사라진 곳을 멍하니 바라보고 있던 염차목이 휴, 하고 길게 한숨을 쉬었다.

"이번에야말로 목을 걸어야겠구나."

그게 두 달 전의 일이었다.

그로부터 염차목은 내내 검을 만드는 일에 매달렸다.

그는 매일 목욕재계를 하고 깨끗한 옷으로 갈아입은 다음에 쇠를 대했다. 두드리는 망치질에도 정성을 다 기울이고 있다는 것이 그 소리와 박자에서 나타났다.

쇠를 불에 달구고 꺼내서 담금질을 한 것만도 수백 번이 된다. 그것을 두드리고 또 두드리는데, 어떤 날은 하루 종일 두드리기도 했다.

"이렇게 해야 쇠 속에 들어 있는 불순물이 걸러지고 더욱 단단해진단다. 사람이든 쇠든 그저 두드릴수록 단단해지는 법이지."

말을 하는 동안에도 눈길은 점점 검의 모양을 갖추어 가는 붉은 쇳덩이에 고정되어 있다.

염차목은 처음부터 끝까지 오직 제 힘과 재주로만 했을 뿐, 무진에게는 조금도 무엇을 시키지 않았다. 무진은 잔심부름을 해주면서 그일이 얼마나 정성이 필요한 일이며 세심해야 하는 건지 알았다.

"이건 매우 특별한 검이 될 것이다."

"그런 것 같아 보여요."

"어디가 그렇게 보인다는 거냐?"

"보통 쇠는 아저씨가 몇 번 망치질을 하면 원하는 대로 펴졌는데, 이번 쇠는 그렇지가 않군요."

"천 번, 아니, 만 번을 두드려야 할지도 모르지."

무진이 혀를 내둘렀다.

"쇠가 아니라 금강석이라도 되나요?"

"이놈아, 이건 금보다 비싼 현철이다. 그것도 바다 밑에서 건져 올린 용왕주에서 뽑아낸 최상품이야."

"아!"

무진이 깜짝 놀라 물러섰다. 처음부터 귀한 쇠인 줄은 알았지만 금보다 비싼 것이라니.

"이런 귀한 걸로 검을 만들다니……. 너무 아깝지 않아요?"

"하하, 이런 어리석은 놈 같으니."

염차목이 망치질을 멈추고 껄껄 웃었다.

"이놈아, 이걸 그대로 두면 그냥 쇳조각일 뿐이다. 하지만 검을 만든다면 천하에 찾아보기 힘든 명검이 될 것이다. 그리되면 검을 쓰는 강호의 인물들에게는 만금보다 더 귀한 물건이 된다."

'강호인……'

무진의 낯이 어두워졌다. 그는 이제 강호가 무엇인지, 그곳에 몸담고 있다는 무림인이라는 자들이 어떤 인물들인지 어렴풋이 알아가고 있었다.

아버지가 바로 그런 무림인 중 한 사람이었고, 진천수가 강호에서 활동하던 때의 별호라는 것도 알았다.

하지만 그 이름이 얼마나 쟁쟁했던 건지에 대해서는 여전히 알지 못한다. 한 번도 아버지의 별호를 입 밖에 꺼내본 적이 없었고, 또 무림인과 이야기를 해본 적이 없으니 더욱 그렇다.

그런데 검을 주문하고 갔던 그 깡마른 몸집의 중년인이 바로 강호에 널려 있다는 무림인이었다.

무진은 문득 아버지를 죽였던 다섯 괴한들의 모습을 떠올렸다.

그때는 아직 어렸을 때지만 무진의 머리 속에는 아버지의 마지막 모습과 함께 그자들의 영상이 뚜렷이 남아 있었다.

그들의 움직임도 생생하게 기억된다.

그것이 바로 무공이라는 것도 이제는 어렴풋이 알았다. 그들도 무림인이었던 것이다.

그들 중에는 검을 쓰는 자도 있었다.

"매종칠검!"

아버지의 외침이 똑똑히 되살아났다. 무진은 한시도 그 말을 잊어본 적이 없었다. 잊을 수가 없는 것이다.

이제 눈앞에서 검의 형체를 갖추어가고 있는 쇠붙이를 보자 다시 그때의 일이 떠올라 가슴이 뜨거워졌다.

무진의 눈에서는 저도 모르게 이글거리는 원한의 불꽃이 피어올랐다.

"이놈아! 어디다 정신을 팔고 있는 거야! 불이 죽어간다!"

염차목의 호통 소리가 무진을 깜짝 놀라게 했다. 정신을 차린 그가 와락와락 풀무질을 해대기 시작했다. 잦아들었던 화로 안의 불꽃이 새파랗게 타올랐다.

벌겋게 달구어진 쇠를 꺼내본 염차목이 다시 화석 속에 박아 넣고 무진을 꾸짖었다.

"불이 가장 중요하다고 몇 번이나 말했더냐! 순수한 불의 기운을 쇠에 불어넣어야 하느니라. 너무 뜨거워도 안 되지만 온도가 떨어지는 건 더 나쁜 게야. 항상 잡색이 섞이지 않은 순수한 빛을 띠도록 조절해야 한다."

불 속에 섞였던 누렇고 붉은빛들이 빠르게 사라졌다. 그리고 순수하고 맑은 푸른빛만 남았다.

염차목이 이제는 주황색으로 변한 쇳덩이를 꺼내 다시 힘차게 망치질을 하기 시작했다.

쇳덩이는 어느덧 길이 석 자 여섯 치, 폭 두 치 남짓하게 펴져 있었다. 저것을 다시 두드려서 두께가 적당해지면 틀을 잡는다.

치이익—

쇳덩이가 맑은 물속에 잠기자 요란한 소리를 내며 물이 끓고 수증기가 허옇게 피어올랐다.

약속한 석 달에서 두 달이 훌쩍 지나갔다. 이제 한 달 남았을 뿐이다.

염차목은 마지막으로 검신에 조각을 해넣고 있었다. 한 줄 한 줄에 온 정성과 신경을 기울여서 검신 전체에 한 마리 용의 형상을 정교하게 새기는 데 열흘이 걸렸다. 그리고 그 홈에 금을 녹인 물을 부어 채웠다.

그것이 굳기를 기다렸다가 다시 불 속에 넣고 완전히 합쳐질 때까지 적당히 달구었다 식히기를 몇 번.

이제 완벽한 검의 형체를 갖춘 그것은 검고 칙칙한 빛을 띠고 번쩍였다. 한 마리 선명한 금룡이 검신을 타고 날듯이 몸부림치고 있는 모양은 웅장하기 짝이 없었다.

염차목은 밤에 자는 것마저 잊은 채 오직 검을 깎아내고 다듬는 일에 매달렸다.

거친 표면을 거울처럼 매끄럽게 다듬는 일도 쉽지 않았고, 검인(劍刃)이 될 부분의 미세한 굴곡을 바로잡는 일은 더 더욱 쉽지 않았다.

그 다음에는 숫돌에 문질러 날을 세우는 일이다. 여태까지 해온 모든 일 중에서 가장 중요한 작업에 들어선 것이다. 열흘 동안 염차목은 그 일을 혼자서 해냈다.

남은 열흘은 자루를 만들고 검집을 만드는 일에도 빠듯했다. 미리 구해둔 최상품의 상어 가죽을 무두질하고 내피와 외피 사이에 철심을 박아 넣어서 검집마저 단단하고 야무지게 마무리하고 나자 약속한 석 달이 다 되었다.

그 석 달 동안 염차목은 반쪽이 되어 있었다. 제대로 먹지도 자지도 않은 채 자신의 생기를 죄다 한 자루 검을 만드는 일에 불어넣은 탓이다.

그 일이 그의 수명을 십 년도 넘게 단축시켰으련만 염차목은 오히려 흐뭇해하고 있었다.

"잘 봐라. 이것이 내가 만든 검이다. 가히 신검의 대열에 들 게 틀림없지."

염차목이 새파랗게 벼려진 검을 들어 보이며 자랑스럽게 말했다. 무진은 그 검에 서려 있는 그의 혼을 보았다.

나이 열 살에 이 일을 시작했다니 오십 년 동안이나 해온 셈이다. 염차목은 그 오랜 세월을 이 몇 달 동안 한 자루 검을 만드는 데에 아낌없이 다 쏟아 넣었다.

검신은 여전히 검은색이었고, 거기에 박혀 있는 금룡은 비늘 하나까지도 생생하게 살아 은은한 금광을 쏟아냈다. 두 개의 검인만이 창백할 정도로 흰빛을 띠고 번쩍였다.

검은빛과 흰빛. 그리고 황금빛이 어우러져 있는 그 한 자루의 검에는 신기(神氣)마저 서렸다.

다음날 새벽에 그 사람이 왔다. 밤새 먼 길을 온 듯 옷자락이 이슬에 젖어 있었다.

"다 됐는가?"

여전히 눈으로는 무진을 보면서 염차목에게 건성으로 물었다.

몰라보게 수척해진 염차목이 퀭한 눈으로 한동안 중년인을 바라보다가 안에서 오동나무 함을 소중하게 안고 나왔다. 매우 아쉽다는 듯 선뜻 내놓지 못하고 한동안 나무 함을 쓸더니 떨리는 손으로 마지못해 그것을 내밀었다.

중년인이 무심한 손길로 뚜껑을 열자 창백한 시린 빛이 갑자기 쏟아져 나왔다.

붉은 융단을 깐 함 안에는 그가 주문한 검과 검집이 나란히 담겨져 있었다.

현철의 검은빛을 하늘 삼아 황금빛 용이 날아오른다. 새파랗게 빛나는 검인이 두 줄기 번갯불처럼 그 어두운 하늘을 갈랐다.

"으음─!"

중년인이 깊은 탄성을 흘렸다. 검을 바라보는 그의 눈빛이 황홀해지고, 검을 잡는 손가락이 가늘게 떨렸다.

눈앞에 검을 세워 들고 바라보던 중년인이 '과연!' 하고 저도 모르게 큰 소리로 감탄성을 터뜨렸다.

머리카락 한 가닥을 뽑아 검인에 대고 가볍게 불자 미끄러지듯 잘라져 양 옆으로 흘러내렸다.

"과연! 과연 명장이고 신검이다!"

중년인이 크게 만족한 듯 그 차갑던 얼굴 가득 웃음마저 띤 채 소리쳤다.

검을 다시 함 안에 잘 갈무리한 그가 지긋한 눈길로 염차목을 바라보았다. 염차목의 얼굴에는 그저 아쉽고 서운한 기색만 가득할 뿐이었다. 넋을 잃은 사람처럼 멍하니 검이 들어 있는 함을 바라보기만 했다.

"수고했소. 약속대로 대가는 그 두 덩이의 현철로 대신하지."

"감사합니다."

염차목이 건성으로 대답하며 머리를 조아렸다.

"너는 나를 따라가자."

그가 불쑥 무진에게 그렇게 말했으므로 무진은 물론 염차목까지 깜짝 놀라 그를 바라보았다.

"멀지 않다. 형산까지만 갔다 오면 되니 보름이면 충분할 게다."

"제가 왜……?"

"검을 지고 갈 사람이 필요하지 않겠느냐? 보름 동안 내 시동 노릇을 하면 된다. 보수는 넉넉히 주마."

사내는 염차목이나 무진의 의사 따위는 상관없다는 듯 말하고 있었다. 자기가 그렇게 하기로 했으면 할 뿐이라는 독선이 가득한 자였다.

무진의 낯이 일그러졌다. 뭐라고 반발을 하려는데 그것을 본 염차목이 눈짓으로 말리며 무진을 가리고 나서서 말을 받았다.

"이놈이 없으면 대장간 일을 할 수가 없답니다."

"그렇다면 보름쯤 문을 닫고 쉬는 것도 좋겠지. 당신은 그동안 많이 지쳤을 테니까 말이야. 어디 멀리 떠나 있으면 더 좋고."

"떠나라구요?"

"내 생각에는 그렇게 하는 게 좋을 것 같네."

염차목이 머리를 갸웃거렸다. 사내의 말속에 왠지 꺼림칙한 무엇이 들어 있다는 느낌을 받아서다.

사내가 품에서 금낭 한 개를 꺼내 염차목에게 던져 주었다. 쩔그렁거리는 것이 안에 은자가 들어 있는 모양이다.

"백 냥일세. 보름간 쉬는 대가로 충분하겠지? 어디 멀리 떨어진 색주가에라도 찾아가 맘껏 뒹굴다 오게."

염차목의 대답은 기다리지도 않고 무진에게 다시 말했다.

"너에게는 일이 끝난 뒤에 따로 백 냥을 주마. 역시 보름간 수고한 대가로는 충분할 게다."

"저는 무광 노스님께……."

무진이 무심결에 호은암의 얘기를 꺼내려 하자 염차목이 손을 내두르며 말을 가로챘다.

"아, 이 녀석아, 그 일이라면 걱정하지 않아도 된다. 스님께는 내가 말해 줄 테니 그냥 다녀오너라."

그는 사내의 말을 따르지 않을 수 없다고 생각했다. 이처럼 까다로운 자의 비위를 거스르면 당장 화가 찾아온다는 걸 잘 아는 것이다.

"이분 나리께서 원하시니 네가 들어드려라. 오랜만에 바깥 세상 구경도 할 겸 해서 다녀와."

"하지만……."

"걱정할 것 없어. 여기 일은 나한테 맡겨. 나리 말대로 보름쯤 문을 닫고 푹 쉬어야겠다."

아예 무진의 등을 떠밀기까지 했다. 그래서 무진은 옷도 갈아입지 못한 채 오동나무 함을 등에 지고 사내를 따라나설 수밖에 없었다.

■ 제5장 ■
흑풍객(黑風客) 이정청(李征靑)

흑풍객(黑風客) 이정청(李征靑)

형산(衡山)이라면 상강(湘江)을 거슬러 오백 리를 가야 한다.

사내의 말처럼 보름이면 왕복할 수 있는 거리지만 무진에게는 그동
안 수련을 보지 못한다는 게 여간 서운한 일이 아니었다.

무진이 잔뜩 부어터진 얼굴로 사내의 뒷등을 흘겨보며 느릿느릿 따
랐으나 사내는 개의치 않았다. 뒤돌아보는 법도 없이 성큼성큼 걸어갈
뿐이다.

그렇게 마을을 벗어났다. 사내는 저만큼 앞서 가더니 보이지 않았
다. 무진은 여전히 투덜거리면서 느릿느릿 걸었다.

"제가 아쉬우면 기다리겠지 뭐. 아니면 돌아오던가. 아니다. 아예
멀리로 가버려서 다시는 오지 않았으면 좋겠다."

검을 자기가 갖고 있으니 걱정할 게 없었다.

그렇게 마을을 벗어나 남쪽으로 하루를 걸어 내려왔다. 사내는 말이

없었고, 무진 또한 할 말이 없으니 그저 남남인 듯 길을 갈 뿐이었다.

그날 밤 늦게 장송진(樟松津)이라는 곳에 도착해 하룻밤을 잤다. 그리고 다음날 아침 일찍 길을 나섰다.

여전히 사내는 저만큼 앞서서 저 혼자 걸어갔고, 무진은 심드렁한 얼굴로 한참이나 뒤처진 채 늘쩡늘쩡 따랐다.

장송진 입구에서 한 마장쯤 떨어진 곳에 찻집이 하나 있다. 버드나무 몇 그루가 한가롭게 늘어진 개울가에 청색 깃발을 매단 장대가 꽂혀 있었다. 거기 찻집이 있음을 알리는 거다.

무진은 멀리서도 검은 옷의 그 사내가 밖에 내놓은 의자에 앉아 한가롭게 차를 마시고 있는 걸 보았다.

"걸음이 느리다."

사내는 꾸물거리며 다가오는 무진을 흘깃 보고 그 한마디를 했을 뿐 다른 말이 없었다. 앉아서 좀 쉬라거나 차를 마시라는 말도 하지 않는다.

더욱 입이 튀어나온 무진이 사내와 뚝 떨어진 의자에 걸터앉자 안에서 주인 영감이 물통을 들고 나오다가 무진을 보고 히죽 웃었다. 가끔 화가촌으로 철물을 사러 오곤 했으므로 무진과는 낯이 익었다.

"종일 대장간에만 붙어 있는 녀석이 웬일이냐? 나들이를 다 하고."

"차나 주세요. 돈은 없어요."

"히히, 마음껏 마시렴. 돈이야 염가 놈에게 가서 받으면 되지."

마당에 있는 채마밭에 구정물을 뿌린 영감이 돌아서다가 길 끝을 바라보더니 머리를 갸웃거렸다.

"그참, 어젯밤 꿈자리가 좋았나? 오늘은 아침부터 웬일로 손님들이 이렇게 찾아든담?"

무진이 바라보니 저쪽에서 세 명의 장한이 빠른 걸음으로 다가오고 있었다. 등에 검을 메거나 칼을 들고 있는 것이 강호의 무리가 분명했다.

그리고 보니 찻집 안 어두컴컴한 곳에도 네 명의 사내들이 앉아 있었다. 조용히 차만 마시고 있었으므로 얼른 눈에 띄지 않았던 거다.

세 명의 장한이 불쑥 마당으로 들어서더니 흑의중년인과 무진에게는 눈길도 주지 않은 채 탁자를 차지하고 앉아서 주인 영감을 불렀다.

"주인장! 손님이 왔으니 차를 내와야지! 제일 맛 좋고 풋풋한 놈으로 내오라구!"

영감이 앞치마에 손을 닦으며 굽실거렸다. 아침부터 돈 냄새를 맡게 되어서 좋은지 연신 싱글벙글한다.

"뭘로 드릴까? 좋아하는 걸 말해 보시구랴. 뭐든 다 있으니까."

"제기랄, 목말라서 마시는데 까다롭게 굴 거 뭐 있어? 그냥 아무거나 내오구랴."

텁석부리장한이 눈을 부라리며 은자를 꺼내 던졌다. 재빨리 받아 든 노인이 싱글벙글하며 다시 찻집 안으로 달려들어 갔다.

이렇게 많은 외지인이 아침부터 한꺼번에 몰려오는 건 드문 일이라 무진은 눈을 휘둥그레 뜨고 그들을 살펴보았다.

저쪽에 묵묵히 앉아 있는 중년인은 얼굴마저 약간 숙인 채 찻잔을 만지작거리고 있을 뿐, 장한들의 소란에는 관심도 없다는 듯했다.

차를 홀짝거리던 장한들이 무진을 힐끔거리며 서로 이마를 맞대고 수군거리더니 땅딸하고 어깨가 떡 벌어진 자가 벌떡 일어나 다가왔다.

"꼬마야, 말 좀 묻자."

"예?"

"저 아래쪽 천산평 앞에 빌어먹을 화가촌이 있지?"

"쳇, 빌어먹는 사람은 없어요."

"요놈이?"

무진의 당돌한 대꾸에 어리둥절하던 장한이 껄껄 웃었다.

"그래, 좋다. 그 화가촌에 빌어먹을 대장간이 있다지?"

"글쎄, 빌어먹는 사람은 없대두요?"

"요놈이?"

장한이 눈을 부라렸다. 그는 '빌어먹을' 부터 찾는 게 말버릇인 모양이다.

"이리 오너라."

무진이 당돌하게 나오자 눈매가 매섭게 찢어진 자가 저쪽에 앉아서 손가락을 까닥거려 무진을 불렀다. 무진은 꿈쩍할 생각도 없는 듯 멀뚱거리는 눈으로 그자를 바라보기만 했다.

"고약한 어린 놈이군. 이름이 뭐냐?"

"그건 왜 물어요?"

"어른이 물어보면 공손히 대답해야 하는 거다."

"쳇. 자경이라고 합니다, 나리."

무진이 짐짓 손마저 모으며 공손하게 대꾸했다. 하지만 얼굴에는 심통이 여지없이 드러나 있었고, 입을 삐죽거리는 것이 아니꼽다는 태도가 역력하다.

눈매 매서운 장한이 화가 난다는 듯 눈썹을 꿈틀거렸지만 꾹 참고 말했다.

"성은?"

"염가입죠."

"염자경이라……. 화가촌에 있는 대장장이가 염가라던데, 너는 염차목을 아느냐?"

무진이 의아해져서 장한을 바라보았다. 이자들은 우연히 이곳을 지나가던 길이 아닌 모양이라는 생각이 들어서다.

"아는 모양이군. 좋다. 그 염가가 솜씨가 아주 뛰어난 대장장이라던데?"

"가서 물어보세요. 쳇!"

"어린 놈이 버르장머리가 없군."

장한이 흥! 하고 코웃음을 쳤다.

곁에서 둘의 수작을 지켜보고 있던 땅딸한 자가 대뜸 무진의 멱살을 잡고 눈을 부라렸다.

"빌어먹을 꼬마야, 크게 혼나는 수가 있다. 그러니 어르신들이 물어보는 말에 고분고분 대답해."

"물어보세요."

무진이 당돌하게 대꾸했다. 두려워하는 기색이 없으니 장한이 오히려 어리둥절해졌다. 저쪽에 앉아 있는 매서운 눈의 장한이 다시 물었다.

"그 염가가 좋은 쇠를 구해서 검을 한 자루 만든다지?"

"응?"

무진의 눈이 커졌다. 이자들이 그걸 어떻게 알까? 하는 의문과 함께 이 일이 심상치 않은 모양이라는 느낌이 왔다.

"들리는 말로는 지금쯤 거의 다 됐을 거라던데 혹시 아느냐?"

그러면서 눈으로는 무진이 등에 메고 있는 오동나무 함을 유심히 바라보는 것이었다.

무진이 힐끗 검은 옷의 중년인을 보았으나 그는 모르는 척 고개를 숙인 채 찻잔만 만지작거리고 있었다. 찻집 안의 그늘 속에 앉아 있는 네 사람도 이쪽의 일에는 관심이 없다는 듯 돌아보지도 않았다.

무진이 어떻게 해야 할까 망설이는데 곁에 서 있던 땅딸보가 대뜸 오동나무 함을 움켜쥐고 눈을 부라렸다.

"빌어먹을. 이 꼬마 놈이 영 수상하단 말이야? 이놈아, 이 속에 뭐가 들어 있지?"

"놔욧!"

무진이 몸을 틀며 손을 뿌리쳤다. 그 힘이 의외로 큰 것이어서 장한이 어? 하고 놀랐다.

"당신들은 도둑인가요? 어째서 남의 물건에 손을 대죠?"

벌떡 일어선 무진이 매서운 눈으로 땅딸보장한을 노려보며 소리쳤다.

"빌어먹을. 요 쥐방울만한 것이 뭐라고 지껄이는 게야!"

무진에게 무안을 당한 장한이 참지 못하고 주먹을 날렸다.

빡—!

아무렇게나 내뻗은 주먹이지만 무진으로서는 감히 피할 엄두도 내지 못할 만큼 빠르고 정확했다.

무진의 턱이 홱, 돌아갔다. 휘청거리는 소년의 가슴에 이번에는 장한의 발끝이 박혔다.

무진은 생전 처음 그처럼 커다란 충격을 받아보았다. 가슴이 무너질 듯 꽉 막히고 몸이 허공으로 떠올랐다.

우당탕거리며 탁자에 떨어진 무진에게 득달같이 달려든 땅딸보장한이 한 손으로 목을 움켜쥔 채 내려다보며 흐흐, 하고 음침하게 웃었다.

"이 어르신이 불쌍하게 여겨서 가볍게 쓰다듬어 주는 데 그친 걸 감사해라. 안 그랬으면 넌 벌써 뒈진 목숨이었을 테니까. 빌어먹을."

무진이 악에 받친 얼굴로 장한을 노려보며 소리쳤다.

"당신은 비겁한 사람이야! 나는 승복하지 않아!"

"흐흐, 요 꼬마 놈이 정말 저승 구경을 하고 싶은 모양이로구나."

그때는 텁석부리장한도 곁에 다가와 있었다. 그가 빙글빙글 웃으며 무진의 볼을 탁탁, 쳤다.

"꼬마야, 등에 지고 있는 함에는 뭐가 들어 있지? 그것만 말해 주면 보내주마."

"뭐가 들어 있든 이건 당신 물건이 아니니 상관없잖아! 그리고 나는 절대로 말해 주지 않을 테야!"

"어째서? 죽는 게 두렵지 않냐?"

텁석부리가 머리를 갸웃거렸다. 이렇게 당돌한 꼬마 놈은 처음 본다는 얼굴이다.

"여기 이렇게 보는 눈이 많은데 나를 죽이겠다고? 어디 해봐! 그렇다면 당신들은 국법마저 무서워하지 않는 강도들이 틀림없으니 관병이 그대로 두지 않을걸?"

무진이 조금도 기가 죽지 않은 채 당차게 소리쳤다.

그 당돌함에 어이가 없다는 듯 한동안 멍청하게 바라보던 텁석부리장한이 흐흐, 웃었다.

"관병이 뭐 하는 물건인데? 이 어르신들은 그런 말에 눈 하나 깜짝하지 않는다."

무진의 목을 움켜쥐고 있던 땅딸보도 음침하게 웃었다.

"빌어먹을. 좋다. 네가 아직 어리니 죽이지는 않으마. 하지만 버르

장머리를 고쳐 준다는 뜻에서 다리 한 개쯤은 꺾어놔야겠다. 그래야 어른을 공경할 줄 알게 되겠지."

그리고는 수도(手刀)를 번쩍 들어 올렸다.

이번에는 내력을 불어넣은 손이다. 한 대 맞는다면 정말 무진의 다리는 뼈가 으스러져 버리고 말 것이다. 아니, 칼로 내려친 듯 잘라져 버릴지도 모르는 상황이었다.

쉬익─

매섭게 바람을 끊어내며 장한의 수도가 떨어졌다. 그 순간 찻잔 하나가 날아와 땅딸보의 손목을 때렸다.

"으앗!"

깜짝 놀란 땅딸보가 부러진 손목을 쥐고 펄쩍펄쩍 뛰며 비명을 질러대는 통에 조용하던 아침이 시끄러워졌다.

찻집 안에 들어앉아 있던 네 사람 속에서 '아!' 하는 낮은 감탄성이 터져 나왔다. 안 보는 척하면서 바깥의 동정을 낱낱이 살피고 있었던 것이다.

갑자기 주위가 싸늘하게 가라앉았다.

멀리 떨어진 곳에서 찻잔을 날려 빠르게 내려치는 땅딸보의 손목을 정확히 가격한다는 건 쉽게 할 수 있는 일이 아니다. 게다가 그 찻잔에 손목뼈를 으스러뜨릴 만큼 힘을 실었다는 것은 고수의 솜씨가 여실했다.

손목을 쥐고 끙끙거리는 땅딸보도 그것을 알았기에 감히 발작하지 못하고 눈치만 보았다.

그걸 모르고 있는 사람은 무진뿐이었다. 그는 어리둥절해하기만 했다.

"이리 오너라."

저쪽에서 흑의중년인이 비로소 무진을 불렀다.

무진은 그가 찻잔을 던져서 자기를 구해주었다는 걸 알았다. 하지만 여전히 마음에 들지 않았다. 다정한 구석이 조금도 없을뿐더러, 모든 것을 제멋대로 정하고 위압적으로 사람을 대할 뿐이니 그렇다.

"흥!"

무진이 묵묵히 서 있기만 하자 흑의중년인이 가볍게 코웃음을 쳤다.

날카로운 눈매의 장한이 검을 쥐고 천천히 일어나 흑의중년인에게 포권했다.

"고명한 수법이었소이다. 하지만 일면식도 없는 사이에 이건 좀 과하지 않았소?"

텁석부리도 달려와 곁에 서며 눈을 부라렸다.

"감히 우리 삼 형제를 건드렸겠다?"

날카로운 눈매의 장한이 눈짓으로 말렸지만 텁석부리는 화가 잔뜩 나서 그걸 알지 못했다. 황소가 울듯이 소리칠 뿐이었다.

"상강삼웅(湘江三雄)을 화나게 했으니 살아갈 길이 없다는 건 잘 알겠지?"

중년인이 그를 보더니 혀를 찼다. 상대하지 않겠다는 듯 냉막한 얼굴을 외로 꼬고 허공만 바라볼 뿐이다.

"아니, 저놈이!"

칼을 움켜쥐고 달려나가려는 텁석부리의 팔을 꽉 잡은 장한이 낮게 꾸짖었다.

"나서지 마라!"

그리고는 천천히 다가가 중년인의 다섯 걸음 앞에서 냉랭한 눈으로 바라보며 낮게 말했다.

"소생은 하중길이라 하외다. 형장의 존성대명을 듣고 싶소이다."

상강삼웅이라는 자들의 맏이였다.

그들은 상강을 주 무대로 활동하는 수적(水賊)의 무리인데, 망성(望城) 아래의 절벽에 벽상채(壁湘寨)라는 수채를 열고 있는 소상룡(溯湘龍) 주염기(朱焰基)의 수하였다. 상강 일대에서는 그들을 상강삼웅이라고 불렀다.

제법 무예가 있고 완력이 뛰어난데다가 소상룡이라는 든든한 배경을 업고 있으니 기고만장해서 날뛰는 자들이였던 것이다.

하중길이 제법 의젓한 태도로 통성명하기를 원했지만 중년인은 코웃음을 쳤을 뿐이다. 그가 천천히 하중길을 바라보았다.

"상강의 쥐새끼가 이처럼 날뛰니 소상룡에게 따질 수밖에."

"허? 채주님을 아시오?"

"내가 어찌 상강의 지렁이 따위를 알겠느냐?"

"이, 이런!"

하늘같이 떠받드는 채주를 모욕하는 말에 하중길이 더 참지 못하고 새파랗게 질린 얼굴로 중년인을 노려보며 악을 썼다.

"네가 정녕 살기가 싫어진 모양이구나!"

버럭 외치며 검을 뽑아 찔렀다. 무진이 깜짝 놀라 아! 하고 비명을 터뜨렸다. 그러나 중년인은 보지 못한 듯 태연하기만 했다. 검봉이 미간에 이르렀을 때에야 손가락을 가볍게 튕겨냈을 뿐이다.

땅—!

중년인의 중지에 맞은 검이 부러질 듯 크게 휘었다.

"으헉!"

검신을 타고 전해져 온 한줄기 맹렬한 힘에 하중길이 비명을 터뜨렸다. 검이 손 안에서 윙윙거리고 울며 요동을 쳤다.

홀쩍 뛰어 물러선 그가 질린 얼굴로 중년인을 물끄러미 바라보다가 간신히 말했다.

"귀하의 솜씨가 정녕 놀랍소. 대체 뉘시오?"

찻집 안에서 껄껄 웃는 소리가 들려왔다.

"정말 멍청한 쥐새끼들이로구나. 그쯤 망신을 당했으면 꼬리를 말고 쥐구멍을 찾아 도망칠 일이지 저렇게 버티는 이유가 뭐야? 목숨이 열 개쯤 된단 말이냐?"

걸걸한 음성과 함께 네 사람이 천천히 걸어나왔다.

그러잖아도 놀라고 부끄럽던 터에 화가 잔뜩 난 하중길이 검을 들어 방금 말한 자를 가리키며 악을 썼다.

"그러는 너희는 또 어디서 온 쥐새끼들이란 말이냐!"

"흥! 흑풍객은 너그러울지 모르나 나는 아니다."

"헉!"

그 말 한마디가 하중길의 얼굴을 사색이 되게 했다.

그가 흑의중년인을 바라보며 주춤주춤 뒷걸음질을 쳤다.

"다, 다, 당신이…… 흑풍객?"

중년인의 얼굴에 불쾌하고 어이없어하는 기색이 떠올랐다. 하중길이 자신의 별호를 입에 올린다는 것 자체가 모욕으로 여겨지는 모양이다.

하중길의 눈이 더 커질 수 없을 만큼 커졌다.

강호에 떨쳐 울리는 흑풍객의 이름을 들어온 지 오래다. 그의 노여움을 산 자는 신선이라 할지라도 살지 못한다는 냉혹 무정한 자.

하지만 상강삼웅은 한 번도 그를 보지 못했으므로 조금도 짐작하지 못했던 것이다. 그런데 눈앞의 사내가 바로 그 흑풍객이라니……

그건 저만큼 떨어진 곳에 있던 두 놈, 텁석부리와 땅딸보도 마찬가지였다.

놈들이 사색이 된 얼굴로 벌벌 떨다가 냅다 달아나기 시작했다. 미친놈처럼 정신없이 뛴 탓에 길에서 굴러떨어져 질퍽거리는 논바닥 위에 처박힌 꼴이 가관이었다.

느긋하게 찻집에서 걸어나온 사내가 웃으며 하중길에게 말했다.

"그가 여태까지 너를 살려둔 건 너 같은 자를 상대한다는 게 치욕으로 여겨졌기 때문이다. 하지만 나는 그렇지 않아. 파리새끼를 때려잡듯 할 뿐이지."

그제야 하중길이 뺨에 칼자국이 나 있고 키가 홀쩍 큰 사내를 알아보았다.

"당신은 독심잔검(毒心殘劍) 남고성(南高星)!"

그의 얼굴이 이제는 죽은 자처럼 하얗게 질렸다. 호남의 살귀(殺鬼)로 악명 높은 그가 이곳에 있었다는 게 놀랍고, 그것도 모르고 설쳐 댄 자기가 원망스러워졌다.

"우라지게도 운이 없었다고 생각해라."

독심잔검 남고성이 두어 장의 거리를 격하고 손을 털듯 가볍게 일장을 뿌렸다.

무진이 눈을 크게 떴다. 남고성이 마치 손에 쥐고 있던 무엇을 던진 것 같았기 때문이다.

쐐애액―! 하는 날카로운 소리를 내며 맹렬하게 쏘아져 나가는 그것은 은은히 적색을 띠고 있는 기의 정화였다.

꽝—!

그것이 하중길의 가슴을 때리고 빨려 들어갔다. 미처 피할 새도 없이 순식간에 벌어진 일이었다.

"크억!"

하중길이 입에서 피를 뿜어내며 일 장여나 날려가 처박히더니 곧 숨이 끊어졌다. 그의 앞가슴 옷자락에서 매캐한 연기가 피어오르고 시커먼 재가 우수수 떨어졌다. 강한 불에 순간적으로 타버린 것 같았다.

'무형의 기운을 형체화한다?'

무진은 하중길의 죽음과 남고성의 장력을 본 충격으로 정신이 멍해졌다. 내 몸 안의 기운을 밖으로 쏘아내서 사람을 해칠 수 있다니. 무형의 것으로 유형을 부술 수 있다니…….

무진은 강호인들이 서로 싸우고 죽이는 것을 처음 본 것이나 마찬가지다. 아버지와 다섯 괴한들의 싸움을 보았지만 그때는 너무 어려서 잘 이해하지 못했다. 그저 그들의 믿을 수 없는 움직임이 기억에 남았을 뿐이었다.

그런데 지금 또다시 눈앞에서 한 사람이 죽어 넘어졌다. 커다란 충격에 무진의 얼굴이 핼쑥해졌다.

저쪽에서 흑의중년인, 흑풍객이라고 불린 그가 입가에 얇은 비웃음을 달고 이죽거렸다.

"화염시(火焰矢)가 칠성의 성취를 보았군. 역시 쥐새끼를 잡기에는 딱 좋은 수법이야."

"무엇이?"

남고성이 흉맹한 눈길로 흑풍객을 노려보았다. 그가 천천히 일어서더니 남고성의 뒤에 서 있는 세 사람을 차례로 훑어보고 다시 비웃었다.

"신검문의 개들이 빨리도 냄새를 맡았구나."

"말이 지나치다!"

남고성이 분노로 떨며 외쳤지만 흑풍객은 눈 하나 깜짝하지 않았다.

산동에 있는 신검문은 각 지방마다 분장을 두고 있었는데, 이곳에 있는 네 사람은 '호남 신검문'의 인물들이었다. 남고성이 그곳의 순찰총감이고, 세 인물은 순찰당 산하의 향주들이다.

흑풍객이 다시 이죽거렸다.

"고작 너희들 따위로야 어디 나를 막을 수 있겠나? 장운령이 직접 왔다면 모르지만 말이야."

남고성이 이를 바드득 갈았다. 잡아먹을 듯 노려보는 눈에는 살기가 무섭게 이글거렸다.

신검수사(神劍秀士) 장운령(張雲嶺).

그는 산동의 패자로 꼽히는 절정의 고수다. 또한 신검문을 세운 인물이기도 하다.

강호에서 그만한 자를 찾아보기 쉽지 않다고 하는 그 장운령을 흑풍객은 이웃집 개 이름 부르듯 했다.

치를 떤 남고성이 마지막 인내심을 발휘해서 겨우 참고 손을 내밀었다.

"긴말 하지 않겠다. 물건을 내놔라."

"무슨 물건?"

"다섯 달 전, 네가 강탈해 간 현철석 말이다!"

"그게 신검문의 물건이었던가?"

흑풍객이 머리를 갸웃거렸다.

"그동안 너를 찾느라고 애쓴 걸 생각하면 이가 갈린다. 하지만 물건만 돌려주면 없던 일로 하고 곱게 돌아가 주겠다."

"하하, 고생했구나. 하지만 물건은 이미 내 손을 떠났으니 어쩌겠느냐? 보다시피 나는 적수공권일 뿐이다."

흑풍객이 두 손을 활짝 벌려 보였다. 남고성이 이글거리는 눈으로 무진을 노려보았다. 무진이 흠칫 놀라 뒷걸음질쳤다.

"너! 꼬마 놈아, 등에 지고 있는 걸 이리 가져오너라!"

"그, 그건……."

무진이 흑풍객의 눈치를 보았다. 그러나 그는 모르는 척 시치미를 떼고 있을 뿐이었다.

무진이 마음을 정하고 눈을 질끈 감은 채 소리쳤다.

"그렇게 할 수 없어요! 못해요!"

"맹랑한 놈. 너는 죽는 게 두렵지 않단 말이냐?"

남고성이 으스스하게 말했다. 무진은 가슴이 철렁했다. 그가 방금 하중길을 망설임없이 죽이는 걸 본 탓이다.

저놈은 사람의 목숨을 목숨으로 여기지 않는 흉악한 놈이 틀림없다고 생각하자 겁이 나기도 했지만 비굴한 모습을 보이기는 싫었다.

무진이 가슴을 내밀고 소리쳤다.

"죽는 게 두려워도 남의 물건을 맡았으면서 내 마음대로 내줄 수는 없지요! 주인의 허락을 받는다면 그때 당신에게 주겠어요!"

"누가 주인이란 말이냐?"

"저기 저 검은 옷 아저씨지요."

"하하하, 이놈아, 원래 그 물건은 우리 것이었으니 그의 눈치를 볼 것 없다."

"그 사정을 나는 몰라요. 다만 저 사람에게서 받았으니 돌려주려면 그에게 줘야 해요."

"너는 염가의 대장간 꼬마 놈이지?"

"어? 당신이 그걸 어떻게……?"

"흥! 이미 쇠가 녹아서 검이 된 모양이구나?"

"그, 그건……."

무진은 당황한 중에도 이자들이 어떻게 알게 되었는지 궁금했다.

"좋다. 그걸 이리 가져오면 이전의 일은 묻지 않겠다."

남고성의 말이 무진을 혼란스럽게 했다. 하지만 그는 현철을 흑풍객이라고 불리는 중년인이 가져 온 걸 보았다. 누구의 말이 옳은지 알 수 없으니 제가 본 것을 믿을 수밖에 없었다.

"그래도 안 되겠어요. 찾아가겠거든 저 아저씨의 허락을 받고 가져가세요."

무진이 단호하게 말하자 흑풍객의 입가에는 보일 듯 말 듯 미소가 스쳐 갔고, 남고성은 화가 나서 뒤에 서 있는 세 사람에게 소리쳤다.

"저놈을 잡아라!"

명을 받은 자들이 움직이자 저쪽에서 말없이 서 있기만 하던 흑풍객이 흥! 하고 코웃음을 쳤다.

가볍게 날린 그 소리가 세 사람에게는 우렛소리처럼 크게 들린 것이어서 그들이 흠칫, 멈추었다.

"누구든 그 아이에게 손을 댄다면 그 즉시 죽을 것이다."

세 사람은 흑풍객의 악명을 잘 안다. 누구도 함부로 움직이려 하지 않았다. 그러자 남고성이 더욱 화가 나서 소리쳤다.

"너희는 누구의 명을 듣는 것이냐? 저자는 내가 상대할 테니 어서 꼬마 놈을 죽이고 물건을 찾아와!"

다시 용기를 낸 세 사람이 질풍처럼 무진을 덮쳐 갈 때였다.

"흥!"

흑풍객의 싸늘한 코웃음이 다시 그들의 귀를 찔렀다. 동시에 그가 번쩍 몸을 날렸다.

"네 상대는 여기 있다!"

남고성이 벼락처럼 외치고 달려들며 검을 뽑아 후려쳤다. 시린 검광이 뇌전처럼 정수리 위로 떨어졌으나 그는 개의치 않았다.

휘청 하고 몸을 기울인 듯싶었는데 물고기가 성긴 그물 사이로 빠져나가듯 어느새 남고성의 검광에서 벗어나 세 사내를 덮쳤다.

그들이 막 무진을 낚아채려는 순간이었다. 뒤에서 매서운 바람이 엄습해 오는 것을 느끼고 크게 놀라 좌우로 갈라졌지만 흑풍객의 번개 같은 손속을 미처 피하진 못했다.

"으악—!"

무진과 가장 가까이 있던 자가 참혹한 비명을 터뜨리며 쓰러졌다. 그들은 모두 흑풍객이 어떻게 손을 쓴 건지 보지도 못했다.

당황한 순간 흑풍객이 두 손을 활짝 펼쳐서 좌우로 매섭게 후려쳤다. 그의 장력이 쏟아지자 쐐애액! 하는 날카로운 파공성이 귀청을 찢을 듯 들려왔다.

몸을 틀어 피할 새도 없이 두 사람의 가슴에서 꽝! 하는 둔탁한 소리가 났고, 그들은 비명도 지르지 못한 채 피를 뿜어내며 훌훌 날려갔다.

눈 깜짝할 순간에 벌어진 일에 무진은 물론 남고성마저 넋이 빠져서 입만 딱 벌리고 있을 뿐, 할 말을 잃었다.

순찰당의 세 향주가 흑풍객의 일초도 견디지 못하고 죽었다는 것이 남고성에게 두려움과 함께 견딜 수 없는 수치심과 분노를 가져다 주었다. 그가 검끝으로 흑풍객을 가리키며 소리쳤다.

"너, 네가 감히 신검문에 대항한단 말이냐!"

"흥! 신검문이든 뭐든 죄다 개똥 같은 소리지."

"죽일 놈!"

극도의 분노로 이성을 잃은 남고성이 미친 듯 검을 휘둘러 흑풍객을 찌르고 베었다. 번쩍이는 검광만 허공에 가득할 뿐 검로(劍路)는 보이지도 않는 신속한 검격이었다.

"아!"

무진이 그 무시무시한 검격에 놀라 비명을 터뜨렸다. 하지만 흑풍객은 눈도 깜빡이지 않았다.

무진에게는 그의 몸이 갑자기 수십 개로 나뉜 것처럼 보였다. 유성우처럼 쏟아지는 남고성의 검격 속에서 이리저리 몸을 움직여 가는 것이 어찌나 빠른지 제대로 알아볼 수가 없을 지경이었던 것이다.

땅ㅡ!

한 소리 낭랑한 쇳소리가 터져 나왔다. 그와 함께 살벌하던 검기가 씻은 듯 사라지고 남고성이 반 토막이 된 검을 던지며 쌍장을 뿌리는 것이 보였다. 쉬익, 하는 가벼운 소리가 들렸다.

하중길을 태워 죽였던 그 화염시가 지척에서 뇌전처럼 쏟아졌다. 뜨거운 열기가 느껴지는 것이 남고성은 저의 모든 내력을 그 일장에 쏟아 넣은 게 틀림없었다.

무진을 가로막고 우뚝 선 흑풍객의 낯빛이 처음으로 신중해졌다. 그가 몸을 앞으로 약간 내민 채 오른손을 천천히 내뻗었다. 우르릉거리는 기음이 은은하게 허공을 뒤덮었다.

꽝—!

흑풍객의 가슴 앞에서 화탄이 터진 것 같은 폭발음이 났다. 그리고 그가 감추고 있던 왼손을 불쑥 뻗어냈다.

"우욱—!"

일장을 마주친 충격을 감당하지 못하고 비틀거리는 남고성의 어깨가 흑풍객의 손아귀에 단단히 잡혔다. 남고성이 눈을 부릅떴다.

와락 잡아당긴 흑풍객이 말아 쥔 오른손을 번쩍 들었고, 남고성의 눈에 죽음의 공포가 어렸다.

"나를 화나게 하면 누구나 이렇게 된다는 걸 알아라."

빠르게 속삭인 그가 조금의 인정도 없이 남고성의 얼굴 복판에 주먹을 꽂았다.

꽝, 하는 소리와 함께 우지직, 하고 단단한 뼈가 부서지는 소리가 났다. 무진은 차마 바라보지 못하고 눈을 가린 채 주저앉아 버리고 말았다.

얼굴이 움푹 함몰된 남고성이 저만큼 날려가 쿵, 하고 처박혔다.

"무서우냐?"

머리 위에서 흑풍객의 무감정한 말이 들려왔다. 무진은 대꾸할 힘마저 잃었다.

지금 무진의 가슴은 터질 듯 요동치고 있었다. 눈앞에서 벌어진 끔찍한 일들이 도무지 꿈만 같았다.

사람이 어떻게 그처럼 모질고 지독할 수 있는 건지…….

그와 함께 무진의 가슴속 저 깊은 곳에서는 통쾌하다는 울림이 으르렁거렸다.

'복수, 복수다!'

그런 아우성이 마구 들끓어 오르기도 하는 것이어서 무진은 혼란스러웠다.

피와 광기에 사로잡힌 자신의 모습과 두려움에 질려 벌벌 떨고 있는 자신의 모습이 뒤죽박죽으로 뒤섞여서 어느 게 나인지 알 수 없게 되었다.

문득 호은암의 노스님 얼굴이 떠오르더니 카랑카랑한 음성이 머리 속에 가득 들어차 으르렁거렸다.

차라리 혼자서 선을 행하라[寧獨行爲善].
어리석은 자와 짝하지 말라[不與愚爲侶].
홀로 있음으로 악을 행하지 않으면[獨而不爲惡].
놀란 코끼리가 제 몸을 보호하는 것 같으리니[如象驚自護].

들고 또 들어서 이제는 귀에 못이 박히다시피 한 법구경의 그 구절들이 뇌성벽력처럼 울렸다.

아버지의 처참한 죽음과 다섯 괴한들, 복수, 열망……

단전 저 깊은 곳에서 마구 치솟아오르는 이 알 수 없는 힘. 그리고 다시 아버지……

"잊지 말아라. 잊지 말아라. 잊지 말……."

아버지의 그 말들이 메아리가 되어서 무광 노스님의 선창(禪唱) 속을 떠돌다가 점점 사라져 갔다. 그리고 문득 수련의 아름답고 천진한 얼굴이 하나 가득 무진의 가슴속에 들어찼다.

"이 녀석!"

머리 위에서 다시 흑풍객의 부르는 소리가 들렸다. 무진이 힘없이 얼굴을 들었다. 온통 땀으로 범벅이 되어 있었고, 멍한 눈동자 속에 뒤섞인 두려움과 광기가 일렁였다.

"괴상한 놈이로군?"

흑풍객이 눈살을 찌푸리고 돌아섰다.

"가자. 이제는 좀 더 서둘러야겠다."

무진은 찻집의 기둥 뒤에 숨어서 와들와들 떨고 있는 주인 영감을 보았다. 그에게 눈짓으로 이곳의 일을 빨리 관아에 알리라는 신호를 보낸 무진이 서둘러 흑풍객의 뒤를 따랐다.

"무공을 아느냐?"

그가 불쑥 그렇게 물었다. 다른 생각을 하고 있던 무진이 깜짝 놀라 그를 바라보았다.

"예?"

"무공을 아느냔 말이다."

"촌구석에 처박혀 있는 제가 어찌 그런 걸 알겠어요."

"배우고 싶지 않으냐?"

"예?"

"원한다면 너에게 가르쳐 줄 수도 있다."

"아저씨가 말인가요?"

"그렇지."

"……"

무진은 입만 딱 벌린 채 흑풍객의 냉막 무심한 얼굴을 바라보았다. 이자가 왜 갑자기 이런 엉뚱한 생각을 한 건지 모를 일이었다.

날이 저물어 객잔에 든 이래 무진은 내내 제 생각에 몰두해 있었고, 흑풍객 또한 무엇을 생각하는지 멍하니 어두운 창밖만 바라보고 있었다. 그러다가 불쑥 그렇게 말한 것이다.

"너는 쓸 만한 녀석인 것 같아서 특별히 마음먹은 거다. 그러니 잘 생각해 봐라."

"저 같은 촌무지렁이가 무슨 재간이 있겠어요?"

"너에게는 자질이 있어 보인다."

흑풍객은 진심으로 말하고 있었다.

그는 무진을 처음 보았을 때의 일을 잊지 않고 있었다. 그가 대장간에서 망치질을 하고 있었을 때다.

망치에 실려 있는 그 힘과 열정은 어린 소년의 것이라고는 믿어지지 않는 것이어서 냉혹하고 무정한 그의 머리 속에 깊은 인상으로 남았다. 그리고 그는 무진을 자세히 살펴보면서 그의 근골이 뛰어남을 보았다.

눈에 어려 있는 맑은 정기와 온몸에 가득 차 넘쳐 나는 왕성한 기운을 보고 느낀 것이다.

'이놈은 드물게 보는 재목이로군.'

흑풍객은 지난 이십여 년 동안 강호를 바람처럼 떠돌면서 수없이 많은 아이들을 보았다. 하지만 단연코 무진만큼 눈길을 끄는 아이는 없었다.

욕심이 났다. 그래서 억지로 그를 데리고 나선 것이다.

그리고 오늘 그의 곧은 심성을 보았다. 고집스럽고, 죽음 앞에서 두려워하지 않는 대담함도 보았다. 그건 근골의 뛰어남보다 더 중요한 자질이었다.

흑풍객의 그런 생각과 달리 무진이 생각하고 있는 건 아버지를 죽이던 그 다섯 괴한의 무공이었다.

그는 아직도 그게 어떤 건지 모른다. 하지만 그들의 움직임은 선명하게 기억하고 있다. 그것과 오늘 아침 왕 노인의 찻집에서 보았던 자들과의 움직임을 비교해 보는 건 어렵지 않았다.

상강삼웅이라던 자들은 생각할 것도 없고, 흑풍객과 싸우던 신검문의 남고성이라는 자 역시 다섯 괴한의 움직임에는 어림없었다. 그럼 흑풍객은?

무진은 그걸 알아볼 수 없어서 내내 끙끙거리고 있는 중이었다.

그가 남고성을 상대하던 움직임은 다섯 괴한의 아래가 아닌 듯싶었다. 무진은 더 이상 생각하기를 멈추고 단정했다.

'이 사람은 그자들과 거의 비슷한 수준일 것이다.'

아무것도 모르는 짐작이었지만 무진의 그런 단정은 일면 정확한 바가 있었다.

현재 강호에서 흑풍객(黑風客) 이정청(李征靑)은 독보적인 존재로 인정받고 있는 절정의 고수였다.

그는 늘 혼자였다. 술을 마실 때도 혼자였고, 목숨을 걸고 싸울 때도 그랬다.

하지만 아무도 그가 혼자라고 얕보지 못했다. 그는 자신만의 독특한 무공으로 이미 절정고수의 반열에 오른 사람이었던 것이다. 다만 손속이 워낙 무정하고 호오(好惡)가 분명치 않아서 존경보다는 두려움과 질시의 대상이 되었다.

또한 그는 자기의 기분대로 행동했다. 기분이 내키면 악독한 흑도의 무리에게도 너그러웠지만, 그렇지 않으면 명문정파의 고수라 할지라도 망설이지 않고 죽였다.

─내가 생각하고 판단하는 것이 곧 나의 법이다.

그런 지독한 오만과 아집에 사로잡혀 있는 절대고수.

그게 사람들이 그를 흑풍객이라고 부르며 그가 있는 곳 십 리 안에는 들어가지 말고, 그와 마주쳤거든 상대하지 말라고 하는 이유였다.

그런 흑풍객 이정청이 지금 무진에게 자신의 무공을 전해주겠다고 했다. 누구나 제 귀를 의심할 만한 말이다.

그러나 무진은 고개를 가로저었다.

'내 아버지는 그들보다 훨씬 강한 분이셨다.'

그런 자각이 들었기 때문이다. 당연히 이 흑풍객이라는 무서운 사람보다도 훨씬 강한 분이라는 자부심도 생겼다. 그건 아버지가 깊이 병든 몸을 하고서도 다섯 괴한을 상대로 싸웠다는 사실에서 충분히 짐작할 수 있었다.

아버지 말로는 그들과 몇 번이나 싸웠다고 했다. 그리고 그때마다 무사했다. 그건 곧 아버지가 그들보다 뛰어났었다는 반증 아니겠는가.

"싫습니다."

"응?"

무진의 단호한 말에 흑풍객이 눈을 크게 떴다. 그로서는 믿기 힘들었으리라.

"어째서?"

"아저씨가 무섭다는 건 충분히 알았습니다. 하지만 천하제일이라고

142 바람의 결

는 생각되지 않는군요."

"무엇이?"

"사나이라면 뜻은 구만리 창천에 두고, 한 번 마음먹은 일은 반드시 이루어야 한다고 들었어요. 그러니 이왕 무공을 배울 바에야 천하제일인에게 배우겠어요. 그래서 장차는 스승을 뛰어넘는 성취를 이루고 저 또한 천하제일인이라는 소리를 들어야겠지요."

"나는 시시해서 싫다고?"

"아저씨가 천하제일인이라면 한번 생각해 보지요."

"그래? 그럼 네가 생각하는 천하제일인은 누구냐?"

무진은 자칫, '내 아버지요!' 하고 말할 뻔했지만 가까스로 참고 천연덕스럽게 대꾸했다.

"그거야 모르지요. 하지만 아저씨는 아닐 거예요."

"이놈이!"

흑풍객이 무섭게 노려보았다. 그러나 무진은 그 매서운 눈길에 굴하지 않고 제 고집을 지켰다.

그의 마음속에는, '당신으로부터 배워 대성한다고 해도 기껏 그 다섯 괴한들과 동수를 이룰 정도밖에는 되지 않을 것이다. 그래 가지고서야 언제 아버지의 복수를 할 것이냐?' 하는 불만이 있었기 때문이다.

흑풍객이 몹시 자존심이 상한 듯 이글거리는 눈으로 한동안 무진을 쏘아보았다. 그의 눈 속에 몇 번이나 살기가 깃들었다 사라지곤 했다. 한참 만에야 그가 음침하게 말했다.

"흐흐, 좋다. 네놈이 과연 나의 무공을 배우는지 안 배우는지 어디 두고 보자."

"저는 염 아저씨라는 천하제일의 스승을 만나서 대장장이 일을 열심히 배우고 있으니 다른 건 필요없어요. 장차 천하제일의 대장장이가 될 셈이니까요."

흑풍객을 단념시키기 위해서 허투루 해보는 말이다. 흑풍객이 홍, 하고 코웃음을 쳤다.

"그래, 뜻을 구만리 창천에 둔다는 녀석이 고작 대장장이가 꿈이야?"

"뭐라고 해도 소용없으니 하루라도 빨리 형산으로 가죠?"

그게 솔직한 심정이었다. 무진은 하루빨리 이 고약한 짐꾼의 신세를 면하고 싶었다. 흑풍객과 헤어지고 싶은 것이다.

제6장 ■

흑룡보(黑龍堡)에서의 첫 싸움

흑룡보(黑龍堡)에서의 첫 싸움

닷새 뒤에 무진과 흑풍객은 영파(嶺坡)라는 곳에 도착했다. 형산에서 뻗어 나온 능선이 길게 이어진 곳이다.

북에서 남으로 높은 고개를 넘어 정상에 올라서자 저 멀리 구름을 이고 있는 형산의 준봉들이 뿌옇게 보였다.

이제 내일 아침이면 형산에 도착할 것이다. 그러면 화가촌의 대장간으로 돌아갈 수 있다는 희망이 무진을 들뜨게 했다. 그러나 흑풍객은 그렇지 않은 모양이다. 힐끔 바라본 그의 옆얼굴이 딱딱하게 굳어 있었다.

무진이 조심스럽게 말을 꺼냈다.

"한 가지 물어봐도 되나요?"

"물어보아라."

"정말 현철이 신검문의 물건이었나요?"

"그렇다."

무진은 기가 막혔다.

"그럼 훔쳐 온 것이군요?"

"빼앗아왔지."

"쳇, 그게 그거지."

흑풍객이 천천히 무진을 돌아보았다.

"그들 또한 강탈해 온 것이니 다시 빼앗았다고 해서 크게 잘못된 것
도 없다."

"하ㅡ"

말이 통하지 않는 사람이다. 무진이 한숨을 쉬고 외면했다.

"강호의 생리라는 거다. 힘이 있는 자에게 언제나 우선권이 있지.
그게 억울하면 힘을 길러야 한다."

"법과 양심, 도리 같은 건 없나요?"

"흥!"

이번에는 흑풍객이 코웃음을 치고 무진의 눈길을 외면했다.

그들 사이에 다시 서먹서먹한 침묵이 이어졌다.

여전히 흑풍객은 저만큼 앞서서 성큼성큼 걸었고, 무진은 말없이 뒤
를 따를 뿐이다. 누가 본다면 이상한 동행이라고 여길 것이다.

그렇게 고개를 내려온 무진과 흑풍객은 영파현 서쪽 진가교(鎭可橋)
근처의 객잔에서 묵었다. 그리고 다음날 아침 일찍 길을 나서서 해가
머리 위로 올라왔을 때쯤에는 드디어 형산에 당도했다.

달리 수악산(壽岳山)이라고도 하는 형산은 남악(南嶽)으로 더 잘 알
려져 있다.

축융(祝融), 자개(紫蓋) 등 모두 칠십이 개의 봉우리가 있으며, 바위

와 골짜기가 아름답고 처처에 사원이 들어서 있는 불교의 성지이기도 하다.

형산은 오악으로 불리는 다른 산들에 비해 웅장하거나 험악하지 않았다. 그러나 예부터 기러기 떼들이 쉬었다가 날아가는 것으로 유명한 남쪽의 회안봉(回雁峰)에서 북쪽의 악록봉(嶽麓峰)까지 팔백 리에 걸쳐 대산맥을 이루고 있는 커다란 산이었다.

팔교(八橋), 십동(十洞), 십오암(十五巖), 삼십팔천(三十八泉), 이십오계(二十五溪), 구담(九潭)의 숱한 명승이 있는 형산은 운봉무쇄(雲封霧鎖)라는 말로도 유명했다. 산 위가 언제나 혼돈과도 같은 안개로 싸여 있기 때문이다.

그 형산의 주봉인 축융봉 뒤쪽에 거대한 장원 한 채가 있었다.

말이 장원이지, 높이 두른 담과 곳곳에 솟아 있는 전각들, 망루와 웅장하게 세워진 정문 등은 견고한 성채를 보는 듯했다.

앞으로는 부용봉(芙蓉峰)을 보고 오른쪽에 연화봉(煙霞峰)을 두었으며 뒤에는 축융봉이 솟아 있고, 왼쪽에는 망월대(望月臺)와 망일대(望日臺)가 구름 속에 잠겨 있다.

깎아지른 듯한 절벽 면에 의지하여 세워져 있는 붉은빛 누각들과 전각의 기묘함이 보는 사람의 눈을 어지럽게 하는 그런 곳.

참나무숲 속에 서서 그곳을 바라보는 무진의 입이 다물어질 줄을 몰랐다. 무진으로서는 저처럼 크고 웅장하며 기묘한 건축물을 처음 보는 것이다.

"잘 봐둬라. 저곳이 바로 흑룡보다."

"흑룡보……."

"강호를 집어삼키려는 용 한 마리가 숨어 있는 곳이지."

"용이라고요?"

"그렇다. 보주인 흑룡대제(黑龍大帝) 진천무(鎭天武)는 형산에 웅크리고 있는 음흉한 용이다. 그가 구름을 타고 날아오르는 날 강호에 피바람이 몰아칠 거다."

"그가 용이라면 아저씨는요?"

"나는 바람이지."

무진이 눈을 동그랗게 뜨고 흑풍객을 바라보았다.

흑풍객이 손가락으로 무진의 이마를 때리고 희미하게 웃었다.

"장차 너 또한 바람이 될 것이다."

"예?"

무진의 얼굴에 놀라는 기색이 어렸다. 두려움마저 떠올라 있다. 그러나 그는 애서 마음을 감추고 무심한 듯 말했다.

"강호의 일에는 관심없어요."

"흐흐, 과연 그럴까?"

"……"

"내 눈은 못 속인다. 너는 평범하게 대장간이나 지키며 살 놈이 절대로 아니야."

"그럼 제가 뭘 하면서 살 것 같아요?"

"두고 보면 알게 되겠지."

흑풍객이 말없이 쏘아보았다. 그 눈 속에 이글거리는 불덩이가 담겨 있는 듯해서 무진은 저도 모르게 슬그머니 외면하고 말았다.

'강호……'

내색은 하지 않았지만 그 말이 지금처럼 강렬하게 다가온 적이 없었다.

아버지의 덧없는 죽음에 대한 복수를 잊지 않고 있는 한 언젠가는 강호에 나가게 될 것이다.

흑풍객이 그런 자기의 마음속을 들여다본 것만 같아서 무진은 불안해진 한편 몹시 흥분되기도 했다.

"가자. 가서 그의 발톱 한 개를 빼와야지."

흑풍객이 무진을 돌아보고 소리없이 웃었다. 차갑고 섬뜩한 웃음이었다.

웅장한 대문을 향해 똑바로 다가가는 흑풍객의 발걸음에는 그 어느 때보다 힘이 실려 있었다. 그는 마치 거대한 괴물과 상대하기 위해서 두려움없이 다가가는 용사인 것 같았다.

무진은 묘한 흥분과 긴장으로 입술이 말랐다. 여태까지 보지 못했던 그의 당당함을 보았기 때문이다.

대문 앞에는 청동의 역사를 방불케 하는 두 명의 거한이 커다란 칼을 짚고 우뚝 서 있었다.

보는 것만으로도 사람을 질리게 할 만큼 우람한 그들에 비하면 깡마른 흑풍객은 어른 앞의 아이 같다. 하지만 무진의 눈에는 그런 흑풍객이 오히려 저 높은 대문보다 더 커 보였다.

"이 대협을 뵈오!"

그가 스무 보 앞에 다가오자 두 명의 거한이 우렁차게 외치며 두 손을 모아서 공경하는 예를 취했다.

흑풍객은 오만하게 턱을 치켜들고 있을 뿐, 대꾸도 하지 않았다.

징―

갑자기 안에서 웅장한 징 소리가 들렸다. 그와 함께 문이 활짝 열리더니 병장기를 지닌 이십여 명의 장한들이 쏟아져 나와 두 줄로 늘어서서 일제히 소리쳤다.

"이 대협을 뵈오!"

"흥!"

흑풍객의 냉랭한 코웃음 소리가 채 가라앉기도 전에 부리부리한 얼굴의 중년인 한 사람이 급히 나와서 공손히 허리를 숙였다.

"오셨군요. 며칠 전부터 기다리고 있었습니다."

"보주는?"

"기별을 올렸습니다. 안으로 드시지요."

화려한 금의 화복을 입은 중년인의 안내를 받아 두 개의 문을 지나자 다시 높은 담이 가로막았다.

"이 대협이시다!"

금의중년인이 외치자 즉시 굳게 닫혀 있던 중문이 활짝 열리고 청석이 깔린 넓은 광장이 눈에 들어왔다.

"이 대협을 뵈오!"

갑자기 산봉을 쩌르릉 울리는 우렁찬 외침이 쏟아졌다. 무진은 동그랗게 뜬 눈을 깜빡이지도 못했다. 이처럼 장중하고 위풍당당한 모습을 처음 보는 탓이다.

광장 양쪽으로 수백 명의 장한들이 도열해 서 있었는데, 흑풍객이 들어서자 일제히 허리를 꺾으며 소리친 것이다.

그 끝. 높은 돌계단 위에는 다시 다섯 명의 흰옷을 입은 노인들이 늘어서 있었고, 검은색 무복에 붉은 피풍의(披風衣)를 두르고 칼과 검을 찬 스무 명의 무사들이 좌우로 나뉘어 서 있었다. 하나같이 영기 발랄해 보이는 이십대의 청년들이다.

무진의 작은 손을 잡은 흑풍객이 아무 두려움도 거리낌도 없이 광장을 지나 계단을 오르기 시작했다.

"어서 오시오."

다섯 명의 노인 중 가운데 서 있던 붉은 얼굴의 노인이 만면에 웃음을 띠고 맞이했다. 음산검로(陰山劍老) 구양순(邱陽珣)이라는 전대의 기인이다.

그의 검법은 이미 신선의 경지에 들었다고 널리 알려져 있었다. 하지만 수십 년 넘게 강호에서 모습을 감추어 이제는 그를 기억하는 사람이 드물었다.

음산검로를 본 흑풍객이 비로소 포권을 해 보였다. 여전히 말은 없다.

신선의 풍채를 한 노인이 가슴 앞에 늘어진 흰 수염을 쓸며 미소를 지었다.

"하하, 그대의 기도는 삼 년 전보다 더욱 출중해졌으니 그동안 놀라운 발전이 있었던 모양이구려. 이 늙은이는 다만 부러울 뿐이오."

"별말씀을."

"보주께서 벌써부터 기다리고 계셨다오. 자, 어서."

노인이 옆으로 물러서며 길을 내주었다. 무진의 손을 잡은 흑풍객이 머리를 가볍게 까닥인 것으로 고맙다는 인사를 대신하고 대전 안으로 들어갔다.

음산검로 앞에서조차 지극히 오만하고 도도한 모습이었지만 누구도 그것을 불쾌하게 여기는 사람이 없었다.

갑자기 모든 것이 멈추어 버린 듯했다.

열여섯 개의 아름드리 기둥이 떠받치고 있는 대전은 넓고 높았는데,

텅 빈 그곳에는 바닷속처럼 깊은 적막만이 가득 차 있었다.

"이 형, 약속대로 오셨구려."

그 적막 속에서 웅웅 울리는 소리가 들려왔다. 대전 안쪽 깊숙한 곳에서였다.

무진의 키만큼이나 되는 단 위에 곤룡포를 입은 중년의 사내가 오연히 앉아 있었다. 흑룡대제 진천무다. 무진의 눈에는 마치 커다란 산 하나가 옮겨와 있는 것처럼 보였다.

흑풍객이 포권하고 가볍게 머리를 숙였다.

"보주와의 약속인데 어찌 지키지 않을 수 있겠소?"

"하하, 그대는 신의가 있는 사람이라 조금도 의심치 않았소이다. 그런데 그 아이는?"

"가르쳐 볼까 하는 아이외다."

"오호?"

뜻밖이라는 듯 보주가 눈을 크게 뜨고 바라보았다. 무진은 불길처럼 이글거리는 그의 안광을 차마 마주 볼 수 없었다.

"흠!"

턱을 끄덕인 보주가 침중한 음성으로 말했다.

"이리 가까이 오너라."

무진이 거역하지 못하고 주춤거리며 몇 걸음 다가갔다.

"더 가까이."

단 아래 서자 보주의 불같은 눈길이 이마에 느껴졌다. 무진은 숨이 막힐 지경이 되었다.

한동안 무진의 구석구석을 훑어보고 난 보주가 '허!' 하는 감탄성과 함께 머리를 끄덕였다.

"좋은 재목을 골랐구려. 부럽소."

"보주의 곁에는 이와 같은 재목이 널려 있는데 무엇을 부러워한단 말씀이오?"

"하하, 내가 좋은 검을 탐내는 것처럼 좋은 재목 또한 탐내는 사람이라는 걸 몰라서 하는 말이오?"

"바꾸자는 말은 마오."

"미리 입막음을 하는 걸 보니 단단히 겁이 나는 모양이구려?"

"흥!"

"좋소, 좋아. 이 형이 원치 않는데 내 어찌 욕심을 부릴 수 있겠소? 걱정 마시오."

보주가 잠시 말을 멈추었다가 무진에게 물었다.

"네 이름이 무엇인고?"

"염자경이라 합니다."

"염자경이라……. 장차 강호는 너희들의 것이 되리니, 네가 여기 이 형의 자리를 대신하겠구나?"

"예?"

"사람들은 그를 검은 바람이라 부르거니와, 너는 장차 무엇이라 불릴지 벌써부터 궁금해진다."

'바람…….'

무진은 입속으로 가만히 그 말을 중얼거려 보았다. 가슴이 시원해지는 것 같은 느낌이 들면서 저도 모르게 허리가 꼿꼿해졌다.

"나오너라."

보주가 낮게 말했다. 그러자 왼쪽에서 네 명의 사내와 한 명의 계집아이가 걸어나왔다.

가장 나이 많아 보이는 자가 스물이 채 안 되었을 것이고, 가장 어린 계집아이는 무진 또래쯤 되어 보였는데, 하나같이 용모가 수려하고 기상이 늠름했다.

"인사드려라. 내가 유일하게 존경하는 분이시다."

보주가 웃으며 흑풍객을 가리켰다. 그러자 그 다섯 명의 소년 소녀가 깜짝 놀라 '아!' 하고 탄성을 발했다. 그들은 사부로부터 그와 같은 말을 처음 들어본 것이다.

그들이 허리를 깊숙이 숙이고 입을 모아 말했다.

"이 대협을 뵙게 되어 영광입니다."

"음."

흑풍객이 여전히 냉엄한 얼굴로 그들을 쓸어보고 머리를 한 번 끄덕였다.

"이 형이 보기에 이 아이들이 어떠시오?"

"역시 보주의 안목은 탁월하오. 감탄했소이다."

"별말씀을. 그래도 내 눈에는 저 아이가 나아 보이는구려."

"남의 손에 있는 떡이 커 보인다 하지 않소?"

"하하, 과연 그런가 보오."

이번에는 보주가 무진을 가리키며 제자들에게 말했다.

"이 대협의 제자다. 장차 너희들이 강호의 주역이 될 터이니 오늘 이 자리에서 서로 낯을 익혀두어라."

대제자가 선뜻 나서서 무진에게 포권하고 한 번 머리를 끄덕였다.

"대룡(大龍)이라고 한다. 잘 사귀어보자."

무진은 그들의 인사를 모른 척할 수가 없었다. 그래서 마지못해 마주 포권하고 머리를 숙였지만 내심으로는 불만이 가득했다.

"염자경이라고 해요."

둘째와 셋째는 이호(二虎), 삼웅(三熊)이라고 했다. 넷째가 나서서 인사를 건넸다. 무진은 자신을 바라보는 그의 눈길 속에 경멸이 깃들어 있는 걸 느꼈다.

"나는 사표(四豹)라고 한다."

무진을 쏘아보는 눈에 오만함이 어렸고, 얼굴에는 비웃음이 떠올라 있었다. 그건 마지막으로 나선 계집아이도 마찬가지였다.

"나는 소봉(小鳳)이야."

마지못해 포권은 했지만 입가에 경멸이 가득했다.

그들은 종놈의 행색이나 다름없어 보이는 무진의 초라하고 거친 용모를 본 것이다. 그런데 사부는 자신들보다 저 보잘것없는 녀석이 더 나아 보인다고 했다. 그 말이 사표와 소봉에게 견딜 수 없는 질투심을 불러일으켰으리라.

"너희들의 만남이 장차 좋은 인연으로 이어지기를 바란다."

보주의 말에는 엄숙함이 들어 있었다. 그의 다섯 제자들이 일제히 '예!' 하고 대답했지만 무진은 침묵했다.

그들이 자신을 싫어하는 게 분명하니 굳이 사귈 필요도, 상대해 줄 필요도 없었다. 그저 너는 너대로 나는 나대로 각자의 길을 가면 그만이라는 생각이 들어서다.

'상대하지 않으면 그뿐이지 뭐.'

무시해 버렸다.

아직 무진의 생각에는 그처럼 치기가 어렸고, 쉽게 마음을 열지 못하는 습성도 여전했다.

자칫 편협해지고 모질어질 수 있는 그의 그런 마음을 다독여 준 사람은 염차목이었고, 너그러움을 심어주려고 노력하는 사람은 무광 노스님이었다. 그리고 수련에게서 따뜻함을 느끼고 있었으니 지금 무진에게는 오직 그들만이 그 어떤 사람들보다 소중하고 고마운 존재들이었다.

그들 곁을 떠나 이처럼 낯설고 서먹서먹하며 불편한 분위기 속에 놓이게 되자 그리움이 더욱 간절해졌다. 그래서 무진은 흑풍객이 어서 빨리 볼일을 끝냈으면 좋겠다는 간절한 소망을 가졌다. 그러면 주저없이 그와 헤어져 화가촌의 대장간까지 쉬지 않고 달려갈 작정이다.

"이제 우리 약속을 이행합시다."

그런 무진의 마음을 읽기라도 한 걸까? 흑풍객이 보주에게 포권하고 그렇게 말했다.

"하하, 그렇지. 중요한 약속이 있었지. 그래, 가져오셨소?"

"물론이오. 약속대로 보주의 마음에 꼭 들 만한 검 한 자루를 구해왔소이다."

"오호! 어디, 어디 봅시다."

갑자기 마음이 급해진 듯 보주가 상체마저 기울이며 재촉했다.

아직 흑풍객의 명이 떨어지지도 않았는데 무진이 재빨리 등에 지고 있던 오동나무 함을 그에게 내밀었다. 물끄러미 무진을 바라본 흑풍객이 보일 듯 말 듯 눈살을 찌푸리고는 함을 받았다.

"그 어떤 보검보다 뛰어난 보검이리라 장담하오."

"이 형이 그렇게 말하니 더욱 궁금해지는구려. 어서 봅시다."

보주가 손짓을 하자 대제자인 대룡이 나서서 흑풍객으로부터 공손히 함을 건네받았다. 그가 그것을 높이 받쳐 들고 보주에게 다가가는 동안 보주는 물론 흑풍객의 눈은 오직 그 나무 함에만 멎어 있었다.

대룡이 보주 앞의 서탁 위에 조심스럽게 함을 내려놓고 제자리로 돌아갔다.

지그시 함을 바라보는 보주의 눈길이 마치 맛있는 음식을 앞에 두고 아까워서 차마 젓가락을 들지 못하는 사람의 그것 같았다.

함을 쓰다듬던 그가 천천히 뚜껑을 열었다. 그러자 차갑고 맑은 빛 한줄기가 흘러나와 보주의 얼굴을 비추었다.

"오—!"

그가 흥분으로 눈썹을 바르르 떨며 검을 집어 들었다. 그것을 눈앞에 세워 들고 바라보는 그의 얼굴에 황홀함이 어렸다.

싸늘한 검광이 번쩍거리며 사방으로 퍼져 나갔고, 보주의 눈에서 뿜어지는 신광 또한 갈수록 강렬해졌다.

"과연, 과연 좋은 검이로다!"

검신을 쓸던 보주가 가볍게 손가락을 퉁겨 때렸다. 그러자 따앙— 하는 맑고 높은 검음(劍吟)이 대전 가득 울려 퍼졌다.

소리의 결이 일정하고 떨림이 오래 계속되니 쇠가 단단하고 어느 한 곳 굴곡진 데 없이 질이 고르다는 걸 알 수 있었다.

"과연, 과연!"

보주가 연신 감탄성을 터뜨렸다.

"신검문에서 그토록 눈을 까뒤집고 이것을 찾아다닌 이유를 알겠다. 용왕주에서 뽑아낸 현철보다 귀한 게 세상 어디에 있으랴."

보주의 말에 무진은 어리둥절했고 흑풍객은 가볍게 눈살을 찌푸렸다.

"아무리 좋은 쇠라도 그것을 다듬을 줄 모른다면 소용없지. 그러니 이 검을 만든 자는 과연 천하제일의 장인이라 할 만하다."

"음······."

흑풍객이 낮게 신음을 흘렸다. 보주가 이 궁벽한 산속에서 꼼짝하지 않으면서도 강호의 일들을 제 손바닥 보듯 하고 있다는 걸 새삼 느낀 것이다.

"가져와라!"

그가 불쑥 소리쳤다. 그러자 오른쪽에서 다섯 명의 청년이 각기 검과 칼을 들고 들어왔다. 그들의 손에 있는 도검 또한 예사롭지 않아 보이는 것이 명검이고 보도가 분명했다.

청년들이 거꾸로 쥔 도검을 이마 위에 쳐들어서 예를 취한 다음에 그것을 바로 잡고 섰다. 검을 들고 일어선 보주가 한 번 후려치자 쨍! 하는 날카로운 소리가 났다.

첫 번째 칼이 두 동강이 나 떨어졌다. 부러진 것이 아니라 매끄럽게 잘려 나간 것이다.

쇠가 쇠를 잘랐지만 염차목이 만든 금룡검은 새파랗게 일어선 날이 조금도 상하지 않았다.

보주가 빠르게 네 자루의 검과 도를 후려쳤다. 그때마다 날카로운 쇳소리와 함께 그것들은 짚단이 베어지듯 매끄럽게 잘려 떨어졌다.

"아하하하—"

보주가 검을 들고 우뚝 서서 통쾌하게 웃었다.

"이것으로 일백 자루의 신검이 드디어 내 손에 들어왔소. 하나같이 쇠를 진흙 베듯 하는 보검들이지만 이것은 그중에서도 단연 뛰어나오."

"마음에 드신다니 다행이외다."

"이것을 얻기 위해 지난 삼 년 동안 이 형이 얼마나 고생을 했을지

보지 않았어도 충분히 알겠소."

보주가 이글거리는 눈으로 한동안 흑풍객을 바라보다가 침중하게 말했다.

"약속대로 단천혈룡(斷天血龍)을 드리리다."

그 소리를 들은 보주의 다섯 제자들이 일제히 '아!' 하고 놀란 외침을 터뜨렸다. 얼굴마저 새파랗게 질린 채다.

더욱 무섭게 이글거리는 눈으로 흑풍객을 쏘아보던 보주가 한참 만에야 다시 말했다.

"오늘 이 형은 기어이 나에게서 발톱을 뽑아가는구려?"

흑풍객이 가볍게 하하, 웃고 손을 내저었다.

"과한 겸양이시오. 보주께서야 가진 게 많은 사람이니 그것 하나 잃었다고 해서 달라지지 않을 것이오. 하지만 나는 가진 게 없는 사람이라 그것으로도 만족할 수 없다오. 늘 부족해서 허덕이니 이 어찌 불쌍하지 않겠소?"

무진이 눈을 동그랗게 뜨고 흑풍객을 보았다. 그가 이처럼 길게 말하는 걸 보기도 처음이려니와, 자기 자신을 불쌍한 사람이라고 비하하는 말을 하리라고는 생각조차 해본 적이 없기 때문이었다.

"보주는 열 개 중 한 개를 내던질 뿐이지만 나는 열 개를 얻는 것과 같으니 그 무게가 크게 다르오. 보주의 주머니는 표가 나지 않아도 내 주머니는 불룩해질 것이오."

보주에게는 별 소용이 없는 것이라도 저에게는 너무 크고 고마운 것이라는 뜻이면서, 보주에 비해 자신은 보잘것없는 사람이라는 지나친 겸양이 깃들어 있는 말이기도 하다.

그 말을 듣고 있는 동안 굳어졌던 보주의 얼굴이 조금씩 펴졌다. 그 또한 흑풍객이 저렇게 말할 줄은 몰랐던 것이다. 저 오만하고 고집 센 자가 자기 앞에서 스스로를 낮추고 있으니 우쭐해지기도 했다.

"하하, 이 형이야말로 겸양이 지나치시군. 천하에 누가 흑풍객을 불쌍하다 할 사람이 있겠소?"

보주가 품에서 얇은 책 한 권을 꺼내 만지작거렸다. 얼굴에는 아직도 아쉬워하고 의심하는 기색이 남아 있었다.

휴, 하고 탄식한 그가 소봉을 불렀다.

"이 대협께 받들어 올려라."

"예."

공손히 대답하고 책을 받아 들지만 계집아이의 얼굴에는 가득 불만이 어렸다. 그녀는 물론 지켜보고 있는 제자들 모두의 얼굴이 그와 같았다.

그들은 저것이 무엇인지 잘 안다. 단천혈룡장법이 적혀 있는 절세의 비급인 것이다.

그건 보주의 진신절기들 중에서도 장법으로는 가장 위력적인 절기였다. 사부가 그것을 흑풍객에게 주었으니 다른 사람에게는 가르쳐 주지 않을 것이다.

장차 자신들이 그 장법을 배워야 할 것인데, 이제 그럴 수 없게 된 터라 분하고 억울하기만 했다.

소봉이 입술을 잘근 깨물고 비급을 흑풍객에게 내밀었다. 그리고는 당돌하게 말했다.

"소녀가 감히 대협께 한 가지 청을 드려도 될까요?"

"응?"

뜻밖의 일이라 흑풍객은 물론 보주와 그의 제자들도 눈을 크게 뜨고 소봉을 바라보았다. 소봉이 빠르게 말했다.

"이처럼 고명하신 분을 만날 기회가 매우 적으니 그냥 지나칠 수가 없군요. 부디 대협의 가르침을 받을 수 있기 바랍니다."

명백한 도전이고 도발이었다. 철없는 계집아이라고 무시해 버려도 되겠지만 그러면 보주의 체면이 깎이게 된다. 그렇다고 화를 낼 수도 없는 일이라 흑풍객의 눈살이 잔뜩 찌푸려졌다.

그가 난감한 얼굴을 한 채 물끄러미 소봉을 바라보기만 했다. 그러자 보주가 껄껄 웃었다.

"하하, 맹랑한 계집애로구나. 너는 그래, 이 형을 상대해 볼 셈이냐? 이 형, 아직 철이 없는 아이요. 사물을 제대로 분간할 줄 모르는 계집애니 용서해 주시구려."

소봉이 보주를 향해 허리를 숙이고 맹랑하게 대꾸했다.

"사부님, 제가 비록 철없다고는 하나 어찌 이 대협께 무례할 수 있겠습니까? 저는 대협의 제자와 한 번 무공을 비교해 보고 싶을 뿐입니다. 나이도 마침 저와 비슷해 보이니 비무를 통해 서로 정을 쌓을 수도 있겠지요."

"흠—"

매우 그럴듯한 말이라 보주가 웃음 띤 얼굴로 흑풍객을 보고 무진을 보았다. 그의 얼굴에는 어느덧 호기심이 가득했다.

흑풍객은 다시 무표정한 얼굴로 돌아와 있었다. 얼굴만 봐서는 도대체 그의 속을 짐작할 수 없었다.

한쪽에서 눈치만 보고 있던 보주의 나머지 제자들이 득의의 미소를 띠었다. 저 지저분하고 어수룩해 보이는 녀석이 사매의 상대가 될 리 없다는 믿음이 있어서다.

그들은 영악한 어린 사매가 사랑스럽고 대견했다. 흑풍객의 제자를 실컷 때려줘서라도 분풀이를 하겠다고 나섰으니 그렇다.

그거야말로 통쾌한 일 아니겠는가. 병신을 만들어놓는다고 해도 정당한 비무였으니 흑풍객은 차마 나서지 못할 것이다.

나중에 사부님에게 꾸중을 듣더라도 그것뿐이다. 눈앞에서 절기를 빼앗긴 분풀이는 한껏 해야 한다. 흑풍객에게 망신을 주는 일이 되기도 할 테니 더욱 좋다.

묵묵히 있던 흑풍객이 무진에게 말했다.

"저 아이가 너와 싸워보고 싶다는구나?"

"그게……."

무진이 눈살을 찌푸린 채 망설이자 소봉이 방긋 웃었다.

"소협, 겁먹을 거 없어요. 사부님과 이 대협 앞에서 그저 재롱 삼아 비무를 해보는 건데요, 뭐."

말은 그렇게 하고 있었지만 무진을 노려보는 눈길에는 표독함이 가득했다.

무진은 비무가 무엇인지 모른다. 그저 소봉이 싸우자고 대드는 걸로 보일 뿐이다. 왜 그러는지 이유를 알 수 없기도 하다.

"아니, 겁이 난다는 게 아니라 나는 다만…… 사나이 대장부가 여자애와 싸운다는 게 내키지 않을 뿐이야."

소봉의 눈매가 즉시 샐쭉해졌다.

"핏, 그럼 소협이 살살 봐주면서 하면 되겠지요."

그래도 무진이 망설이자 내내 무표정하게 있던 흑풍객이 무엇을 생각했던지 빙긋 웃었다.

"한번 해봐라. 좋은 경험이 될 게다."

이제 소봉은 옷소매를 걷어붙이고 나섰다. 무진이 휘 둘러보니 모두들 잔뜩 기대하고 있는 눈치였다.

'제기랄, 이 쪼그만 계집애는 겁도 없구나. 한 대 맞으면 당장 주저앉아서 엉엉 울어버리고 말걸?'

무진의 머리 속에는 그런 생각만 가득했다.

"좋아. 그럼 울지 말아야 돼?"

"감사해요."

무진이 마지못해 나서자 소봉이 생긋 웃었다.

"그럼 조심하세요!"

소리치기 무섭게 훌쩍 몸을 날려 쳐들어오는데, 고양이가 쥐를 노리듯 재빠르기 짝이 없었다.

"어?"

깜짝 놀란 무진이 얼결에 팔을 들었지만 주먹은 이미 그의 얼굴을 후려치고 있었다.

빡—!

무진의 턱이 홱, 돌아갔다. 몽둥이로 맞기라도 한 것처럼 커다란 충격이 머리 속에 가득 찼다.

철푸덕—!

꼴사납게 나가떨어져 엉덩방아를 찧었지만 아픈 것도 느껴지지 않았다. 머리 속이 멍하고 귀가 윙윙 울리는 것이 정신을 차릴 수 없어서다. 눈마저 깜깜해져서 아무것도 보이지 않았다.

그런 무진을 본 보주의 제자들이 터져 나오는 웃음을 참지 못하고 킥킥거렸다. 맏이인 대룡이마저 애써 웃음을 참느라 얼굴이 붉어진 채이를 악물고 있었다. 그건 소봉도 마찬가지였다.

"응?"

보주가 의아하다는 듯 머리를 갸웃거렸지만 흑풍객은 여전히 무표정한 얼굴로 허공만 보고 있을 뿐이었다.

비로소 정신을 차린 무진이 머리를 흔들고 일어났다.

"어, 꽤 아픈걸?"

턱을 이리저리 움직여 보고 태연하게 말했다.

소봉의 눈이 커졌다. 계집아이는 자신의 그 한주먹에 무진이 오랫동안 일어나지 못하리라고 여겼던 것이다. 그런데 금방 훌훌 털고 일어났을 뿐 아니라 충격을 받은 기색도 없었다.

"흥!"

싸늘하게 코웃음을 친 소봉이 다시 미끄러지듯 다가서며 주먹과 장을 뻗었다.

몸놀림이 민첩하고 후려치고 때리는 수법이 매끄러운 것이 꽤 오랫동안 공들여 수련한 솜씨였다.

무진은 꾹 참고 내색하지 않았지만 단단히 화가 나 있었다. 더 이상 계집애에게 얻어터지는 흉한 꼴을 보일 수는 없다. 그래서 이를 악물고 되는대로 주먹을 휘두르며 마주쳐 나갔다.

태어난 이래 싸움이라고는 처음 해보는 무진이니 주먹질이 제대로 될 리가 없었다. 힘이 잔뜩 실려서 붕붕거리는 소리만 날 뿐, 느러터진 데다가 어디를 어떻게 때려야 할지도 알지 못하니 그저 휘두르는 것에 지나지 않았다.

그 무식하기 짝이 없는 주먹질을 본 소봉의 얼굴에 경멸과 비웃음이 더욱 짙어졌다.

"어머나, 소협, 너무 무섭잖아요. 에이크, 큰일날 뻔했네. 너무 아프게 때리지 마세요."

입으로는 죽는 소리를 하고 있지만 요리조리 피하면서 슬쩍슬쩍 손가락을 뻗어 겨드랑이를 찌르기도 하고, 이마를 튕기기도 하는 것이 강아지 한 마리를 놀리는 꼴이다. 그러니 무진은 더욱 화가 나고 약이 오를 수밖에 없었다.

"에잇! 이얍!"

땀을 뻘뻘 흘리며 기합 소리도 요란하게 달려들어도 매번 허공을 칠 뿐이었다. 제 힘을 못 이기고 비틀거리는 무진의 엉덩이를 소봉이 힘껏 걷어찼다.

"어이쿠!"

무진이 중심을 잃고 대여섯 걸음이나 쿵쿵거리고 달려가 사표의 발아래 코를 처박았다. 소봉이 의도적으로 그렇게 되도록 힘과 방향을 조절한 게 틀림없었다.

"하, 기가 막히는군."

사표가 한심스럽다는 얼굴로 무진을 내려다보았다.

"이봐, 염 형. 사부님의 얼굴에 그렇게 먹칠을 해서야 되겠어? 흑풍객 이 대협이라면 천하가 다 무서워 벌벌 떠는데, 염 형의 이 꼴은 뭐지? 좀 더 분발해 봐."

그가 무진을 부축해 일으키며 혀를 찼다. 말은 점잖게 하고 있지만 흑풍객까지 싸잡아 비아냥거리는 거다.

그의 눈에 가득한 조소와 경멸을 본 무진은 가슴이 화끈 달아올랐다. 이런 곳에서 이렇게 창피를 당할 줄 몰랐으니 더욱 화가 난다.

"잘해보라구."

무진을 돌려세운 사표가 힘껏 등을 떠밀었다. 무진은 자빠지지 않기 위해 팔을 휘두르며 다시 쿵쿵거리고 달려가야 했다. 소봉의 면전이다.

그녀가 기다렸다는 듯 한 발을 번쩍 들더니 무진의 가슴팍을 호되게 걷어찼다.

"헉!"

무진이 두 팔을 허우적거리며 대전 한구석에 처박혔다. 가슴이 빠개질 듯한 통증 때문에 쉽게 일어나지 못하고 끙끙거리자 내내 그 광경을 지켜보고 있던 보주가 머리를 설레설레 저었다.

"이 형, 형은 아직 제자에게 무공을 가르치지 않았소?"

눈앞의 일에는 조금의 관심도 없다는 듯 무심하게 허공만 바라보고 있던 흑풍객이 천천히 눈길을 돌려 보주를 똑바로 보았다. 그리고 느릿느릿 말했다.

"지금 가르치면 되지요."

"응?"

"우리 내기를 합시다. 내가 여기서 차 한 잔 마실 동안 저 녀석을 가르친 다음에 다시 보주의 막내 제자와 싸우게 하겠소."

너무나 엉뚱한 소리라 보주는 물론 소봉과 다른 제자들마저 깜짝 놀라 흑풍객을 멍하니 바라보았다.

보아하니 무진은 무공이라고는 전혀 모르는 촌무지렁이가 분명했다. 그런 녀석을 이 자리에서 잠깐 가르쳐서 소봉을 이기게 하겠다는 말 아닌가.

무공이 그렇게 쉽게, 그렇게 빠르게 가르치고 배울 수 있는 거라면 누군들 고수가 되지 않으랴. 그러니 흑풍객의 그 말은 허풍도 이만저만한 허풍이 아니었다.

"핫하! 그건 매우 재미있는 제안이구려. 그래, 이 형은 무엇을 거시 겠소?"

"이거요."

흑풍객이 망설임없이 조금 전에 받았던 비급을 들어 보였다. 보주의 눈이 빛났다.

"흠, 좋소. 그럼 나는 무엇을 걸어야 하오?"

"벽파도(劈波刀)."

"벽파도법을?"

주저없는 흑풍객의 말에 보주는 물론 다섯 제자들이 일제히 눈을 크 게 떴다.

그건 흑룡보주가 지니고 있는 또 하나의 절기였다. 세상에 널리 퍼 져 있는 많고 많은 도법들 중에서도 절세적인 것이라고 불릴 만한 도 법인 것이다.

보주가 빙긋 웃었다.

"후회하지 않겠소?"

"사나이는 한 번 말하고, 지킬 뿐이오."

"하하, 좋소, 좋아! 기꺼이 내기를 하리다."

보주가 손뼉을 치며 크게 웃었다.

"이리 오너라."

흑풍객이 무진을 불렀다.

무진은 그가 부르면 언제나 주저하고 늘쩡거렸다. 그러나 이번에는 가슴을 문지르던 손을 놓고 뛰듯이 다가갔다.

"이기고 싶으냐?"

"예. 저 못된 계집애를 꼭 때려주고 싶어요."

"좋다. 그렇다면 내 말을 잘 들어라."

"예."

"너는 왜 맞았다고 생각하느냐?"

"저 계집애는 무공을 배웠고, 나는 못 배웠으니 그렇지요."

"그럼 지금 초식을 배우고 수법을 익혀서 싸우면 이길 수 있겠느냐?"

"쳇, 그건 말도 안 되죠."

누가 들어도 그건 억지다. 겨우 차 한 잔 마실 만한 시간에 뭘 배울 것이며, 그렇게 배워서 어찌 싸울 수 있을 것인가.

흑풍객이 빙긋 웃었다.

"그러니 배울 필요도 없다."

"예?"

"무공이 별거냐? 네 안에 이미 다 들어 있느니라. 너는 그저 그걸 네 마음대로 꺼내 쓰기만 하면 된다."

"……?"

이해할 수가 없는 말이다. 무진이 멍하니 흑풍객을 바라보았다. 그가 더욱 음성을 낮추어 속삭였다.

"초식과 수법을 배우고 연마하는 건 바로 내 안의 그것을 꺼내기 위한 길을 열려는 것일 뿐이지. 초식은 무공의 본질이 아니다."

"흡!"

무진이 눈을 끄게 떴다. 무언가 머리 속을 때리는 번갯불 같은 게 있어서다.

—네 안에 다 들어 있다.

흑풍객은 무진에게 무학의 가장 높고 깊은 도리를 그 한마디로 전해 준 것이다.

그건 도(道)와도 일맥상통하고, 선(禪)과도 맥락을 같이하는 그런 어떤 것이었다.

언젠가 호은암의 무광 노화상이 '네가 곧 부처'라고 했던 것과도 같은 것이리라.

한마디 말로 무학의 궁극을 설파한 흑풍객이 이번에는 가장 기초적인 것에 대해서 말해 주었다.

"저 아이는 제가 가장 잘할 수 있는 것으로 싸웠다. 그런데 너는 너에게 익숙하지 못한 것으로 그에 맞섰지. 얻어맞는 게 당연하다."

"......!"

"네가 자신있게 할 수 있는 게 뭐지?"

"망치질하고 풀무 돌리는 거요."

"그럼 그것으로 싸워라."

"네?"

"너는 그것을 가장 잘하지만 저 계집애는 그것을 조금도 알지 못한다. 그러니 네가 반드시 이긴다."

"......?"

무진은 어이가 없어서 할 말을 잃었다. 세상에 망치질하고 풀무질하는 걸로 어찌 무공을 익힌 사람과 싸워 이길 수 있단 말인가.

그렇다면 농사꾼은 쟁기질하는 걸로도 이길 것이고, 상인은 주판알 튕기는 것으로도 고수를 이길 수 있을 것이다. 누가 힘들여 무공을 배우려 하겠는가?

"쳇, 그런 말도 안 되는……."

무진의 입이 한 발이나 나왔다. 저를 놀린다고 여겨서다.

그러나 흑풍객은 나의 장점으로 적의 단점과 맞서 싸운다는 박투의 비결을 알려준 것이었다. 그거야말로 가장 기초적이면서 항상 변하지 않는 승리의 비법이었다.

"너에게는 저 계집애의 내공을 뛰어넘을 만한 힘과 체력이 있다. 잊었느냐?"

무진의 머리 속에서 다시 번갯불이 번쩍였다.

힘에 있어서 무진은 과연 소봉을 압도할 만했다. 팔과 허리의 힘이 어린아이의 것이라고는 믿어지지 않을 만큼 굳세다. 지난 칠 년 동안 쉬지 않고 망치질을 해댄 공이었다. 게다가 그의 몸 안에는 아버지로부터 물려받은 자부신공이 깃들어 있었다.

'나는 정말 어리석었구나.'

무진은 금방 자신의 미련함을 깨달았다.

흑풍객이 마지막으로 속삭였다.

"사나움에는 사나움으로, 빠름에는 빠름으로 제압해라. 이것을 이루는 것이 승리할 수 있는 유일한 방법이다."

―이폭제폭(以暴制暴), 이쾌제쾌(以快制快).

흑풍객은 자신의 심득을 그 몇 마디의 말로 전해주었고, 무진은 그것을 놓치지 않았다.

그의 볼이 붉어지면서 입가에 회심의 미소가 떠올랐다.

한쪽에서 그들을 지켜보던 보주의 다섯 제자들은 실소를 금치 못했다.

그들의 눈에는 어이없고 웃기는 일로만 보일 뿐인 것이다.

촌각의 시간을 아껴서 쓸 만한 초식 한 가지라도 힘써 가르쳐 줄 것이지, 엉뚱하게 소곤거리고 있기만 하니 그렇다.

그러나 보주는 신광이 번쩍이는 눈으로 그런 흑풍객과 무진을 뚫어질 듯 쏘아보고 있었다. 낯빛이 침중해졌다.

"가라. 반드시 이긴다는 신념을 가져라. 두려움을 이기면 이기지 못할 것이 없다."

흑풍객이 무진의 등을 때렸다.

무진이 낡은 옷소매를 둥둥 걷어붙이고 씩씩하게 나섰다. 어리둥절하고 어정쩡하던 조금 전의 모습은 간데없다.

"다시 해보자."

두 다리를 벌리고 버티어 서서 눈을 부라리는 것이 의젓하고 당당하기만 했다.

"다 배운 거냐?"

소봉이 비웃었다.

"배우고 말고 할 것도 없다. 이번에는 반드시 너를 때려주고 말 테다."

"아이구, 무서워라. 호호호—"

소봉이 배를 쥐고 웃었다. 너무 기가 막히고 우스워서 사부님 앞이라는 것마저 잠깐 잊은 것이다.

"좋아요, 소협. 그럼 조심하시와요."

겨우 웃음을 멈추었지만 아직도 입가에는 조소가 남아 있다.

한껏 비웃은 소봉이 훌쩍 다가들었다. 이번에는 반드시 무진의 팔이

나 다리 하나쯤 꺾어놓겠다는 듯 눈빛에 악독함이 깃들어 있었다.

"이얍!"

무진이 벼락같은 기합성을 터뜨렸다. 그 소리에 실린 충만한 힘이 소봉을 깜짝 놀라게 했다.

가슴을 펴고 성큼 마주 다가선 무진이 오른 주먹을 힘껏 내려치며 왼손을 풍차 돌리듯 휘둘렀다. 그러자 우악스럽고 거친 힘이 쏟아져 소봉을 압도했다.

그녀가 어찌 무진이 지금 망치질하고 풀무 돌리던 짓을 흉내 낼 뿐이라는 걸 알겠는가.

처음 보는 초식에 어리둥절해서 눈을 동그랗게 뜬 소봉이 날렵하게 몸을 움직여 주먹과 장력 사이를 요리조리 빠져나갔다.

눈을 부릅뜨고 이를 악문 무진이 그런 소봉을 쿵쿵거리며 쫓았다.

여전히 오른 주먹은 내려칠 뿐이고, 왼손은 잡아채려는 듯 휘두를 뿐이다.

얼핏 보니, 들어 올리고 내려치는 주먹은 소림사의 나한권법 중 나한투호(羅漢鬪虎)의 초식 같았고, 훑어오는 왼손은 화산파의 매화장법 중 춘지소운(春枝掃雲)의 수법 같기도 했다.

그러나 몇 번 거듭되자 잠시 놀랐던 소봉은 곧 그게 초식도 뭣도 아니라는 걸 알아챘다.

그저 똑같은 동작을 되풀이할 뿐인데 그것도 엉성하기 짝이 없었다. 귓전을 스치는 맹렬한 바람 소리도 이제는 전혀 두렵지 않았다.

'쳇, 미련한 놈이 힘만 세다더니 딱 그 꼴이로군?'

무진의 주먹 힘이 의외로 굳셌지만 저 느러터진 주먹에 맞을 리가 없으니 웃길 뿐이다.

이리저리 피해 다니던 소봉이 앙칼진 기합성과 함께 무진의 품 안으로 뛰어들며 일장을 갈겼다.

이번에는 자신의 내력을 아낌없이 실었으므로 제대로 맞는다면 갈비뼈 몇 대쯤은 족히 부러질 것이라고 믿었다.

펑―!

무진의 가슴에서 북치는 소리가 났다.

"어맛!"

소봉이 깜짝 놀란 소리를 내지르며 펄쩍 뛰었다.

무진이 피하기는커녕 오히려 가슴을 불쑥 내밀었는데, 그것을 친 손바닥을 타고 한줄기 맹렬한 기운이 되쏘아져 나왔던 것이다.

손목이 저르르하게 저려오더니 곧 팔꿈치에까지 은은한 통증이 느껴졌다.

놀란 소봉이 무진을 바라보았다. 그는 얼굴빛이 조금 창백해졌을 뿐 아무런 타격도 받지 않은 것 같았다.

무진이 쿵쿵거리며 다시 달려들었다.

휘익―

왼손이 휘감아오고, 오른손의 주먹이 쇠망치처럼 떨어졌다. 두 손으로 각기 다른 수법을 펼치는데 조금도 어색하거나 굼뜨지 않아서 마치 두 사람이 동시에 달려드는 것 같았다.

이제는 소봉도 악에 받쳤다. 그녀가 '이얏!' 하고 날카로운 기합성을 터뜨리며 무진의 온몸에 권장의 소나기를 퍼부었다.

치고 밀어대는 손속이 어찌나 재빠른지 칠 권 칠 장이 마치 한 번에 쏟아진 것 같았다.

무진의 얼굴과 가슴 배에서 퍽퍽, 하는 소리가 요란하게 터져 나왔다.

"음!"

무진이 이를 악물고 온몸에 한껏 힘을 불어넣었다. 그러자 그의 몸은 단단한 모래주머니처럼 되어버렸다.

소봉의 주먹과 장이 때리고 부딪칠 때마다 흔들거리면서도 그녀의 주먹을 무시한 채 내려치고 잡아채기를 계속할 뿐이었다. 때릴 테면 얼마든지 때려보라는 배짱이었다.

분노가 솟구치고, 소봉을 때리고 말겠다는 의지가 충만해지자 단전 깊이 가라앉아 있던 신공이 불처럼 일어나서 무진의 온몸을 달구었다.

무진은 그 어느 때보다 더 크고 맹렬하게 솟구치는 힘을 느끼고 제 스스로도 놀랐다.

내력을 잔뜩 실은 소봉의 주먹이 부딪칠 때마다 몸 안을 치달리고 있는 자부신공이 스스로 반응해서 그것을 튕겨내니 맞는 무진보다 때리는 소봉이 오히려 충격을 받곤 했다.

빠악―!

무진의 턱에 소봉의 주먹이 틀어박혔다.

처음에는 그 한 방에 나가떨어졌던 무진인데 이번에는 소봉이 '앗!' 하고 비명을 질렀다. 마치 단단한 바위를 때린 것 같았던 것이다. 그때 막무가내로 휘젓던 무진의 왼손이 드디어 소봉의 옆구리를 단단히 움켜쥐었다.

그가 욱! 하고 힘을 쓰자 소봉은 꼼짝없이 무진의 품 안으로 끌려들 수밖에 없었다.

그런 소봉의 어깨 위에 무진의 우악스런 주먹이 사정없이 떨어졌다.

꽝―!

"아악!"

소봉이 자지러지는 비명을 터뜨리고 주저앉았다. 빗장뼈가 부러진 것이다.

그녀의 얼굴이 금방 새파랗게 질렸다. 참을 수 없는 고통 때문에 움직이지도 못하고 끙끙거릴 뿐, 울지도 못했다.

대전 안에 무거운 침묵이 감돌았다. 이를 악문 채 진땀을 뻘뻘 흘리고 있는 소봉의 신음 소리만 낮게 가라앉았다.

대전 한가운데 떡 버티고 서 있는 무진은 아직도 분이 풀리지 않은 듯 거친 숨을 씩씩거리고 있었다. 얼굴빛이 싸늘해졌고, 눈에서는 흉흉한 빛이 일렁였다.

그는 전혀 다른 사람이 되어 있는 것 같았다.

"음—"

보주가 억눌린 신음을 흘렸다.

"사부님!"

잡아먹을 듯 무진을 노려보고 있던 사표가 째지는 소리로 사부를 부르고 달려나왔다.

"제가 다시 싸우게 해주십시오! 사매의 복수를 하겠습니다!"

"시끄럽다!"

보주의 일갈이 떨어졌다.

"못난 것들!"

엄하게 사표를 꾸짖어 물리친 그가 이글거리는 눈으로 무진을 보더니 한마디 한마디에 힘주어 말했다.

"장하다. 네가 이겼다."

"하하하하—"

보주의 말이 떨어지자 흑풍객이 큰 소리로 웃었다. 그의 웃음소리가 대전 안에 쩌렁쩌렁하게 울려 퍼졌다.

"과연 가르쳐 볼 만한 놈이다. 하하하—"

그가 통쾌해할수록 보주의 얼굴은 일그러지기만 했다.

■ 제7장 ■
내가 가야 할 길

내가 가야 할 길

형산의 흑룡보를 나온 무진과 흑풍객은 동쪽을 바라보고 빠르게 걸어 해가 떨어졌을 때쯤에는 상강 기슭에 이를 수 있었다.

날이 금방 어두워졌다. 작은 부락이 드문드문 퍼져 있을 뿐, 객잔이 있을 법한 시진을 만날 수 없었다.

어디서든 밤을 보낼 만한 곳을 찾아야 한다.

"마을 위로 올라가요."

무진이 어두운 숲을 가리키며 말했다.

"이삼십 호쯤 되는 마을이면 어디든 사당이 있어요. 대개는 마을 뒷산 중턱의 숲이 울창한 곳에 있기 마련이지요."

흑풍객이 빙긋 웃었다.

"어찌 그렇게 잘 알지?"

"경험이 있으니까요."

"네가 그 나이에 벌써 떠돌아다녔더란 말이냐?"

무심코 물어보는 말에 무진은 아차, 하고 후회했다. 빙긋 웃은 흑풍객이 무진의 손을 잡았다.

"가보자."

"저기……."

무진이 손을 빼며 눈치를 보자 흑풍객이 피식 웃었다.

"밤은 보내고 가야 할 것 아니냐?"

하긴 그렇다. 조금만 더 있으면 칠흑같이 어두워질 텐데, 어디가 어디인지도 모르는 낯선 길을 무작정 갈 수는 없다.

"그럼 내일 아침에는 가도 되는 거죠?"

"어디로 갈 건데?"

"어디긴요, 대장간으로 돌아가야지요."

"그래?"

지그시 바라보던 흑풍객이 피식 웃으며 무진의 머리통을 두드렸다.

"어쨌든 쉴 곳부터 찾자."

무진은 그가 기분이 몹시 좋다는 걸 알았다. 그러기에 평소와는 달리 말투도 많이 부드러워졌고 웃는 모습도 자주 보여주는 것 아니겠는가. 그렇다면 흑룡보주로부터 두 권의 비급을 얻었기 때문일 것이다.

마을 뒤의 송림 속에는 역시 산신당이 있었다.

낡고 작은 신당이지만 사람의 손길이 자주 닿았던 듯 깨끗하게 보존되어 있었다. 돌을 쌓아 두른 담도 온전하고, 붉은 칠을 한 대문 안쪽의 뜰도 말끔하게 정리되어 있었다.

그들이 신당 안에 들어섰을 때는 어느덧 하늘에 별이 촘촘해졌다. 벽에 걸려 있는 유등에 불을 밝히자 제단 위의 신선도 한 폭이 가장 먼저 눈에 들어왔다.

검은 호랑이를 타고 있는 여신선의 모습이 생생하게 그려져 있었는데, 남색 치마에 누런 적삼을 입었고, 치렁하게 늘어진 검은 머리카락이 바람에 나부끼고 있다.

허리띠에는 패옥 대신 호리병을 매달았으며 품에 검 한 자루를 안고 있는 그 모습이 무진의 눈길을 끌었다.

흑호는 용맹스러워 보이고, 그 위의 여신선은 아름답기 짝이 없다.

"흑호인로도(黑虎引路圖)지."

흑풍객이 가르쳐 주었다.

"이 마을 사람들은 하선고(何仙姑)를 모시는 모양이다."

팔선(八仙) 중 검선(劍仙)으로 불리는 여신선이다.

"무당산 도사들의 입김이 호남 땅에까지 미치는구나."

흑풍객이 문득 중얼거렸다. 하지만 무진은 하선고의 모습에 넋을 빼앗겨 미처 알아듣지 못했다.

검을 안고 있는 그 자태가 자꾸만 눈길을 붙잡은 것이다. 근엄한 중에 부드러움이 있고, 나긋나긋하면서 탈속해 보이는 그 모습.

구름과 깊은 산골짜기를 배경으로 검은 호랑이 등에 걸터앉아 멀리 바라보고 있는 그 얼굴이 왠지 우수에 잠겨 있는 것처럼 느껴졌다.

무진은 그 얼굴에서 어머니를 보았다. 그건 그의 무의식 속에 가라앉아 있던 형상이 슬며시 떠올랐기 때문일 것이다.

기억이 닿지 않는 곳에 있다고 해서 마음속에 새겨진 형상이 아주 사라져 버리는 건 아니다.

'어머니도 이와 같이 생기셨을 거야…….'

무진이 저도 모르게 중얼거렸다.

"그런데 그 검을 왜 흑룡보주에게 주었어요?"

무진이 불쑥 물었다. 여전히 벽화를 본 채였으니, 어쩌면 흑풍객이 아니라 그림 속의 하선고에게 물은 건지도 모른다.

벽에 등을 기대고 편히 앉아 있던 흑풍객이 대답해 주었다.

"서로 약속을 했거든."

"검과 비급을 바꾸는 거였군요?"

"그렇지. 삼 년 전에 그런 약속을 했었다."

*　　　*　　　*

흑풍객이 진천무 앞에서 당당하게 말했다.

"일을 시켜주시오."

"응?"

"무엇이든 한 가지 일을 대신 해드리겠소."

진천무는 흑풍객 이정청의 명성을 이미 들어 잘 알고 있었다. 그러나 직접 보는 건 처음이었다.

그가 이글거리는 눈으로 뚫어지게 바라보았다.

대체 저자가 일면식도 없는 처지에 무슨 속셈으로 갑자기 찾아와서 저렇게 엉뚱한 소리를 하는 건지 궁금해졌다.

"하하, 이 형이 대범한 사람이라 하던데 오늘 보니 과연 그렇구려."

"흥! 누가 뭐라든 나는 신경 쓰지 않소. 다만 내가 한 약속은 반드시 지킬 뿐이오."

다시 한동안 흑풍객을 노려보던 진천무가 천천히 머리를 끄덕였다.

"당신은 그 대가로 무엇을 원하시오?"

"보주의 절기 한 가지를 얻으려 하오."

"응?"

이건 또 전혀 생각 밖의 일이다.

진천무와 흑풍객의 눈길이 허공을 격하고 치열하게 부딪쳤다.

"이 형은 나의 무엇이 탐나는 게요?"

흑풍객이 망설이지 않고 대답했다.

"단천혈룡장법."

"허ㅡ!"

보주가 눈을 치켜떴다. 얼굴에 불쾌하고 노여워하는 기색마저 떠올랐다. 그러나 다시 한참 생각에 잠기고 난 뒤에는 크게 달라졌다.

그가 낯빛을 바꾸고 껄껄 웃으며 엄지손가락을 치켜세웠다.

"과연 이 형은 통이 큰 사람이오. 호랑이 굴에 들어와서 그 입을 벌리고 이빨을 뽑아가려 하니 말이오."

"들어주시겠소?"

"좋소. 그대를 한번 믿어보리다."

"그럼 내가 무엇을 해야 할지 가르쳐 주시오."

"검."

"응?"

이번에는 흑풍객이 어리둥절했다.

이곳에 올 때 그는 보주가 십 년간 자신의 종노릇을 하라고 해도 기꺼이 들어줄 각오가 되어 있었다. 그런데 엉뚱하게도 검이라니?

"여자가 보석을 탐내듯 나는 좋은 검을 탐내는 사람이오. 생전에 백자루의 절세신검을 수집하는 게 소원이었소. 이제 한 자루만 채우면 되는데 아직까지 마음에 드는 검을 찾지 못했다오. 그걸 이 형이 해주시오. 그러면 기꺼이 단천혈룡을 드리리다."

"좋소."

흑풍객이 호쾌하게 대답했다.

그리고 그들은 삼 일 낮밤에 걸쳐서 통쾌하게 술을 마셨다.

나흘째 되는 날 아침, 자리를 털고 일어선 흑풍객이 말했다.

"삼 년 뒤에 다시 오리다."

인사도 하지 않은 채 그가 떠났고, 보주는 자리에서 일어나지도 않았다. 스스로 술을 따라 마시며 한마디 했을 뿐이다.

"그러시구려."

그가 가고 나자 흑룡장의 봉공으로 있는 음산검로 구양순이 근심스런 얼굴로 물었다.

"보주께서는 어쩌자고 그런 약속을 하셨단 말입니까?"

"하하, 나는 그 사람을 보았소. 그는 세상에 너무 적게 알려진 사람이외다. 나는 그와 친구가 되고 싶지, 적이 되고 싶지 않구려."

매정하게 거절한다고 해도 흑풍객으로서는 트집 잡을 수가 없는 일이었다. 불쑥 찾아와서는 무례하다면 무례했고, 어이없는 억지라면 억지를 부렸기 때문이다.

하지만 딱 잘라 거절하고 내쫓는다면 그는 마음속에 원한을 품게 될 것이다.

진천무는 그게 싫었다. 제 그릇이 크다는 걸 보여주고 싶기도 했다.

"친구를 얻기는 어려워도 적을 만들기는 쉬운 법. 나는 내 절기 하나를 버려서 그를 얻으려 한다오."

"오오, 그러시군요."

구양순이 진심으로 감복하고 엎드렸다. 보주의 마음속에 깃들어 있는 커다란 웅지(雄志)를 다시 한 번 확인한 것이다.

＊　　　＊　　　＊

"그는 검에 욕심이 많은 사람인가 봐요. 그러기에 남들은 한 자루도 갖기 힘든 신검을 백 자루나 모은 게 아니겠어요?"

"그에게 관심이 있느냐?"

"아니요, 그냥 그 검이 장차 어떻게 될지 궁금해져서요."

"그가 드디어 백 자루의 신검을 다 모았으니 머지않아 강호에 흑룡 한 마리가 날아오르겠지."

무진이 천천히 돌아서서 흑풍객을 빤히 바라보았다.

"그는 단지 검을 좋아해서 모으고 있다는 게 아니로군요?"

"그럴지도 모르지."

무진은 이 안에 복잡한 내막이 있다는 걸 눈치챘다. 궁금했지만 흑풍객의 눈치를 보니 그것에 대해서는 더 말하지 않을 것 같았다. 그래서 넌지시 넘겨짚어 보았다.

"사람들이 많이 죽나요?"

"그럴지도 모르지."

"아저씨도 죽나요?"

"흥!"

흑풍객이 코웃음을 쳤다. 얼굴 가득 오만한 자부심이 되살아났다.

"내가 허락하지 않는데 누가 감히 나를 죽일 수 있단 말이냐?"

"그럼 아저씨는 다른 사람들의 죽음에 대해서는 관심도 없군요?"

"어째서 그렇게 생각하지?"

"그러기에 검을 그에게 가져다 준 것 아니겠어요?"

"핫하하하—"

흑풍객이 크게 웃음을 터뜨렸다.

"어떻게 된 거냐? 너는 마치 부처님의 자비심을 갖기라도 한 녀석처럼 말하고 있다."

'그럴까?'

흑풍객의 말이 무진을 심각하게 했다.

아버지의 한을 가슴에 고스란히 간직하고 있는 무진이다.

복수를 생각할 때면 그 다섯 괴한에 대한 노여움으로 떨었다. 하지만 그렇지 않을 때는 마음속에 연민과 따뜻함이 살아 있었다.

저도 모르는 사이에 무광 노스님의 가르침이 뼈에 새겨지고 있었던 것이다.

그것은 몸을 감싸고 있는 안개가 아주 조금씩 스며들어서 깨닫지 못하는 사이에 옷을 다 적셔놓는 것과 같았다.

무진은 문득 제 자신이 생소하게 여겨졌다. 내 안에 또 하나의 내가 살아 있는 것 같은 느낌이 든 것이다.

왼손과 오른손이 각자의 일을 할 수 있게 되었듯이, 제 영혼도 둘로 나뉘어서 제각각의 길을 가려고 하는 것처럼 여겨졌다.

무진의 낯빛이 수시로 변하는 걸 물끄러미 바라보던 흑풍객이 다시 말했다.

"뜻하지 않게 그에게서 발톱 두 개를 빼올 수 있었으니 그는 적어도 십 년은 더 웅크리고 있어야 할 것이다. 세상은 나에게 큰 은혜를 입은 것이지."

"그렇군요. 그럼 아저씨는 이제 그 두 권의 비급을 익힐 생각인가요?"

"아니다."

"아니라고요?"

"버릴 셈이지."

이건 또 무슨 말인가 싶기만 하다. 무진이 눈을 동그랗게 뜨고 입을 딱 벌렸다.

'이 사람의 속은 정말 알 수가 없군.'

"그런데 너는 정말 나에게서 배우고 싶지 않으냐?"

"쳇, 관심없다니까 자꾸 그러시네."

"만약 내가 천하제일의 고수가 된다면?"

"그때는 뭐…… 생각해 보죠."

무진이 심드렁한 얼굴로 대꾸했지만 흑풍객은 거기에 반응하지 않았다. 무거운 얼굴로 한동안 침묵하던 그가 혼잣말처럼 중얼거렸다.

"두 가지를 손에 넣었으니 이제 한 가지만 더 얻으면 나는 소원을 이루게 될 것이다."

흑룡보주로부터 단천혈룡장법을 얻기 전에 이미 무언가를 손에 넣었던 모양이다. 무진이 궁금증을 참지 못하고 물었다.

"대체 그것들이 뭔데 그래요?"

"나부문(羅浮門)의 벽라검보(碧羅劍譜)와 흑룡보주의 단천혈룡장법, 그리고 소림사의 절기 한 가지지."

그 말을 할 때 흑풍객이 의미심장한 얼굴로 바라보며 빙긋 웃었지만 무진은 흘려듣고 말았다. 그저 '이제 소림사로 가겠군' 하고 생각했을 뿐이다.

"그러니까 버리겠다는 건 역시 거짓말이죠? 아저씨는 비급을 모아서 그걸 익힐 작정인 거예요."

무진이 득의양양해서 말했지만 흑풍객은 고집스러웠다.

"틀렸다."

"아니에요?"

"이제 와서 그들의 무공을 배운다는 건 자존심 상하는 일이야."

"쳇, 그럼 무엇 때문에 힘들게 비급을 모은담?"

"나는 성격이 서로 다른 세 개의 절기를 모아서 한 개를 만들어낼 작정이다. 그러니 그것들 속에서 원리를 찾아내면 그뿐, 초식과 수법은 다 쓸데없다."

"오호!"

무진은 진심으로 감탄했다. 흑풍객의 말뜻을 비로소 알았기 때문이다.

그는 절세의 비급을 모아서 연구하려는 것이었다. 그래서 새로운 것을 창조해 내 그것을 자신의 무공과 조화시키려 하고 있었다.

스스로의 힘으로 탈각(脫殼)하겠다는 것. 그건 스스로를 뛰어넘어 일대의 종사(宗師)가 되고자 하는 웅심(雄心)이기도 하다.

무진에게는 이제 흑풍객이 새롭게 보였다. 이 사람은 과연 본받을 만한 데가 있구나, 하는 생각이 절로 든다.

'그렇다면 나도 스스로 할 수 있을 것이다.'

그런 엉뚱한 생각도 들었다.

이제 열네 살 난 아이가 '뛰어난 사부를 만날 수 없다면 스스로 해내면 될 것 아닌가?' 하는 막연한 깨우침을 얻었다고 한다면 누구나 크게 웃을 일이었지만 무진은 심각했다.

지그시 허공을 노려보던 흑풍객이 착잡한 얼굴이 되어서 중얼거렸다.

"나에게는 반드시 넘어야 할 산이 하나 있다. 그 세 개의 비급이 나로 하여금 머지않아 그를 꺾고 천하제일인이 되도록 해줄 것이다."

무진의 눈이 반짝, 빛났다.

"과연 강호에는 아저씨보다 뛰어난 사람이 있었군요? 대체 그 사람이 누군가요?"

흑풍객이 천천히 무진을 돌아보며 한 자 한 자 힘주어 말했다.

"진천수 곽문탁!"

"억!"

무진이 저도 모르게 비명을 터뜨렸다. 얼굴색마저 새하얗게 질렸다.

"왜 그러느냐?"

"아, 아니에요."

"너는 그를 아느냐?"

"아, 아니라니까요. 제가 어떻게……."

아차, 하고 정신을 차린 무진이 손마저 쌀쌀 내두르며 잡아뗐다. 하지만 그의 가슴은 쿵쾅거리며 무섭게 뛰고 있었다.

이런 곳에서, 엉뚱한 사람의 입에서 돌아가신 아버지의 이름을 듣게 될 줄은 꿈에도 몰랐던 일이라 그렇다.

흑풍객이 다시 허공에 눈길을 주고 중얼거렸다.

"나는 반드시 그를 꺾어서 사문의 한을 풀고 말 테다."

'사문의 한?'

흑풍객을 바라보는 무진의 눈이 커졌다. 그가 조심스럽게 물었다.

"그럼 아저씨는 그 사람과 원수인가요?"

"원수…… 라고는 할 수 없겠지."

그렇게 말하는 흑풍객의 눈 속에 애정과 미움, 부러움과 질투의 빛이 뒤섞여 일렁거렸다. 그리고 원망이었다가 끝에는 그리움으로 젖어들었다.

무진이 이상한 일이라고 중얼거리다가 다시 물었다.

"그런데 어째서 한을……."

"내 사문의 일이니 궁금해할 것 없다."

싸늘하게 말했던 흑풍객이 이글거리는 눈으로 다시 무진을 바라보더니 불쑥 말했다.

"그런데 네 나이가 정말 열여섯 살이냐? 염가가 맞고?"

"그, 그래요. 맞아요."

"그래?"

흑풍객이 머리를 갸웃거렸다.

"그런데 어째서 너를 보면 곽문탁이 떠오른단 말이냐? 네 얼굴과 기상이 어쩌면 그와 그렇게 흡사하단 말이냐? 나는 염가의 대장간에서 처음 너를 보았을 때 내 눈을 의심했었다."

그 의심이 아직도 가시지 않은 모양이었다.

무진은 자신을 뚫어지게 바라보는 흑풍객의 눈길 속에서 그것을 느끼고 등줄기가 서늘해졌다.

'이 사람과는 정말 빨리 헤어져야겠다.'

그런 결심이 더욱 굳어지기만 한다.

무진은 흑풍객이 홀로 세상을 떠돌고 있는 것이 오직 아버지와 싸워 이길 수 있는 방법을 찾기 위해서라는 걸 눈치챘다.

그가 천하제일인이 되겠다고 한 말속에 숨어 있는 본래의 뜻이 바로 그것이었던 것이다. 그러니 더욱 그의 제자가 될 수는 없었다.

무진은 슬픈 감정에 사로잡혔다. 그런 한편으로는 우쭐한 기분도 되었다.

어렸을 때는 늘 병색이 짙고 세상의 눈치를 보며 숨어 살았던 아버지가 가엾게 여겨졌었다. 하지만 이제 그런 일은 다 잊어버렸다.

무진은 어느새 아버지에 대한 그리움과 자부심으로 가득 차서 복잡한 얼굴을 한 채 흑풍객을 멍하니 바라보았다.

다음날 아침이 되었다. 하선고에게 절을 하고 난 무진이 신당을 나서자 흑풍객이 기다리고 있다가 또 물었다.

"어디로 가려느냐?"

"대장간으로 가야죠."

"너는 정말 나의 제자가 되지 않을 테냐?"

"쳇, 벌써 몇 번이나 말했잖아요."

"하지만 너는 이미 나의 심득을 받아 가졌다. 네가 부정한다고 해서 없어지는 게 아니지."

"흥, 고작 말 몇 마디 해주었다고 생색을 내려는 것이라면 마음대로 하세요."

"ㅎㅎㅎ—"

흑풍객이 음침하게 웃었다.

무진은 그때 비록 흑풍객의 그 몇 마디 말에 힘을 얻어서 소봉을 이겼지만 대수롭지 않게 여기고 있었다.

그까짓 야들야들해 보이는 계집애쯤이야 다른 사람의 훈수가 없었더라도 반드시 이겼을 것이라고 믿기 때문이었다.

흑풍객은 무진의 그런 어리석음을 나무라고 싶지 않았다. 모르는 걸

어찌 탓하랴. 하지만 때가 되면 그때 해준 자신의 그 말이 얼마나 소중한 것인지 알게 될 것이다.

심득(心得)이라는 게 그렇다. 선(禪)과 같아서 평생을 두고 매달려도 깨닫지 못하는 자가 있는가 하면, 어떤 자는 앉은 자리에서 문득 깨우침을 얻게 되기도 한다.

그 모두가 인연이라는 것이리라.

흑풍객은 무진에게 인연이 있다고 믿었다. 그렇지 않고서야 어찌 자신의 심득을 그 자리에서 받아들여 그 가운데 숨겨져 있는 오묘한 이치를 대뜸 이해할 수 있었을 것인가.

무진을 지그시 바라보던 흑풍객이 머리를 흔들었다. 자꾸만 곽문탁이 떠올라서다. 찾아보기 힘든 뛰어난 자질과 함께 저 완고한 고집과 오만함까지도 그와 닮았다는 생각을 떨쳐 버릴 수가 없었다.

이번에는 역할이 바뀌었다.

무진은 뒤도 돌아보지 않고 부지런히 걷는데, 뛰는 건지 걷는 건지 구분하기 어려울 정도였다. 그 뒤를 흑풍객이 어슬렁거리며 따랐다. 저만큼 떨어져서 늘쩡거리면서도 놓치지 않고 꾸준히 쫓아오는 것이었다.

'다시는 상대하지 말아야지.'

무진은 그렇게 마음을 다져 먹었다. 흑풍객이라는 존재를 아예 잊어버리려고 했다.

한낮이 되기 전에 상강 기슭에 이르렀다. 버드나무가 줄지어 서 있는 곳에 나루가 있고, 강을 따라 오가는 배들이 보였다.

무진은 동정호로 내려간다는 작은 배에 올랐다. 봇짐을 진 대여섯 명의 장사꾼들 틈에 파고들어 자리를 잡고 앉자 흑풍객이 널판을 밟고

올라왔다.

서로 모르는 사람들 같았다. 무진은 흑풍객을 바라보지 않았고, 흑
풍객 또한 그랬다.

배가 나루를 떠나자 빠르게 흐르는 상강의 물결이 뱃전에 넘실거렸
다. 강물에 어리는 형산 준봉들의 그늘 속에 사공의 콧노래가 섞여 쓸
쓸하면서도 아늑한 정취를 자아냈다.

상담(湘潭)을 지나자 좁던 물굽이가 뻥, 뚫린 듯 넓어지고 아득해졌
다. 바라보이는 저쪽 언덕이 가물거린다.

형산을 빠르게 굽이돌던 물굽이가 그 폭이 무려 오 리 가까이나 되
는 넓은 강으로 변한 것이다.

밤이 되면 배가 쉬는 나루 근처의 객잔에서 잠을 자고, 아침에는 다
시 배에 올라 종일 출렁거리며 흘러가기를 이틀이나 했다.

장사(長沙)를 지나고 망성(望城) 아래에 이르렀으니 오늘 해질 무렵
에는 장송진에 내릴 수 있을 것이다.

멀리 보이는 강 저쪽 벼랑 아래 고루거각(高樓巨閣)들이 둥둥 떠 있
는 게 보였다. 상강을 주름잡는다는 벽상채(壁湘寨)다. 무진은 며칠 전
의 일들이 떠올라 쓴웃음을 지었다.

상강삼웅이라는 자들이 거들먹거리다가 흑풍객이라는 말 한마디에
꽁지가 빠지라고 달아나던 모습이며, 신검문에서 온 인물의 손에 하중
길이 죽어 넘어지던 모습이 눈에 생생했다.

화염시를 쳐내 단번에 하중길을 죽였던 그자는 맥없이도 흑풍객의
주먹질 한 번에 비명횡사했다.

'남고성이라고 했었지 아마?'

그자의 이름을 기억해 내자 눈길이 자연히 흑풍객에게로 향해졌다.

그는 돌아앉아서 뱃전에 의지한 채 흐르는 강물만 바라보고 있었다. 여기까지 오는 동안 무진에게 한마디도 건네지 않았고 아는 체도 하지 않았다.

원래는 상음까지 가서 선객들을 내려놓을 배였지만 사공은 특별히 무진의 부탁을 들어주었다. 장송진에서 내려준 것이다.

이제 하루만 부지런히 가면 대장간이다.

무진이 뛸 듯이 걸었다. 함께 배에서 내린 흑풍객은 여전히 저만큼 떨어져서 느긋하게 뒤따르고 있는 중이었다.

'쳇, 마음대로 하라지. 다시는 아는 체도 하지 않을 테니까.'

힐끔 뒤돌아본 무진이 '어?' 하고 놀라 걸음을 멈추었다. 흑풍객의 모습이 보이지 않았기 때문이다.

"뒤따라오던 게 아니었나?"

그런 의문이 들었다. 어쩌면 같은 방향의 길을 가고 있었을 뿐인지도 모른다.

"뭐, 어쨌든 잘된 일이네."

무거운 짐을 내려놓은 듯 홀가분해지기도 했지만 한편으로는 서운한 마음도 들었다. 지난 며칠 동안 함께 여행을 하면서 정이 들었다면 들었던 것이다.

무진은 내처 걷기로 하고 왕 노인의 찻집을 지나쳐 산속으로 들어갔다.

부지런히 걷는 중에 어느덧 밤이 되었지만 한시라도 빨리 대장간으로 돌아가고 싶은 마음에 무서운 줄도 몰랐다.

그렇게 하룻밤을 꼬박 걸어서 다음날 새벽 무렵에 화가촌이 내려다보이는 언덕에 이르렀다.

젖은 땅 위에 주저앉아 잠시 거칠어진 숨을 가라앉힌 무진이 언덕을 달려 내려갔다.

"억!"

대장간에 뛰어든 그가 한마디 비명을 터뜨리고 우뚝 멈추어 섰다.

서쪽 하늘로 기울어가고 있는 둥근 달빛이 무너진 벽과 지붕 틈으로 스며들어 주위의 경물을 은은하게 보여주었는데, 철물이 쌓여 있던 동쪽 헛간은 무너져 내려앉았고, 염차목이 기거하던 안채는 불에 타 흔적도 남지 않았다. 작업장이 쑥대밭으로 변해 있는 건 말할 것도 없다.

싸늘하게 식어버린 화로 앞에 서서 무진은 넋이 나가고 말았다. 그것은 염차목이 제 목숨처럼 아끼던 것이었다.

제 생명의 불이 꺼지지 않는 한 화로의 불 또한 꺼지지 않을 것이라고 하지 않았던가.

그런데 지금 화로는 차가운 흙덩이가 되어 있을 뿐, 불기라고는 한 점도 남아 있지 않았다.

무진이 털썩 주저앉았다. 머리 속이 멍하고 아무 생각도 나지 않았다. 얼마나 그렇게 넋을 잃고 있었던 것일까.

새벽빛이 부서진 담장 사이로 기척없이 스며들었다. 힘겹게 일어난 무진이 비틀거리는 걸음으로 무너진 염차목의 숙소로 향했다. 폐허로 변해 버린 그곳을 바라보고 있자니 다시 한 번 억장이 무너졌다.

무진은 그슬린 서까래며 기둥들을 헤치기 시작했다. 그리고 얼마 지나지 않아 부서진 궤짝 하나를 찾아냈다. 염차목의 방이 있던 곳에서였다.

그것은 염차목이 흑풍객으로부터 받은 두 덩이의 현철을 넣어두고 소중히 간직하던 것이었다. 궤짝은 남았지만 현철은 간데없고, 염차목도 생사를 알 수 없었다.

'죽었을 것이다.'

오직 그 생각만 든다. 그렇다면 신검문의 무리들이 그렇게 한 게 틀림없으리라.

털썩, 궤짝 앞에 무릎을 꿇은 무진의 볼을 타고 두 줄기 눈물이 주르르 흘러내렸다. 악물고 있는 입술이 파르르 떨렸다. 그러나 결코 소리 내어 울지 않았다.

아버지의 죽음 앞에서도 마음껏 울지 못했던 무진이다. 그때부터 결코 울지 않겠노라고 스스로에게 다짐하고 또 다짐해 주었다. 엉엉 울어버린다면 그건 아버지에 대해서 죄를 짓는 거라는 생각 때문이었다.

새벽빛이 뿌옇게 스며들어 오는 곳 여기저기에 검게 빛바랜 핏자국들이 보였다. 어느 것이 염 아저씨의 것인지 알 수 없었다.

무진은 지난 칠 년 동안 아버지처럼 믿고 의지했던 사람을 또 잃었다.

그의 마음속에 분노의 불길이 활활 타올랐다. 그것은 자신의 운명에 대한 분노이면서 이곳에 핏자국을 남긴 자들에 대한 분노이기도 했다.

"네가 왔구나."

문득 밖에서 귀에 익은 음성이 들렸다. 돌아보니 밭두렁 두 개 건너, 가장 가까운 곳에 살고 있는 노인이었다. 새벽 일찍 밭에 나온 길에 무진을 본 것이다.

노인이 무진을 끌고 아직 어둠이 남아 있는 집 뒤의 언덕으로 올라갔다.

"어떻게 된 일이지요?"

"열흘 전에 몇 명의 강호인들이 들이닥쳤더니라. 염가와 무슨 일인가를 두고 다투는 소리가 들리더니 곧 비명이 진동했지."

흑풍객과 형산으로 떠난 며칠 뒤에 그들이 들이닥쳤던 것이다. 그를 따라가지 않았더라면 자기도 꼼짝없이 죽고 말았을 것이다.

무진은 흑풍객이 염 아저씨에게 돈을 주며 어디 먼 곳으로 가 있으라고 말했던 것을 떠올렸다. 그는 이미 이런 일이 벌어지리라고 예상했던 것이다.

그렇다면 그가 한사코 무진을 데려가겠다고 고집 부렸던 것은 무진을 살리기 위해서였는지도 모른다.

'흑풍객은 생명의 은인인 걸까?'

무진의 머리 속이 복잡해졌다. 그러나 곧 머리를 저었다. 이 모든 것이 따지고 보면 그가 가져온 재앙이라는 생각이 들어서다.

흑풍객에 대한 미운 마음이 왈칵 들었다. 하지만 다시 생각해 보면 꼭 그의 탓이라고 할 수도 없는 일이었다.

묵묵히 머리를 숙이고 입술을 악문 채 떨고 있는 무진의 귀에 노인의 말이 아득하게 들려왔다.

"처음에는 낯선 자들이 염가의 대장간에 들이닥쳤었는데, 곧 벽상채의 수적들이 또 한 떼 몰려와서는 그들과 싸움이 붙었던 거야."

노인이 잔뜩 겁먹은 얼굴로 부르르 진저리를 쳤다.

"내 생전에 그렇게 흉악하고 끔찍한 일은 처음 보았다. 사람들이 어쩌면 그리도 죄다 악귀 야차 같던지⋯⋯."

"검을 쓰던가요?"

"어? 네가 어떻게 알지?"

번쩍 얼굴을 든 무진이 스산하게 묻자 노인이 어리둥절해서 눈을 크게 떴다.

"처음 찾아왔던 그 몇 사람은 귀신같았다. 움직이고 날뛰는 게 사람 같지 않았어. 펄펄 날아다니더구나. 고작 세 명에게 열다섯 명이나 되었던 수적들이 꼼짝도 하지 못하고 모두 당해 버렸다."

벽상채의 수적들은 그자들의 동정을 주시하고 있다가 상강삼웅 중 만이였던 하중길의 복수를 하기 위해 쳐들어왔고, 싸우는 와중에 대장간이 불타고 무너졌을 게 틀림없었다.

무진의 입가에 차가운 웃음이 걸렸다.

"염 아저씨는 어떻게 되었나요?"

묻는 무진의 눈길이 간절했지만, 한 가닥 희망은 곧 산산이 무너졌다.

"죽었다. 처참한 몰골이었지."

"흐윽!"

무진이 숨을 들이켰다. 머리를 설레설레 흔든 노인이 턱짓으로 동쪽을 가리켰다.

"저쪽 공동묘지에 묻었다."

무진의 눈치를 살피던 노인이 슬며시 일어섰다.

"사람들 눈에 띄기 전에 마을을 떠나는 게 좋을 게야. 모두 염가가 재앙을 불러왔다고 화를 내고 있거든. 평화롭던 마을에 피 냄새가 진동했으니 그럴 만도 하지. 쯧쯧……."

너를 발견하면 달려들어 화풀이를 할 거라는 암시였다. 무진은 묵묵히 고개를 숙인 채 대꾸하지 않았다.

제가 마을에 들어와 산 지도 벌써 칠 년이 된다. 여태까지 누구에게 피해를 준 적이 없고, 그들도 뭐라고 한 적이 없었다. 그런데 이런 일이 생기자 탓을 하고, 성씨가 다른 놈이라고 내쫓으려 한다는 건 아무리 생각해 봐도 심한 처사일 뿐이었다.

세상의 인심이라는 게 이런 건가? 하는 마음에 슬픔과 억울함이 생겼지만 그걸 하소연하고 싶지는 않았다.

노인이 뒤도 돌아보지 않고 휘적휘적 내려갔다. 무진과 함께 있는 게 마을 사람들 눈에라도 띄면 면박을 당할까 봐 무서워하는 눈치였다.

세상 천지 어디에도 내가 발붙이고 살 곳이 없을 것 같은 막막함이 무진의 어린 가슴에 못이 되어 박혔다. 염 아저씨에게 정을 붙이고, 마을에 정을 붙이며 살아왔더니 그것마저 한낮의 그림자 같은 것이었다.

동쪽 공동묘지에 떳장도 입히지 않은 시뻘건 무덤 하나가 초라하게 앉아 있었다. 그 앞에서 무진은 손칼로 나무토막을 깎았다.

흰 속살이 드러난 그것을 물끄러미 바라보던 무진이 선뜻 제 손가락을 베었다. 붉은 피가 울컥 솟구친다.

염차목지묘(廉借睦之墓).

무진은 제 피로 나무의 흰 속살에 그렇게 한 자 한 자 힘주어 썼다. 그것은 복수의 맹세이기도 했다.

아버지의 죽음 뒤에 또 하나의 원한이 생긴 것이다.

제 피로 적신 목패를 무덤 앞에 박아놓고 무진은 입을 꾹 다문 채 초라한 봉분을 뚫어질 듯 쏘아보았다.

"반드시 복수해 드리겠습니다."

가슴 저 깊은 곳에서 스산하게 울려 나오는 음성은 무진의 것이 아닌 듯했다.

신검문의 주춧돌 하나 남겨두지 않을 것이며, 아저씨를 죽인 세 놈의 목을 제물 삼아 제사를 올릴 것이다. 그런 악독한 마음이 무진을 사로잡았다.

무진은 염차목의 무덤 앞에서 무릎을 꿇은 채 꼼짝하지 않았고, 그림자만 제 스스로 맴돌더니 동쪽을 향하여 길게 누웠다. 어느새 해가 지고 있었던 것이다.

땅거미가 짙어질 무렵 비로소 자리를 털고 일어난 무진이 다시 폐허가 되어버린 대장간으로 돌아와 제가 살던 골방으로 들어갔다.

다행히 그곳은 멀쩡했다. 아무도 헌 옷 몇 벌이 아무렇게나 널려 있을 뿐인 초라한 방을 뒤질 생각은 하지 않았으리라.

보따리에서 아버지의 유품인 벽옥소를 꺼내 품에 넣은 무진은 서둘러 옷 몇 가지를 더 챙겨 넣고 나섰다.

제8장 ■
이별

이별

"이, 바보야!"

수련이 비명처럼 그 한마디를 외치고는 와락 무진의 목에 매달렸다.

달빛이 은은한 밤이다.

어두워지고 나서야 염차목의 무덤을 떠난 무진은 사람의 눈을 피해 길 바깥으로만 걸어서 천산평에 이르렀고, 웃자란 억새풀 속에서도 몸을 낮추고 살살 걷던 중이었다.

저만큼 호은암의 불빛이 보이는 억새풀 밭에서 수련이 놀란 사슴처럼 튀어나왔을 때, 무진은 얼떨떨하다가 가슴이 터질 듯 행복해졌다.

"여기서 나를 기다리고 있었어?"

"얼마나 걱정했는지 알아?"

"……."

"매일 너를 기다렸다. 오늘도 오지 않으면 내일은 스님이 뭐라고 하서도 대장간으로 찾아가 볼 작정이었어."

수련은 아직 그 일을 모르고 있는 듯했다. 그녀는 한 번도 천산평을 떠나본 적이 없었고, 세상 사람들은 이런 곳에 암자가 있다는 걸 모르니 그렇다.

수련에게 굳이 이 불행을 알려줄 필요는 없다. 무진은 애써 자신의 우울한 얼굴을 감추고 밝게 웃어 보였다.

"때가 되면 어련히 찾아올까 봐 이렇게 나와 있어? 쪼끄만 계집애가 겁도 없네?"

"핏, 여기까지 나온 건 오늘이 처음이다. 내가 그렇게 하릴없는 줄 알아?"

"아니었어?"

눈을 흘긴 수련이 무진의 손을 잡고 끌었다.

"가자. 스님이 너를 기다리고 계셔. 나더러 나가서 기다렸다가 데려오라고 하셨어."

"어라? 아니, 내가 올 거라는 걸 어떻게 아시고?"

"접때 말했었잖아. 스님은 뭐든 다 알고 계신다고."

"허―!"

무진이 깜짝 놀라 걸음을 멈추자 그녀가 돌아보고 배시시 웃었다. 하얀 산목련 꽃 같았다.

"손님이 왔거든. 그가 말해 줬어. 그리고 스님은 그 손님과 둘이서만 얘기하고 싶으셨던 거야."

"손님이라고?"

이건 의외의 일이다. 호은암에 찾아오는 손님이라고는 염 아저씨뿐이었기에 그렇다. 문득 무진의 마음에 짚이는 게 있었다. 더럭 겁이 났다.

"누군데?"

물어보는 말이 저도 모르게 떨려 나온다.

"나도 몰라. 처음 보는 사람이다."

"어서 가보자."

이제는 그가 서둘러 수련의 손을 이끌고 억새밭 속으로 성큼성큼 걸어 들어갔다.

"스님! 제가 왔어요!"

무진이 일부러 크게 소리 내 무광 노스님을 부르며 선방으로 달려갔다.

"그러면 안 돼!"

뒤에서 수련이 깜짝 놀라 소리쳤다. 무진을 잡으려고 팔을 뻗었지만 무진은 벌써 선방 문을 왈칵 열어젖히고 있었다.

"으헉!"

그가 불에 덴 듯 놀라 물러섰다.

"정말 다, 당신이었군······!"

있는 대로 눈을 부릅뜬 무진이 떨리는 손가락으로 가리키는 곳에 흑풍객이 있었다. 그가 힐끗 무진을 바라보고 냉랭하게 말했다.

"너는 늘 늦는구나. 게으른 놈이다."

"······!"

무진의 눈이 더욱 커졌다. 도대체 저자가 왜 이곳에 와 있단 말인가? 어떻게 이곳을 알았단 말인가? 하는 의문이 불길처럼 일었다.

흑풍객은 무광 노스님과 마주 앉아 있었는데, 무언가 심상치 않은 분위기가 느껴졌다.

"들어올 테냐, 나갈 테냐?"

노스님이 지그시 감은 눈을 뜨지도 않은 채 독백하듯 중얼거렸다.

"한 발은 밖에 있고 한 발은 안에 있으니 어느 게 네 발이냐?"

"예?"

"이리 와."

수련이 무진의 옷자락을 잡아당겼다. 흑풍객은 무광 노스님을 바라보고 있을 뿐이고, 그 앞에서 노스님은 여전히 눈을 감은 채 꿈쩍도 하지 않았다.

"아, 뭐 해? 어서 이리 오라니까."

수련이 떼어내듯 무진을 끌어냈다.

"괜찮을까?"

부엌으로 끌려 들어가며 자꾸만 뒤를 돌아보던 무진이 불쑥 묻자 수련이 의아한 얼굴로 되물었다.

"뭐가?"

"노스님 말이야. 혼자 계시게 놔둬도 괜찮을까?"

"손님과 함께 계시잖아."

"아니, 내 말은 말이지……. 휴, 그만두자."

수련에게 뭐라고 말할 수 있겠는가. 또 제가 스님 곁에 붙어 있다고 하더라도 흑풍객이 날뛰면 어찌 그를 막을 수 있을 것인가.

"걱정 마."

수련이 생긋 웃었다. 무진은 태평스런 그녀가 답답하기만 했다.

"쳇, 너는 저 사람이 어떤 사람인지 몰라서 그래."

"악귀 야차라도 된다는 거 같네?"

"그보다 오히려 더 무서운 사람일걸?"

"넌 그 사람과 얼마나 있었어?"

"열이틀 동안 있었다. 왜?"

"흥, 그러니까 바보 멍청이 소리를 듣는 거야. 스님과는 무려 칠 년 동안이나 사귀었으면서도 스님은 모르고 그 사람은 잘 안다고?"

"어?"

무진이 당황해서 얼굴을 붉혔다. 수련의 말이 그의 가슴을 사정없이 찌른 것이다.

"스님은 악귀 야차가 아니라 아수라가 찾아온다고 해도 끄떡하지 않을 분이셔. 아직도 스님을 그렇게 모르다니. 쯧쯧⋯⋯."

무진이 아는 무광 노스님은 불법에 밝은 선승일 뿐이다. 하지만 흑풍객은 무시무시한 강호의 고수였다. 스님의 불법이 고수의 주먹을 막을 수 있다고는 믿어지지 않았다.

"아무래도 안 되겠어. 내가 가서 지켜 드려야 해."

기어이 무진이 팔을 걷어붙이고 뛰어나갔다.

무얼 어떻게 해야 할지는 모른다. 오직 흑풍객으로부터 노스님을 지켜야 한다는 절박한 생각뿐이었다. 그는 위험한 사람이라는 걸 너무나 잘 알기에 그렇다.

염차목마저 잃은 지금 무진에게는 노스님이 가장 소중한 사람이었다. 내 목숨보다 스님을 걱정하는 마음이 앞섰다.

꽝―!

무진이 방문을 걷어차고 뛰어들었다.

달라진 건 아무것도 없었다. 스님은 여전히 지그시 눈을 감은 채 앉아 있고, 흑풍객 또한 조금 전과 다름없는 모습으로 말없이 앉아 있을 뿐이다.

"어?"

무진이 어리둥절해서 우뚝 멈추어 섰다. 대체 저들 두 사람이 무엇을 하고 있는 건지 알 수 없었다.

"수련아, 너도 이리 들어오너라."

노스님이 눈을 감은 채 말했다. 행여 무진이 행패라도 부릴까 봐 문밖에서 초조해하며 서 있던 수련이 얼른 들어와 스님 뒤에 섰다.

"네가 나를 위해서 해줄 일이 딱 한 가지 있다."

노스님의 말이 무진을 더욱 어리둥절하게 했다. 처음에는 자신에게 한 말인가? 하고 의아했는데 그것은 흑풍객에게 한 말이었다.

흑풍객이 빙긋 웃었다.

"하명하소서. 반드시 지키겠나이다."

흑풍객의 그 말은 무진을 더 더욱 놀라게 했다.

언제 그가 이처럼 공손하게 말하는 걸 본 적이 있었던가. 흑룡보주 앞에서도 당당하기만 하던 그였는데, 지금 노스님 앞에서의 말과 행동은 마치 제자가 어려운 스승을 대하는 것 같았다.

노스님이 여전히 눈을 감은 채 지나가는 말인 것처럼 말했다.

"이곳에서 나 대신 수련이를 돌보아다오. 십 년 동안이다."

"스, 스님?"

수련이 깜짝 놀라 동그란 눈을 더욱 동그랗게 뜨고 노스님을 바라보았다. 흑풍객이 망설임없이 머리를 끄덕였다.

"받들어 모시겠습니다. 안심하소서."

"됐다. 그럼 네가 원하는 걸 주마."

벽에 세워져 있는 칠현금(七絃琴)을 끌어당겨 무릎에 올려놓은 스님이 수련을 부르더니 손을 들어 달빛이 은은히 내려앉고 있는 마당 한

가운데를 가리켰다.

"적홍무(寂鴻舞)를 한번 추어보아라. 마침 달빛도 좋으니 제격이지 않겠느냐?"

"스님……."

"어허, 어서 추어보래두."

수련의 얼굴에 잔뜩 슬픔이 어리고 눈물마저 맺혔다. 그녀는 무엇인가를 느끼고 있는 것 같았다.

"예."

옷소매로 눈물을 훔쳐 낸 그녀가 마당 가운데로 걸어나갔다. 그리고 춤을 추기 시작했다.

무진은 얼이 빠졌다. 도대체 이게 어떻게 된 일인지 알 수 없고, 이해할 수 없어서다.

수련의 춤을 바라보는 흑풍객은 눈 한 번 깜빡이지 않았다. 잔뜩 긴장한 채 입술을 악물고 주먹을 불끈 쥐고 있었다.

땅ㅡ!

스님이 튕긴 맑고 높은 금음(琴音)이 곧장 하늘로 올라갔다. 그것이 달빛과 어우러져 둥근 달무리를 이루는데, 수련은 춤을 춘다.

승복 자락이 너울너울 하늘을 감싸고, 사뿐 들었다 내려놓는 발이 땅을 달랜다.

허공을 휘젓는 두 손이 날아오르는 기러기의 몸짓이 되는가 싶더니 깊이깊이 가라앉는 해룡의 꼬리가 된다.

어깨가 굼실거리고 팔꿈치며 무릎이 접혔다 펴질 때마다 맑은 눈이 사방을 쓴다.

두 손이 굽었다가 뻗고 열 손가락이 살아서 꼼지락거리며 별을 가리

컸다.

따당, 따앙, 따땅—

그 사이사이로 스님의 칠현금 타는 소리가 스며들었다.

금음은 청아하고 춤은 아름답다.

무진은 넋이 나갔다. 수련의 소맷자락에 부서지는 달빛에 눈이 부셔서 더 그렇다.

빠를 때는 바람을 휘몰아가는 듯하고, 느릴 때는 무겁게 내려앉은 짙은 새벽의 안개 같다.

꽃이 되어 활짝 피어올랐다가 낙엽이 되어 쓸쓸히 떨어진다.

깊은 어둠과 창백한 한낮.

끝없는 적막과 요란한 천둥 번개가 엇갈리고 바뀔 때마다 노스님의 칠현금 소리가 그 사이사이를 뚫고 지나갔다.

일곱 개의 현은 하늘과 땅의 호흡이 되었다. 높고 낮은 소리가 단조롭게 퉁겨질 때마다 수련의 춤사위에 영혼이 담긴다.

옷소매를 휘저어 한 번 하늘을 가리면 현금의 울림은 먹구름이 되어 땅에 깔리고, 무릎을 굽혀 풀잎처럼 누우면 불길이 되어 치솟았다.

흑풍객과 무진은 이제 노스님의 그 현금 소리를 듣고 있었다.

춤이 끝났다.

기러기는 하늘 멀리 사라졌고, 달빛도 흩어져 몽롱해졌다.

깊은 바닷속처럼 무거운 적막이 점점 두텁게 쌓여갔다.

"보았겠지?"

노스님이 누구에게랄 것 없이 불쑥 말했다.

"아!"

무진과 흑풍객이 동시에 아득한 꿈에서 깨어난 사람들인 것처럼 놀란 탄성을 터뜨렸다.

금을 쓰다듬는 무광 노스님은 몹시 지치고 힘들어 보였다. 잠깐 사이에 십 년은 더 늙어버린 것 같았다.

"이제 때가 된 게야."

중얼거리는 그 음성마저 죽음을 앞둔 늙은이의 힘없는 탄식처럼 들리는 것이어서 무진은 가슴이 떨렸고, 수련은 마당 한가운데 우두커니 선 채 눈물만 흘렸다.

"들어오너라."

무광 노스님이 그런 무진과 수련을 불러 앉혔다. 그리고 흑풍객을 바라본다. 짓무른 눈에 정광이 가득했다. 하지만 잠깐 사이에 어깨가 축 처지고 얼굴의 주름이 더 깊어져서 전혀 다른 사람인 듯했다.

"보았느냐?"

역시 알 수 없는 물음이다.

조금 전 스님의 그 말을 들었을 때는 대답하지 못했던 흑풍객이었는데 이번에는 침착하게 말했다.

"똑똑히 보았습니다."

"만족했느냐?"

"여쭈어볼 게 있습니다."

"흘흘, 그렇겠지."

"빠름은 어디에서 시작되고 무거움은 어디에서 끝나는 것인지요?"

"어리석은 놈이로구나."

스님의 꾸중에 무진이 잔뜩 긴장했다. 흑풍객을 훔쳐보는 눈길에 불안이 가득하다. 그러나 흑풍객은 더욱 공손한 얼굴로 머리를 숙일 뿐이었다.

"가르쳐 주소서."

"눈으로 본 것을 잊어라. 귀로 들은 것도 잊어라. 그러면 네 스스로 보고 듣게 될 것이다."

느낌이다. 스님은 그걸 말하고 있었다.

수련의 춤과 그 사이사이를 파고들어 조화를 이루었던 스님의 칠현 금 소리는 보이지 않는 형상을 흑풍객의 마음속에 그려 보인 것이었다.

그건 느낌을 전해주는 것이다. 이심전심(以心傳心)이라고 해야 한다.

전해주는 사람은 모든 걸 아낌없이 드러내 보인다. 그러나 받아들이는 사람은 그렇지 않다. 제 그릇만큼만 겨우 담아 가질 수 있을 뿐이다.

열 개를 보여주었는데 누구는 하나도 보지 못하고 누구는 열두 개를 보기도 하는 것.

선(禪)은 그렇게 전해진다.

잠시 고개를 숙이고 제 마음속을 들여다보던 흑풍객의 얼굴에 기쁨이 어렸다.

"한 가닥 기운을 위에서 불러와 가슴에 머물게 한 다음에 대지로 스며들게 한다는 것을 알겠습니다."

노스님의 얼굴에도 기쁨이 어렸다. 스님이 머리를 끄덕이며 말했다.

"그게 빠름의 시작이다."

"가슴에 바다를 담아두고 눈으로는 허공을 보며 호흡을 태산같이 하면 비로소 손가락 끝에 조화가 맺히게 된다는 것도 알았습니다."

"장하다. 무거움의 끝을 바로 본 것이다."

"이제 저는 틀에서 벗어났습니다."

"대라법수(大羅法手)가 너에게 인연이 있었던 게다. 절간에 죽치고 있는 천 명이나 되는 밥버러지들은 한 놈도 인연이 닿지 않았지. 그런데 오늘 여기서 너에게 인연이 닿을 줄이야……. 이것도 부처님의 뜻일지니 나는 이제 여한이 없다."

대라법수.

다른 말로는 무량다라불수(無量多羅佛手)라고 하는 불문 최고의 산수(散手)다. 그 안에 장법과 지법, 조법은 물론 금나수(擒拿手)와 권법이 다 들어 있고, 운신과 조식의 비결이 녹아 있다.

그것은 소림사에 전설처럼 전해져 내려오고 있는 칠십이종절기들 중에서도 복잡하기 짝이 없는 것이다. 그래서 과거와 현재를 통틀어 제대로 익힌 자가 없다고 알려진 무량다라불수가 오늘 노스님의 칠현금과 적홍무라는 춤에 실려 모습을 드러낸 것이다.

"또 물을 것이 있느냐?"

"없습니다."

흑풍객이 자신있게 대답하자 무광 노스님이 흘흘, 하고 즐거운 듯 웃었다.

"네놈은 머리 깎고 중이 되었더라면 더 좋았을 걸 그랬다."

어찌 그리도 나와 뜻이 잘 맞느냐는 칭찬의 말이다. 흑풍객이 머리를 조아렸다.

"감당치 못하겠습니다."

그들의 알 수 없는 말을 가만히 듣고 있던 무진은 비로소 노스님이 그에게 무언가를 가르쳐 준 것임을 알았다.

흑풍객이 흑룡보에서 몇 마디 말로 무진에게 심득을 전해주었던 것처럼 지금 무광 노스님은 수련의 춤과 금음(琴音), 그리고 알쏭달쏭한

문답을 통해 흑풍객에게 대라법수의 요체를 물려준 것이다.

틀과 형식에서 벗어나 단번에 핵심을 전해준 것이니 선의 전승과도 일맥상통한다.

"자경아."

무광 노스님이 문득 무진을 불렀다.

"예?"

"너는 나의 가르침을 잊지 않고 있겠지?"

법구경의 경구들을 말하는 것이다. 지난 칠 년 동안 무진이 스님에게서 배운 것은 그것밖에 없다.

"예. 이미 뼈에 새겨져 있습니다."

"됐다. 그게 너와 나의 인연이다. 나는 이제 너에게 더 줄 게 없느니라. 내일 날이 밝으면 떠나거라."

"예?"

"내가 아무리 큰 힘이 있어도 운명을 이길 수 없고, 인연을 바꿀 수도 없구나."

"……?"

"안타깝지만 그저 바라볼 뿐이지."

노스님이 길게 탄식했다. 무진을 바라보는 눈에 연민과 아픔이 가득했다.

수련은 말을 하지 못하고 내내 울기만 했다. 어느새 눈이 퉁퉁 부어버린 그녀의 얼굴을 바라보는 무진의 가슴마저 슬픔에 잠겼다.

"괜찮아. 스님은 저 천산평과 같은 분이라고 했잖아. 그러니 안 돌아가서."

"바보, 넌 아무것도 몰라."

"저 봐, 저렇게 꼿꼿하게 앉아서 흑풍객과 얘기하고 계시잖아."

그들은 부엌 앞의 돌계단에 걸터앉아 있었는데 선방의 장짓문에 비친 흑풍객과 노스님의 그림자가 잘 보였다.

"스님이 내게 말씀하셨어. 언제든 적홍무를 전해주고 나면 그때 비로소 홀가분하게 열반에 드시겠노라고."

"그 춤은 벌써 너한테 가르쳐 주셨잖아? 그런데도 열반에 드시지 않았으니 괜히 해본 말씀일 거야."

"바보, 넌 정말 바보야."

수련이 도리질마저 하며 다시 눈물을 펑펑 쏟았다.

"나한테 주신 것은 그림자에 불과해. 하지만 조금 전에 스님은 그 사람한테 적홍무를 통째로 전해주셨어."

안다. 무진도 어렴풋하나마 그 의미를 이해하고 있었다. 하지만 수련을 달래주기 위해 네 말이 맞노라고 해줄 수는 없었다.

"쳇, 나는 그런 맹랑한 소리는 처음 듣는다."

이제 수련은 대꾸하지 않았다. 무릎에 얼굴을 묻고 어깨를 들썩거릴 뿐이다.

선방의 문이 열리더니 흑풍객이 나왔다.

"가봐라. 스님께서 너를 찾으신다."

수련이 발딱 일어나 뛰어갔다. 그리고 그녀가 앉았던 곳에 흑풍객이 앉았다.

무진은 외면했고, 흑풍객은 어두운 하늘을 바라본다.

그런 적막이 얼마나 흘렀을까. 참지 못한 무진이 흑풍객을 노려보며 물었다.

"여기는 어떻게 알았죠?"

"네 덕분이지."

"응?"

"그러니 과연 너와 나는 인연이 있는 모양이다. 그렇게 천하를 뒤지고 다녔어도 찾지 못했던 무광 선사를 이런 곳에서 찾게 될 줄이야."

무진은 그가 흑룡보주의 단천혈룡장법 외에 한 가지를 더 얻겠다고 했던 말을 떠올렸다. 그것을 바로 무광 노스님이 가지고 있었던 것이다.

하지만 노스님이 어떻게? 하는 의문이 무진을 어리둥절하게 했다.

흑풍객이 여전히 멍한 얼굴로 허공을 바라보다가 천천히 말했다.

"내가 대장간에 찾아가 검을 받을 때를 기억하느냐?"

"아!"

무진이 깜짝 놀랐다. 비로소 흑풍객이 이곳에 찾아오게 된 이유를 안 것이다.

그가 자기를 따라서 형산으로 가자고 했을 때, 무진은 이런 저런 핑계를 대다가 무광 노스님에게 가봐야 한다고 했었다. 그러자 염차목이 재빨리 나서서 무진의 말을 막은 적이 있다.

무진이 깜짝 놀랐다.

"그러면서 한 번도 그런 내색을 하지 않았군요."

"언제나 내 생각의 삼 푼은 숨겨두고 있어야 하느니라."

"가족에게도요? 친구는요?"

흑풍객이 침묵했다. 그리고 한참 만에야 다시 말했다.

"강호에 발을 디딘 이상 역시 그렇게 하는 게 좋겠지."

"쳇, 그게 어디 사람으로서 할 짓이에요?"

"여우가 제 굴을 감추고, 토끼가 두 번째 출구를 보여주지 않는 것과 같은 이치다."

여우는 굴 앞에서 금방 들어가지 않고 한참 엉뚱한 곳을 맴돌다가 슬며시 기어들어 가고, 토끼 굴은 들어가는 곳은 하나지만 나오는 곳은 두 개라고 한다.

그 모두가 위험에서 저를 지키기 위한 수단이리라.

"강호란 그런 곳이다. 너도 곧 알게 되겠지."

"스님!"

선방에서 갑자기 수련의 놀라 부르짖는 소리가 들려왔다. 무진이 벌떡 뛰어 일어나 달려갔다.

"스님! 스님! 이렇게 가시면 저는 어쩌란 말인가요!"

수련이 스님 앞에 꿇어 엎드린 채 통곡하고 있었다. 노스님은 아까와 같은 모습으로 앉아 있었는데, 달라진 게 있다면 생기가 느껴지지 않는다는 것뿐이었다. 그 얼굴은 오히려 더할 수 없이 평화롭고 따뜻해 보였다.

무진은 넋이 나가서 멍하니 서 있기만 했고, 흑풍객이 두 손을 합장한 채 열반한 노스님의 육신에 절을 올렸다.

세 사람만의 다비식(茶毘式)이다.

언덕 아래 높이 쌓아놓은 장작더미가 활활 불타올랐다.

그 불길 속에 갇힌 스님의 육신은 재가 되어가는 중이었다. 이제 바람이 불면 낱낱이 흩어져 천지간으로 사라지리라. 그러면 무엇이 남고 무엇이 떠나는 것인가.

수련의 흐느낌이 잦아들었다. 체념의 기색이 소녀의 얼굴을 더욱 처연하게 했다.

"스님과 십 년을 약속했다. 그러니 너에게는 아직 스님이 곁에 계신 것이다."

흑풍객이 수련의 머리를 쓰다듬으며 말했다. 자기가 스님이 그렇게 했듯 정성껏 돌봐줄 테니 그만 슬퍼하라는 뜻이다.

말속에 깃든 뜻은 다정하지만 어투가 냉랭한 것은 어쩔 수 없는 모양이다.

십 년이면 짧은 세월이 아니다. 과연 스스로를 바람이라고 하는 이 괴팍한 사람이 그 오랜 세월 동안 이곳에 꼼짝 않고 있어줄 것인지, 과연 수련을 스님처럼 돌보아줄 것인지 걱정이 되지 않을 수 없다. 그래서 무진이 흑풍객에게 다짐하듯 물었다.

"정말 스님과의 약속을 지킬 거죠?"

"나는 신의를 아는 사람이다."

백 마디의 말보다 그 한마디가 더 큰 믿음을 가져다 주었다.

다시 세 사람 사이에 무겁고 깊은 침묵이 계속되었다.

우르르— 하고 쌓아놓았던 장작이 무너졌고, 불똥이 새벽 하늘 멀리까지 반짝이며 날았다. 그 너머 저쪽에서 비로소 뿌옇게 하늘이 밝아오고 있었다.

"가겠어."

무진이 말했다. 수련이 울음이 뚝뚝 떨어지는 눈으로 바라보았다.

"어디에 있든지 네가 아직 호은암에 있다는 걸 생각만 해도 나는 마음이 따뜻해지고 힘이 솟아날 거야."

"……."

"십 년 뒤에 우리는 다시 만날 수 있게 될 거야. 나도, 또 너도 그때는 많이 달라져 있겠지만."

무진의 얼굴을 가슴에 새겨두려는 듯 소녀가 눈물 가득한 눈을 크게 뜨고 바라보았다.

'이제는 의지할 곳이 없다.'

그런 생각이 무진의 마음을 쓸쓸하고 적막하게 했다. 수련의 저 눈도 그렇다.

"너는 이제 남자다."

불쑥 아버지의 그 말이 귓전에 울렸다. 삼월 초이레. 일곱 살이 되는 생일날 아침에 아버지는 그렇게 말해 주었다. 그 말을 처음 들었을 때 얼마나 가슴이 두근거렸던가.

'나는 남자다.'

이제 무진은 입술을 깨물고 자기 자신에게 그렇게 말해 주었다.

더 이상 두근거리는 가슴은 없다. 무겁고 적막할 뿐이다.

스스로 남자라는 것을 깨닫는 건 그런 건지도 모른다.

흑풍객이 스님을 대신해서 수련의 보호자가 되어주겠다고 했으니 그녀는 세상에서 가장 안전할 것이다. 그것이 지금 무진에게 한 가닥 위안이라면 위안이었다.

"십 년만 기다리면 되는 거지?"

수련이 들릴 듯 말 듯 말했다.

"약속할게."

아버지와 헤어진 이후 처음으로 다른 사람과 약속이라는 걸 해본다. 무진은 반드시 지킬 것이라고 다짐했다.

수련이 머리를 끄덕였다.

무진은 내일 아침에 떠나라고 했던 스님의 말을 떠올렸다. 수련에게는 십 년간 흑풍객과 함께 이곳에 있도록 했으면서 무진에게는 떠나라고 했던 것이다.

그건 '너는 남자다' 라고 했던 아버지의 말과 같은 의미이리라.

때가 되었으니 너는 이제 네 길을 가라는 것 아니겠는가.

어쩌면 그게 스님이 수련에게 해주었듯 무진을 위해서 마련해 준 길인지도 모른다.

무진은 그렇게 믿었다.

무광 노스님이 평범한 스님이 아니었다는 걸 알게 되었으니 그런 믿음이 더 커진다.

흑풍객은 말했다.

"무광 선사는 소림사에서도 가장 배분이 높은 고승이자 소림 제일의 고수이기도 하셨다. 그래서 내가 그 분을 찾아다녔던 것이지."

어느 날 바랑 하나를 짊어지고 온다 간다 말도 없이 소림사를 나선 게 이십 년 전이라고 했다. 상좌승에게 '인연을 찾아가노라' 는 한마디를 남겼을 뿐이라고 한다.

그 후 스님은 다시는 돌아오지 않았고, 세상 어디에서도 그 모습을 찾아볼 수 없었다.

흑풍객이 소림사에 찾아갔을 때 들었다는 말이니 틀림없을 것이다.

"천산평이 끝나는 곳까지만 바래다 주마."

흑풍객이 말했다. 무진은 다시 한 번 수련을 보았다. 그녀는 이제 꺼져 가는 불길만 바라보고 있을 뿐 무진에게 얼굴을 돌리지도 않았다.

떠나는 걸 보고 싶지 않았으리라.

"가겠어."

무진이 돌아섰다. 흑풍객이 말없이 그 곁에 서서 걸었다.

그는 이제 무진을 더 붙잡으려 하지 않았다. 노스님으로부터 들은 말이 있어서일 것이다. 하지만 무진을 혼자 떠나보내려니 아쉽고 서운했다.

"나는 세상 누구에게도 정이라는 걸 주지 않겠다고 다짐했지. 그런데 역시 사람의 일이란 제 뜻대로 되지 않는 건가 보다."

그가 불쑥 한 말에 무진이 의아한 얼굴로 돌아보았다.

정이라니, 그의 입에서 그런 말이 나오다니. 무진은 제가 잘못 들은 게 아닌가, 하고 의심했다.

언제나 한 사람은 저만큼 앞서고, 한 사람은 뚝 떨어져서 걸었는데 이번에는 나란히 걷는다.

무진은 '이 얼음장 같은 사람의 가슴에도 더운 피가 흐르고 있는 거야' 하고 생각했다. 그러자 흑풍객과 헤어져야 한다는 것도 왠지 슬퍼졌다.

"어디에 가서 무얼 하든 내 말을 잊지 마라."

돌아가신 아버지가 그랬듯이 흑풍객도 잊지 말라고 말하고 있었다.

"그러지요."

한참을 더 걷다가 흑풍객이 불쑥 말했다.

"강호에 나가거든 두 부류의 사람들을 조심해라."

엉뚱한 말에 무진이 걸음을 멈추었다.

"나부문(羅浮門)과 수라도(修羅島)에서 온 자를 만나게 되거든 경계

해야 한다. 나와 인연이 있었다는 것을 그들에게 절대로 말해서는 안 된다."

"나부문은 그들의 벽라검보 때문이군요?"

"그놈들은 내 사문의 절기를 탐내고 있었기 때문에 그것과 바꾸었으니 서로 이득인 셈이지."

"그런데 왜?"

"사정이 복잡하다. 또 네가 알아야 할 것도 아니니 묻지 마라. 나에 대해서 너는 아는 게 적을수록 좋을 것이다."

무진이 머리를 갸웃거렸다. 여태까지 무엇을 묻든 순순히 대답해 주었던 그가 이번만큼은 묻지 말라고 딱 잡아떼니 더 수상하다. 수라도는 또 어디에 있는 섬이란 말인가.

흑풍객이 무진의 머리통을 두드리며 하하, 웃었다.

"벌써부터 기대가 된다. 과연 십 년 뒤에 네가 어떤 모습으로 이곳에 돌아오게 될지 말이다."

흩어지는 아침 안개 속에서 상강의 물 냄새가 맡아졌다. 천산평이 끝나가는 것이다.

"정말 이곳에만 있을 거죠?"

무진이 다시 확인했다. 그 마음을 읽은 흑풍객이 미소 지었다.

"나는 세상 속에 있으면서도 세상과 뚝 떨어져 있는 이곳이 마음에 든다. 십 년이라면 내가 뜻한 것을 이루고 수련이를 가르치기에 족한 세월이지."

그는 원했던 세 개의 절기를 다 얻었다. 무진은 십 년 뒤에 이 사람을 다시 만났을 때, 그는 정말 천하제일이 되어 있을 거라고 믿었다.

"이제는 그녀를 제자로 삼을 셈인가요?"

"핫하, 그 깜찍한 것은 이미 무광 노선사의 진전을 받았는데 내가 이찌 넘보겠느냐?"

"그래요?"

그녀가 달빛 아래에서 적홍무를 추었을 때부터 짐작은 했었다. 하지만 흑풍객을 통하여 확인하니 다시 놀라게 된다.

무진이 눈을 동그랗게 뜨자 흑풍객이 흐흐, 하고 음침하게 웃으며 무진의 가슴을 가리켰다.

"네 안에 나도 놀랄 만한 내력이 쌓여 있다는 걸 그 아이 또한 모를 테니 너희들은 피장파장인 셈이지."

"엇?"

무진이 깜짝 놀랐다.

"흥! 언제까지 나를 속일 수 있을 줄 알았다냐? 소봉이라는 계집애를 때려눕혔을 때 흑룡보주 또한 이미 눈치챘을 것이다."

"이런, 이런!"

무진이 당황하여 어쩔 줄 몰랐다. 흑풍객이 과연 어디까지 알고 있는 건지 두렵기도 했다.

하지만 무진은 자기가 익히고 있는 것이 아버지로부터 받은 자부신공이라는 것을 흑풍객이 알 리 없다고 믿었다. 아직 그것을 끌어내 쓸 줄도 모르니 그렇다. 흑룡보에서는 그저 내 의지가 일면 따라 일어서는 그 엄청난 힘을 조금 시험해 본 것에 지나지 않았다.

아버지는 이십 년 후에는 대성할 수 있을 것이라고 말했었다. 그리고 흑풍객은 흑룡보주가 앞으로 십 년 동안은 더 웅크리고 있어야 할 것이라고 말했다. 무광 노스님은 입적하기 전 흑풍객에게 십 년 동안 호은암에 있으라고 했다.

그 모든 시간이 서로 얼추 맞아떨어지고 있다는 게 이상하게 여겨졌다.

아버지가 말한 이십 년에서 어느덧 팔 년이 지났으니 십이 년 남은 셈이다. 그것과 흑풍객, 무광 노스님이 말한 십 년과는 크게 다르지 않다.

십 년 뒤에는 무엇이 어떻게 된다는 말인가? 하는 의문이 들었다.

'차차 알게 되겠지.'

마음에 이는 의문을 접어둔 무진이 흑풍객에게 인사했다.

"보중하시기를……."

"내가 너를 잘못 본 게 아니길 바란다."

엄숙한 얼굴이 되어서 무진을 한동안 노려보던 흑풍객이 품에서 낡은 책을 꺼내 내밀었다.

"네 물건이다."

얼떨결에 받아보니 흑룡보주에서 나온 비급이었다.

'벽파도경(劈波刀經)'이라는 빛바랜 글자가 눈을 찔렀다. 금방이라도 삭아서 떨어져 버릴 듯 낡고 얇은 책이다.

무진은 그것의 가치를 알지 못한다. 하지만 그것을 내줄 때 보주가 얼마나 아까워했던지, 그것을 받아 들던 흑풍객이 기쁨을 참기 위해 얼마나 애썼던지 모두 기억하고 있었다.

"이걸 왜 저한테 주시나요?"

"네가 이겨서 얻어낸 책이니 네 것이지."

책을 든 채 망설이는 무진을 흑풍객이 눈도 깜빡이지 않고 바라보았다.

한참 만에야 무진이 그것을 다시 내밀며 말했다.

"필요없어요."

"응?"

흑풍객이 짐짓 놀랐다는 듯 눈을 크게 떴다. 무진의 단호함과 꺾이지 않는 의지를 다시 한 번 확인한 그의 눈 깊은 곳에 은밀한 기쁨이 번쩍였다.

"이것은 누구나 목숨을 걸고 탐낼 만한 절세의 비급이다. 배워서 익힌다면 너는 뛰어난 도객(刀客)이 될 텐데?"

"아무리 절세의 비급이라고 해도 나에게는 아무 소용 없는 물건에 지나지 않아요."

"어째서?"

"무공을 모르니까요."

"흠."

"나 혼자 이걸 보고 배우려면 평생이 걸릴지도 모르잖아요? 그러니다 필요없어요."

"그럼 어쩔 셈이냐?"

"아직은 나도 몰라요. 하지만 내 스스로 방법을 찾겠어요."

"그 뜻이 장하다. 사내라면 과연 그래야 하지."

감탄했다는 듯 머리를 끄덕이다가 빙긋 웃어 보인 흑풍객이 비급을 높이 던져 올렸다.

무진이 의아한 눈으로 바라보는데, 흑풍객의 허리춤에서 번쩍이는 푸른 빛 한줄기가 뻗어나갔다.

훌쩍 뛰어오른 그가 머리 위에서 그 푸른 빛을 그물처럼 펼쳤다. 동쪽의 붉은 하늘에 유성우(流星雨)처럼 쏟아지는 수십, 수백 가닥의 뇌전(雷電)들.

"아!"

처음 보는 놀라운 광경에 무진이 탄성을 터뜨렸다.

벽파도경이 눈발이 되어서 하늘 가득 흩날리고 있었다.

어느새 흑풍객은 무진 앞에 내려서 있었고, 한 자루 낭창거리는 연검이 다시 허리에 말렸다.

무진은 넋이 나간 얼굴로 허공을 바라보았다. 흑풍객은 무심할 뿐이다. 무심한 눈길로 무진을 뚫어질 듯 바라보고 있었다.

그들의 머리 위에, 어깨에 잘게 조각난 비급이 눈처럼 내려앉았다.

"난화구류(亂花九流)라는 검법이다."

흑풍객이 무심하게 말했다.

"난화구류……."

"의지가 치솟는 곳에 손목이 이르고, 검은 그 속에서 튀어나온다. 몸이 검을 이끌려 하면 안 된다. 나는 그저 쥐고 있을 뿐이다. 호흡이 막힘없으면 검이 곧 내 뜻이 되고, 내 뜻은 번갯불처럼 치고 나가 곧 사라진다. 난화구류는 바로 그런 것이다."

무진은 멍하니 흑풍객의 얼굴을 바라보았다.

'빠름이다.'

허공을 향해 중얼거리고 있는 흑풍객의 말속에서 그것을 느꼈다.

마음이라 하지 않고 의지라 했으며, 허리와 어깨와 무릎과 허벅지를 다 뺀 채 대뜸 손목이라고 했다.

그건 빠름을 나타낸 것이다.

'무념(無念)이다.'

다음으로 느낀 것이다.

몸으로 검을 이끈다는 것은 의지다. 하지만 그렇게 일었던 의지를 놓아버렸으니 나에게는 아무것도 없다.

검이 곧 내가 되어 나의 모든 것을 가져간 것이다. 그러니 나는 이제 그저 쥐고 있기만 하면 된다.

그리고 마지막으로는 영성(靈性)이 남았다가 그것마저 제 스스로 흩어져 버린다. 그래서 호흡을 말한 것이리라.

구류라고 했으니 아홉 가지 초식이 있고, 매 초식마다 또 그만큼의 변화가 깃들어 있는 모양이다. 하지만 흑풍객은 그런 것에 대해서는 한마디도 하지 않았다.

무진은 그가 이번에도 역시 제 검법의 원리를 전해준 것임을 알았다.

—나머지는 네가 찾아내든지 만들어내든지 알아서 해라.

그 뜻이다.

절세의 도법이 담긴 비급 한 권이 천 조각 만 조각이 되어서 이리저리 흩어지고 있었지만 거기에 대한 생각은 두 사람 모두 까마득히 잊었다.

흑풍객이 멍하니 서 있는 무진의 어깨를 두어 번 두드려 주고 돌아섰다.

그가 억새밭 속으로 걸어 들어가 보이지 않게 될 때까지 무진은 꼼짝하지 않고 서서 바라보았다.

바람이 불고, 흩어지는 안개와 억새의 벌판 속에 이제 무진은 또다시 홀로 남겨졌다.

■제9장■
격랑（激浪） 속으로

격랑(激浪) 속으로

때는 가정 삼십팔년(1559). 조정은 환관들의 전횡으로 썩을 대로 썩어갔고, 백성은 도탄(塗炭)에 빠져 집과 담을 허물고 떠도는 자가 많아졌으니 날로 논밭이 황폐해져 갔다.

바다에서는 해적이 들끓었고, 뭍에서는 산적이 횡행해 가여운 백성들은 어딜 가나 마음 편히 지낼 곳을 찾을 수 없었다.

그해 로(魯:산동)의 젊은 무장 척계광(戚繼光)이 왜구 토벌의 임무를 띠고 절강으로 내려왔다.

때맞추어 절(浙:절강성) 땅을 무대로 왜구와 손잡고 온갖 악행을 저지르며 밀무역을 통해 막대한 부를 축적했던 해적 두목 왕직이 항주(杭州)의 관항구(官港口)에서 참형에 처해지기도 했다.

한때 국법을 비웃을 만큼 기세를 올렸던 왕직이 죽자 그와 손잡았던 왜구들은 더욱 기승을 부렸으며, 왕직을 따르던 무리들도 절강과 복건,

광동 연안에서 반란의 깃발을 들고 조정에 대항했다.

그들은 뿌리가 깊어 쉽게 토벌되지 않았고, 토벌한 것 같았어도 여전히 잔당이 남아 몇 년이 지나도록 수시로 출몰하면서 남부 연안을 휩쓸었다.

피해를 보는 건 백성들일 뿐이다. 이리 가도 짓밟히고 저리 가도 죽음을 면키 어려웠다.

한편, 무진은 천산평을 나온 후 일 년 남짓 세상을 떠돌다가 절강으로 흘러들어 갔으니, 공교롭게도 척계광이 절강에 부임해 온 그해였다.

당시 척계광은 널리 병사를 모집했는데, 무진은 더 생각할 것도 없이 그의 휘하에 몸을 던졌다.

그 유명한 척가군(戚家軍)이 된 것이다.

척계광은 무술과 병법에 밝은 뛰어난 장군이다. 그가 직접 훈련시키고 통솔한 척가군은 짧은 시간에 최고의 정예병으로 양성되었다.

군율이 엄했으며 사기가 드높아 왜구와의 싸움에서 연전연승했으니, 무진이 어린 나이로 싸움에 나가 공을 세운 것도 여러 번이었다.

척계광은 몸소 자신의 병사들을 조련하고 무술을 가르쳤다. 실제 전투에서 최대의 위력을 발휘할 수 있도록 강력한 단병접전(短兵接戰)의 기법들을 집중 훈련시킨 것이다.

매우 실전적이고 공격적인 그 무예는 일반 강호의 고수들이 추구하는 바와는 길이 또 다른 것이었다.

"너희는 왜구를 죽이기 위해 무술을 배우는 것이다!"

척계광은 그렇게 병사들에게 일갈(一喝)했다.

전장(戰場)에서는 그것이 정답이다. 도와 의를 논하고 예를 갖추며 멋을 찾을 때가 아닌 것이다.

부딪치자마자 누가 먼저 강력한 일격을 날려서 상대의 목을 쳐버리느냐에 따라서 내가 죽고 사는 게 결정되지 않던가.

그러니 죽이지 못하는 수법이란 아무 소용이 없다. 형(型)과 식(式)에 멋이 들어가서는 안 된다. 오직 적을 가장 빨리, 가장 효과적으로 죽일 방법만 생각해야 했다.

그렇게 하지 못하면 내가 죽는다.

무진은 일 년 동안 용맹하기로 유명한 척가군으로서 아주 잘 길들여졌고 적응했다. 그리고 싸움에 나가 매번 적을 무찌르고 살아왔다. 그건 이제 커질 대로 커진 그의 내공이 칼 힘을 뒷받침해 주었기 때문에 가능한 일이기도 했다.

아직 어린 티를 벗지 못한 무진의 용맹은 당시 절강의 무예가이자 장군으로 이름 높았던 당순지(唐順之)의 눈에 띄었다.

자를 응덕(應德)이라 하고 호를 형천(荊川)이라 한 그는 강소성 무진현(武進縣) 사람으로 젊어서 과거에 급제하여 병부주사가 되었고, 이어서 한림학사를 거쳐 태복소경에까지 올랐으니 관운이 있는 사람이었다.

문사로서의 그의 글은 깊이가 있는 것이 씩씩했으며, 특히 율부(律賦)에 뛰어나 당대(當代)의 대가로 손꼽혔다. 그런가 하면 무예에 정통한 고수이기도 했으니, 당순지는 문무를 겸비한 보기 드문 사람이라 해야 할 것이다.

기록에 의하면 그는 창법에도 뛰어나 절강참장(浙江參將)으로 부임해 온 척계광이 수시로 그에게 찾아가 가르침을 받기도 했는데, 특히 온가권(溫家拳)으로 유명한 온가장타(溫家長打)의 대가였다.

온가권의 정수라고 할 수 있는 칠십이행착(七十二行着), 이십사심퇴(二十四尋腿), 삼십육합쇄(三十六合鎖) 등에 통달했던 것이다.

강호에 나와 활동하기보다 군문(軍門)에 있으면서 병사들을 조련하고 전장에 나서기 좋아했기 때문에 알려지지 않았을 뿐이지, 당순지는 지닌 바 무예만으로 보자면 당시 곤법(棍法)의 명인으로 유명했던 유대유(兪大猷:이 사람은 소림사에 곤법을 전해준 것으로 유명하다. 또한 달단족(韃靼族)이 침입해 왔을 때 불과 삼천의 보병과 기병을 거느리고 출정해 십여만의 달단군을 물리쳤으며 수백 리나 추격한 일로 세상을 놀라게 하였다)와 함께 이미 절정의 고수를 능가하는 사람이었다.

그가 남긴 '무편(武編)'이 척계광의 '기효신서(紀效新書)' 못지않은 기서로 인정받고 있는 것만 봐도 그렇다.

어지럽기 짝이 없던 가정제 연간에 당순지, 유대유, 척계광 같은 고수이자 뛰어난 병법가들이 있었다는 것은 하늘이 내려준 복이리라.

당순지를 얘기하자면 또 하나 빼놓을 수 없는 게, 그가 아미산에 올라가 아미파의 무술 시범을 보고 남긴 '아미도인권가(峨嵋道人拳家)'라는 한 수의 시(詩)였다. 그는 그 속에 아미권법의 신묘한 점을 잘 묘사해 놓았다.

한 도인이 나와 심산의 흰 원숭이에게 받은 신기를 펼쳐 보였다.
말하기를 묘당의 가을 기운처럼 높고, 늙은 느티나무처럼 고요하다고 했다.
홀연 한 발을 들어 걷어차니 암석이 부서져 모래가 되어 흩날렸다.

당순지는 눈에 보일 듯 또렷이 그 신법과 보법, 타법, 호흡법을 묘사했는데, 소위 백원권법(白猿拳法)을 본 것이다.

척계광은 무진을 비롯한 이십 인을 그에게 보내 무술을 익히게 했다.

당순지는 단번에 무진의 재능을 알아보고 총애하여 아낌없이 자신의 절기들을 전해주었다. 함께 배운 동료들보다 무진의 성과는 몇 배나 높았으므로 당순지마저도 놀랄 정도였다.

그렇게 일 년을 배우자 무진은 훌륭한 병사에서 단번에 뛰어난 전사로 변해 버렸다.

병영에서의 무예라는 것은 소림이나 무당파의 문도들이 정통의 무공을 배우고 익히는 것과는 크게 다른 방법이다. 단순한 동작을 집중적인 훈련을 통하여 빠른 시간에 몸에 배도록 하는 것이다.

강호의 명문정파들은 무에서 도를 찾고 예를 습득하기 위해 많은 공을 들인다. 그러나 척계광은 물론 당순지는 오직 적을 죽이는 기법을 집중적으로 가르치고 훈련시켰을 뿐이다. 그것이 병영의 무예이기도 하다. 그리고 그건 무진에게 잘 맞았다.

'나는 비로소 내가 원하는 길을 찾은 것이다!'

당순지에게서 온가권법을 배우며 무진은 그렇게 외쳤다. 그 안에 있는 칠십이행착이나 삼십육합쇄는 무섭고 악독한 금나(擒拿)의 수법들이었는데, 이십사심퇴의 각법과 함께 하나같이 일격에 상대를 꺾어서 무기력하게 만들고 뼈를 부수는 것들이었다.

척계광으로부터 부탁받은 일 년의 기한이 다 되었을 때 당순지는 무진을 따로 불러놓고 말했다.

"너에게는 넘치고 또 넘치는 자질이 있다. 나를 따라다니며 배우지 않겠느냐?"

"싫습니다."

생각하고 말고 할 것도 없이 단호하게 말하는 무진의 얼굴에는 투지와 의욕이 넘쳐 났다. 당순지가 짙은 눈썹을 꿈틀거렸다.

갑주를 입고 있지 않더라도 그는 원래 풍채가 당당하고 위엄이 가득한 사람이다. 눈을 부라리자 형형한 안광이 쏟아져 나와 감히 마주 보기 어려웠다.

"장차는 뛰어난 장군이 되어서 황제를 보필해 나라에 충성하고 일신의 영화를 남기고 싶지 않으냐?"

"저는 다만 세상을 자유롭게 떠돌기 원할 뿐입니다."

당순지가 부릅뜬 눈으로 말없이 쏘아보았다. 무진은 감히 그 눈길을 받지 못하고 머리를 숙였다. 한참 만에야 껄껄 웃은 당순지가 말했다.

"너는 바람이 되려 하는구나?"

"……!"

"네가 부러워지니 나도 이제 늙은 모양이다."

당순지의 얼굴에 언뜻 회한의 그늘이 드리웠다. 오늘날까지 나라의 녹을 먹는 관리로서 힘을 다해 황제를 보필하느라 자신의 자유로운 삶은 누려보지 못했다는 생각이 들어서다.

무진이 머리를 숙인 채 존경을 담아 말했다.

"그렇지 않습니다. 장군께서는 아직 기력이 왕성해 서른 명의 장정도 당하지 못할 것인데 어찌 그런 말씀을 하십니까?"

"허허, 네가 나를 위로하려느냐?"

"제가 어찌 감히……."

"나는 평생 강호에 발을 디뎌본 적이 없다. 하지만 이제 네가 나를 대신할 테니 그것도 괜찮지."

지그시 무진을 바라보던 당순지가 손을 저었다.

그와 무진은 똑같이 지금 헤어지면 다시는 서로 보지 못하게 되리라는 것을 알았다. 한 번 바라본 무진이 공손히 머리를 숙이고 군례를 올리자 당순지의 얼굴에 안타까워하는 빛이 가득해졌다.

절강에서의 공을 인정한 조정은 척계광에게 북벌의 임무를 내렸다.

총병(總兵)으로 영전되어 북경으로 올라가는 그는 기뻐했지만 그를 따르던 척가군들에게는 슬픔이었다.

이듬해 그는 복건의 수비를 책임지고 있던 순무(巡武) 유대유에게 인사를 하고 와서 자신의 사병이나 다름없던 척가군을 해체하였다.

그를 따르기로 한 자들은 함께 북변(北邊)으로 갔고, 남기를 원하는 자는 절강의 지방군에 편입되었다. 그렇지 않은 자들은 다시 뿔뿔이 갈려서 제 갈 길을 찾아갔을 뿐이다.

유대유와 헤어져 절강으로 돌아오면서 척계광은 무이산벽에 한 수의 시를 새겼는데, 지금까지도 필적이 생생하게 남아 있는 '응소북벌(應召北伐)'의 시구 중 일부를 소개하면 다음과 같다.

대장부가 이미 남쪽에서 왜구를 정벌하고[大丈夫旣南靖島夷]
이제 북쪽에서 오랑캐를 평정하려 하니[便當北平胡虜]
황금관에 도포를 입고 다시 올 것을 기약하노라[黃冠布袍再期游此].

헤어지기 전 척계광이 무진을 불러 자신을 따라 출사할 것을 권했지만 무진은 당순지에게 그랬던 것처럼 한마디로 거절했을 뿐이다.

"그래, 강호에 뜻을 두었단 말이지?"

"사정이 있어서 잠시 장군의 군막에 의지하여 몸을 숨겼을 뿐입니다."

"고얀 놈이구나."

척계광이 이글거리는 눈으로 무진을 쏘아보았다. 당순지에게서 느꼈던 것과는 또 다른 위압감이 있었다.

무진은 눈앞의 젊은 장군을 존경하고 따랐지만 이번 일만은 굽힐 수 없었다.

"잠시 병사(兵事)에 뜻을 두었던 건 오직 장군을 의지해서였습니다. 그러나 이제 장군께서는 멀리 북쪽으로 가신다니 서쪽으로 가기 원하는 저로서는 가슴 아플 뿐입니다."

"한이 있는 놈이었구나?"

척계광은 단번에 무진의 가슴속을 꿰뚫어보았다. 무진이 묵묵히 머리를 숙였다.

"군문에서 배운 단순한 무예로 강호의 고수들과 대적할 수 있겠느냐?"

"왜구와의 싸움이나 고수와의 싸움이나 다를 게 없다고 여깁니다. 죽여야 할 자라면 죽이고, 그렇지 않은 일에는 상관하지 않을 뿐입니다."

척계광이 하하, 웃었다.

"그렇지. 결국 죽으려고 싸우는 일이라면 무슨 차이가 있겠느냐? 너는 나에게서 배웠고, 당 장군에게서 또 배워 익혔으니 싸우는 일에 있어서는 누구보다 뛰어날 것이다. 절강무예가 강호에서 통하지 않는다면 다 헛것인 게지."

척계광은 당순지와 유대유가 이루어내고 자신이 집대성한 절강무예에 대한 자부심이 대단했다.

"싸우면 반드시 이겨야 한다. 그것이 나와 당 장군의 가르침을 더럽히지 않는 일이다."

"명심하겠습니다."

"당 장군에게서 기별을 받았다. 너는 바람이 되려고 하는 놈이라 잡아둘 수 없으니 강요하지 말라고 하시더구나."

"어찌 감히……."

무진이 땅에 이마를 찧었다. 남모르게 자신을 아끼고 배려해 준 당순지의 마음에 감복해서다. 그는 성격이 불같은 이 젊은 장군이 무진을 핍박할까 봐 미리 서찰을 보내 권고했던 것이다.

척계광이 선뜻 허리에 차고 있던 칼을 풀어 건네주었다. 수백 번의 크고 작은 싸움을 치렀건만 새파란 칼날이 여전히 살아 있는 보도(寶刀)였다.

"나를 잊지 말라는 뜻이다."

무진은 사양하지 않았다. 머리 위로 두 손을 높이 들어 보도를 받자 척계광이 다시 일렀다.

"강호의 일이 여의치 않거든 언제든지 다시 찾아오너라. 내 군막은 항상 열려 있을 게다."

"후의에 감사드립니다."

절하고 물러나는 무진의 뒷모습을 바라보는 척계광의 얼굴에 아쉬움과 서운함이 가득했다.

그렇게 군문을 나온 무진은 세상 속으로 터벅터벅 걸어 들어갔다.

계절은 무심히 흘러간다. 무진이 천산평을 떠난 이후 시간에 실려 오고 가고 또 오는 그것들이 몇 번이나 거듭되었다.

가정 사십삼년(1564). 무진이 사 년간 모시고 있었던 척계광에게 작별 인사를 드리고 떠나온 지 일 년째 되는 해다. 천산평에서 나온 후 육 년의 세월이 흐른 뒤이기도 하다.

그해 봄, 여름이 가고 겨울이 다가올 무렵에 무진은 절(浙)과 감(贛:강서성. 원음은 '공'이지만 땅 이름을 뜻할 때는 '감'으로 읽는다)의 경계를 떠돌고 있었다. 거칠고 초라한 행색이라 누가 보든 한눈에 낭객이라는 걸 알 수 있다.

무진은 이제 스물한 살을 바라본다. 이 겨울이 지나면 그렇게 되는 것이다.

아직 소년의 티가 눈가에 남아 있었지만 체구는 여느 장정들보다 크고 늠름했다. 턱에 거뭇거뭇한 수염이 거칠게 자랐고, 떡 벌어진 어깨와 잘록한 허리는 날렵한 표범을 연상시켰다.

머리 위에 선하령(仙霞嶺)의 높은 산굽이가 하늘을 가렸다.

무이산맥(武夷山脈)이 북으로 달리다가 뚝 떨어뜨려 놓은 곳에 황모산(黃茅山)과 구룡산(九龍山)이 있다. 그것들이 험한 산세를 이어가며 파도처럼 잇닿아 흐르다가 선하령에 이르러 다시 높이 솟아올라 절 땅을 동서로 가른다.

무진은 그 선하령을 넘을 작정이었다. 가야 할 곳이 있어서다.

"황가장에 가보게. 거기서 사람을 구하고 있다더군."

며칠 전에 머문 객잔에서 그렇게 말하는 소리를 들었던 것이다.

무진은 내 힘으로 아버지를 뛰어넘겠다는 확고한 신념을 갖고 있었다. 흑풍객과 헤어지던 무렵부터 그런 생각이 들었는데, 이 몇 년 사이에 더욱 강해졌다.

무술을 연마하겠다고 마음먹은 사람들은 대개 산속으로 들어간다. 홀로 수련하기에 그보다 좋은 곳은 없기 때문일까?

그러나 무진은 거친 세상을 떠돌고 있었다. '수행은 내 자신을 내던져서' 라는 생각에서다.

나를 내던지고, 역경과 부딪쳐 스스로를 단련하는 것은 외떨어진 산속보다 거친 세상이 훨씬 좋다.

허청허청 비탈진 산길을 걸어 올라가는 그의 모습에서는 일견 수도하는 도사나 선승의 품격마저 느껴졌다.

척계광으로부터 받은 칼을 봇짐과 함께 등에 졌고, 굵고 손때가 묻어 반질거리는 참나무 몽둥이를 어깨에 둘러멨다.

높은 산을 바라보고 성큼성큼 걷는 걸음에 힘과 관록이 실려 있어서 장중한 기상이 엿보였다.

구름 위로 솟은 산 정상에 올라서는 데 한나절이 걸렸다. 작은 산맥을 이루고 있는 선하령의 수많은 봉우리들 중 남쪽으로 치우친 곳으로, 효제봉(梟濟峰)이다. 이곳만 넘어가면 지난 오 년 동안 몸을 숨기고 있던 절강을 떠나 낯선 강서 땅으로 들어가게 된다.

세찬 바람이 몰아쳐 옷자락이 찢어질 듯 펄럭였다. 산 아래는 아직 늦은 가을이지만 산꼭대기는 벌써 한겨울이었다.

서릿발이 하얗게 일어서 있는 산 정상에 뿌리 박힌 나무처럼 우뚝 서서 하계(下界)를 굽어보는 무진의 얼굴에 만감이 서렸다.

해가 지고 있는 저쪽 하늘 아래 어딘가에 천산평이 있고 호은암이 있다.

"알아볼 수 있을까?"

수련의 얼굴을 떠올리자 그런 의문부터 들었다.

그가 기억하고 있는 그녀의 모습은 댕기머리를 땋고 있는 앳된 얼굴이었다. 볼이 붉고 눈가에 슬픔이 남아 있는 그 얼굴은 그러나 육 년 전의 것이다. 지금은 몰라보게 변했으리라.

거뭇한 턱 밑의 수염을 쓰다듬어 보던 무진이 씁쓸하게 웃었다.

세월이 이처럼 자기의 모습마저 바꾸어놓았어도 기억은 하나도 바뀌지 않았다. 그의 기억 속에서 수련은 여전히 볼이 붉은 계집아이일 뿐이었고, 흑풍객은 언제나 마르고 차가운 중년의 모습이었다.

"보고 싶다."

불쑥 입 밖에 내놓자 가슴이 짜르르하게 저려왔다. 당장이라도 천산평으로 달려가고 싶어졌다.

그런 충동에 몸을 떤 게 한두 번이 아니었다. 하지만 그럴 수 없다는 걸 잘 안다. 십 년의 약속에서 아직 사 년이 남은 것이다.

무진은 그 안에 자신을 더욱 갈고닦아 그들과 만났을 때 부끄러운 모습을 보이지 않아야 한다고 되새겼다.

뛰듯이 산을 내려갔다. 날은 이미 저물어 가득한 어둠이 눈앞을 가렸다.

희미한 별빛에 의지해 걷고 달리기를 얼마나 했을까. 저 앞에 장명등의 불빛이 깜박거렸다.

길가에 외떨어져 있는 낡은 객잔은 손님들로 넘쳐 났다. 훅, 끼쳐 오는 술 냄새와 고기 냄새가 문을 열기도 전에 벌써 무진을 마구 잡아당겼다.

객잔 안을 메우고 있던 하얀 김이 왈칵 쏟아져 나왔다. 문 앞에 서서 잠시 눈을 끔벅거리는 무진의 귀에 와자하게 떠드는 소리가 가득 들어찼다.

어둠만큼이나 깊은 적막에서 갑자기 와글거리는 소음 속으로 뛰어든 어리둥절함이 발을 붙드는데, 누군가가 크게 소리쳤다.

"저런 제기랄 놈 같으니. 춥다, 어서 문 닫아!"

텁석부리장한이었다. 일행으로 보이는 대여섯 명의 장한들과 함께 마작을 하다가 무진을 돌아보고 소리친 것이다.

주청에는 빈자리가 없이 사람들로 가득 차 있었다. 모두 건장한 장한들이고, 술에 취해서 떠들어대고 있었다.

"합석을 하셔야겠는뎁쇼?"

꾀죄죄한 옷차림의 점원이 달려와 땀을 훔치며 굽실거렸다.

그가 무진을 안내해 간 곳은 한쪽 구석의 탁자 앞이었다. 그곳에는 비교적 깨끗한 옷차림을 하고 있는 두 사람이 앉아 있었는데, 선뜻 무진을 위해 자리를 내주었다.

무진이 목례를 보내고 털썩 주저앉자 두 사내의 눈길이 재빨리 훑고 지나갔다. 그들은 무진이 등에 지고 있는 칼을 유심히 보았다.

술 한 병과 안주 몇 가지를 시킨 무진은 비로소 여유를 되찾고 주변을 천천히 돌아보았다.

좁은 주청 안에 모두 삼십여 명의 사람들이 들어차 있었는데, 하나같이 평범해 보이지 않았다. 병장기를 지닌 자들이 대부분인 걸로 보아 강호의 물을 먹고사는 무리가 분명했다.

"나는 이교운(李較雲)이오."

무진의 앞에 앉아 있던 깡마른 사내가 먼저 인사를 건넸다. 삼십대 중반쯤 되어 보였고 눈빛이 날카로웠다.

"곽무진이라오."

무진이 포권하고 인사를 받았다. 그는 이제 더 이상 자신의 이름을 숨기지 않았다.

"네가 스스로 당당해질 때까지는 네 성이 곽가라는 것도 말해서는 안 된다. 약속하겠느냐?"

문득 아버지의 그 말이 귓속에 울렸다.

'나는 이제 당당해져야 한다.'

일 년 전. 척계광의 군막에서 나와 강호에 첫 발을 디뎠을 때 무진은 그렇게 자기 자신에게 단단히 다짐해 준 바 있다.

'더 이상 내 성을, 이름을 감추지 않을 것이다. 누가 뭐라고 해도 나는 이제부터 곽무진으로 살아간다.'

그게 무진이 척가군의 병영을 등 뒤에 두고서 자기 자신에게 해준 약속이었다.

"하하, 곽 형이었군. 나는 진가겸(陳可兼)이오."

또 한 명의 우락부락하게 생긴 자가 제 소개를 하고 술을 권했다. 이십대 후반쯤 되어 보이는 사내인데, 체구가 크고 눈이 부리부리한 것이 호한의 기질이 엿보였다.

"곽 형은 무슨 일로 이 밤중에 산길을 가는 것이오?"

그가 의미심장한 눈길로 넌지시 바라보며 물었다.

"저 아래 황가장에서 사람을 구한다기에 잠시 붙어 있어볼까 하고 나선 길이외다."

"오호! 그럼 아주 잘 찾아왔군 그래. 하하하―"

진가겸이 짐짓 호탕하게 웃고 술을 따랐다.

지금 객잔 안에 있는 사람들은 모두 황가장으로 가는 무리였다. 그것을 알고 무진은 어리둥절해지고 말았다.

매서운 눈길로 무진을 이리저리 살펴보던 이교운이 말했다.

"계투(械鬪) 때문이라네."

"계투?"

무진이 상체를 물리고 어이없다는 얼굴을 했다.

"교 씨와 황 씨 사이에 분쟁이 있다네. 황 씨들이 스스로의 힘으로 당할 수 없으니 돈을 주고 사람들을 사 모으는 중인 거야."

진가겸이 홍! 하고 코웃음을 쳤다.

"이번에야말로 교가 놈들의 코뼈를 주저앉힐 기회지."

계투란 당시 남쪽 해안 지방을 중심으로 널리 퍼져 있는 부족 간, 부락 간의 싸움이었다.

나라가 어지러우니 도처에 비적이 횡행했는데, 썩어버린 관의 힘을 바랄 수 없는 농촌에서는 자치적으로 방위할 수밖에 없었다. 그래서 산채(山寨)를 세우고 보루(保壘)를 쌓는 등 공동으로 마을을 지키려는 노력을 했다.

그런 경향은 특히 해적과 왜구의 습격을 자주 받았던 연해(沿海)의 복건성(福建省)과 광동성(廣東省) 등에 강했다. 그러던 것이 점차 내륙으로 퍼져서 이제는 절강과 강서에서도 흔한 일이 되어 있었다.

그건 그만큼 세상이 어지럽다는 반증이고, 남을 믿지 못하는 불신이 널리 퍼졌다는 것이리라.

스스로를 보호하기 위해 생겨난 그런 일들이 급기야는 동족 상호 간에 발생하는 분쟁에 대해서도 칼이나 창을 가지고 싸워서 실력으로 해결을 보려고 하는 데에까지 이르렀다.

힘이 곧 정의이고, 강한 자만이 원하는 걸 가질 수 있다는 강호의 논리가 이제는 민간에까지 스며들게 된 것이다.

"대체 얼마나 큰 싸움이 벌어졌기에 이처럼 많은 사람들을 고용한다는 거요?"

무진이 의아해서 문자 이교운이 피식 웃고 대답해 주었다.

"황가장과의 싸움에서 밀리자 교가채(僑家寨)에서 먼저 강호의 고수와 낭객들을 고용했다. 그들로 하여금 장정들을 이끌고 싸움에 나서게 한 거야. 황가장에서 크게 당했지."

"음……."

무진이 낯을 찌푸렸다. 그러니까 황가장에서도 돈을 써서 사람들을 사 모으려는 것이다.

무진은 눈앞의 이교운과 진가겸이 이곳에 모인 장한들보다 앞서 황가장에 고용된 자들이라는 것을 눈치챘다. 그렇다면 교가채와 맞설 만한 고수일 것이다.

탄식한 무진이 천천히 말했다.

"서로 합심해서 왜구나 비적들을 물리치는 데 힘을 쏟아도 부족할 텐데 이웃한 부락끼리 사활을 걸고 싸운다는 건 옳지 않은 일이오."

"호호, 그런 말은 이제 어디에서도 통하지 않아."

"하지만 애꿎은 장정들이 수없이 죽어나갈 테니 정말 안타까운 일이 아니겠소?"

가만히 듣고 있던 진가겸이 껄껄 웃었다.

"하하, 그러는 자네도 황가장에 몸을 팔기 위해서 온 것 아닌가?"

"음……."

무진이 대꾸하지 못하고 얼굴을 붉혔다. 잠시 일을 거들어주고 용돈을 얻어 떠날 생각이었는데 말을 들어보니 생각보다 심각했다. 지금이라도 포기할까? 하는 마음마저 들었다.

"자네는 아직 나이도 어려 보이는데, 솜씨가 제법 매서울 것 같군?"

이교운이 날카로운 눈으로 무진을 바라보며 은근히 물었다. 무진은 피식 웃고 말았다.

밤새 술을 마시고 떠들어대다가 새벽녘에야 곯아떨어진 자들로 인해 객잔 안이 다시 시끄러워졌다. 이를 갈아대고 코를 골아대는 소리들이 오히려 술 취해 떠드는 것보다 더 귀에 거슬린다.

무진은 더 참지 못하고 일어섰다. 부족한 잠으로 눈이 충혈되었으나, 까짓 며칠 꼬박 밤을 새는 일쯤은 아무것도 아니었다.

밖으로 나오자 싸늘한 바람이 이마를 선뜻하게 했다. 하늘은 아직 검고 별이 총총하지만 동쪽 먼 곳에서는 희뿌옇게 새벽이 밝아오고 있었다.

'들개의 무리 같은 자들이다.'

한껏 기지개를 켜고 난 무진이 객잔을 바라보며 중얼거렸다.

저렇게 떠돌아다니다가 마음 맞는 자들끼리 어울리면 무슨 짓을 할지 모른다. 산적이 될 수도 있고, 강도로 돌변할 수도 있는 것이다.

객잔을 떠나 하얗게 서리 내린 숲 속으로 걸어 들어간 무진은 떠오르는 태양을 마주 보고 앉아 호흡을 가다듬었다.

가슴 앞에 마주 모았던 손을 천천히 좌우로 밀었다가 단전을 감싸고 지그시 눈을 감자 그는 곧 운기삼매에 빠져들어 시간을 잊고 추위를 잊었다.

아버지로부터 물려받은 자부신공을 부단히 수련한 지 벌써 십삼 년이 되었다.

이제 무진의 몸 안에는 커다란 기운이 공처럼 뭉쳐 뜻에 따라 이리저리 굴러다녔다. 때로는 그 넘치는 힘과 열기 때문에 고통스러울 정도였다.

그럴 때면 바위라도 후려쳐서 들끓어 오르는 기운을 내쏟아야 했지만 얼마 전부터는 제 스스로 제어할 수 있게 되었다.

넘치는 기운을 이끌어 임독 양맥을 따라 일주천시키고 나면 그것은 기해의 바다에 가라앉아 잠잠해진다. 그러면 온몸에 넘칠 듯 충만한 힘이 느껴지면서 가슴이 상쾌해졌다.

그렇게 모인 자부신공의 내력은 가히 놀랄 만한 것이어서 무진은 제 몸속에 커다란 활화산 하나를 담아두고 있는 셈이었다.

진기를 돌리고 천지간의 기운을 빨아들이는 무진의 몸에서 흰 김이 안개처럼 뿜어졌다.

숨을 들이쉬고 내쉴 때마다 일렁이던 그것이 점차 짙어지더니 곧 몸을 완전히 가려 버렸다. 멀리서 본다면 안개 한 덩어리가 흩어지지 않고 뭉쳐 있는 것처럼 보이리라.

그 안개의 덩어리가 천천히 무진의 콧속으로 스며들었다. 그리고 드디어 센 바람을 맞은 듯 감쪽같이 사라졌다.

길게 숨을 내쉬고 난 무진이 눈을 떴다. 번갯불처럼 번쩍이는 신광이 어렸다가 곧 사라졌다.

"이봐, 거기서 뭐 하고 있는 거야?"

숲 밖에서 진가겸이 큰 소리로 불렀다.

"다들 내려가는데 너는 안 갈 거냐?"

자리를 털고 일어난 무진이 버석거리는 서리를 밟고 숲을 나서자 기다리고 있던 이교운이 머리를 갸웃거렸다.

"이제 보니 운기를 하고 있었군?"

그가 은은하게 붉은빛을 띠고 반짝이는 무진의 얼굴에서 시선을 떼지 못하고 물었다. 무진이 머리카락을 쓸어 넘기고는 웃어 보였다.

"밤새 잠을 자지 못했으니 운기를 해서라도 피로를 풀어야 하지 않겠소?"

"음, 젊은 친구가 이미 상당한 경지에 이른 모양인걸?"

무진을 쏘아보는 이교운의 눈빛이 강해졌다.

그를 따라 숲 밖으로 나가자 서른 명의 장한들이 시끄럽게 떠들고 와자하게 웃으며 기다리고 있는 중이었다.

이교운이 그들 앞에 나서서 손을 휘두르며 큰 소리로 외쳤다.

"자, 이제 갑시다!"

장한들이 그 말에 비로소 우르르 몰려갔다. 그것을 본 무진이 살짝 눈살을 찌푸리자 진가겸이 어깨를 치며 껄껄 웃었다.

"원래 그와 나는 황가장에서 나온 사람이라네. 이곳에서 장정들을 모아 안내하기로 했었지."

"음, 그랬었군."

짐작했던 대로다. 내친걸음인지라 무진은 이들이 어떻게 하는지 꼴이나 보자는 심정이 되어서 어슬렁거리며 뒤를 따랐다.

아무도 없는 이른 아침의 산길을 얼마쯤 갔을까.

"거기 서라!"

앞쪽에서 날카로운 외침이 들려왔다. 엇? 하고 놀란 자들이 어리둥절한 눈을 크게 떴다.

송림 속에서 이십여 명의 사내들이 칼과 검을 뽑아 들고 우르르 몰려나와 앞을 가로막았다.

갑작스런 일이라 장한들이 우왕좌왕하는데 처음 소리를 지른 자가 싸늘한 얼굴로 나섰다. 사십대의 호리호리한 자로, 비단옷에 두툼한 외피를 두르고 가죽신을 신은 것이 귀티가 났다.

"너희들은 모두 황가장으로 가는 것들이겠지?"

사내의 얼굴에 비웃음과 경멸이 어렸다. 그가 턱을 치켜든 채 빠르게 말했다.

"나는 교가채 사람이다. 대걸이라 하지."

교대걸(僑大傑)이라는 자다.

그가 아직까지도 어리둥절해서 멀뚱히 바라보고만 있는 서른 명의 장한들에게 오만하게 말했다.

"돈이 필요한 것이라면 내가 주마. 그러니 더 갈 것 없이 여기서 돌아가라."

"가지 않겠다면?"

무리 속에서 누군가가 큰 소리로 그렇게 물었다. 교대걸의 입가에 싸늘한 웃음이 떠올랐다.

"여기가 무덤이 되는 거지."

그 말을 들은 장한들이 술렁거렸다. 교가채에서는 황가장이 외지의 무사들을 고용한다는 것을 알고 미리 나와 길목을 지키고 있었던 것이다.

교대걸이 다시 말했다.

"이건 우리 교 씨 집안과 황가 놈들 사이의 일이다. 외지인이 끼어드는 건 원치 않아. 그러니 각자 돈을 받고 썩 꺼져라."

"제기랄, 교가 놈이 이 어르신의 자존심을 건드리는구나!"

걸걸한 음성과 함께 앞으로 썩 나서는 자는 객잔에서 처음 무진에게 문 닫으라고 소리쳤던 텁석부리였다.

그가 두려움없이 고리눈을 부릅뜨고 교대걸을 노려보며 소리쳤다.

"그따위로 말한다면 나는 승복할 수 없다! 마치 우리가 썩은 고깃점이라도 물어뜯기 위해 몰려든 들개 떼인 것처럼 말하다니!"

"그럼 너는 무엇 때문에 먼 길을 걸어 황가장으로 가려는 것이냐?"

"그건……."

텁석부리가 우물쭈물했다. 교대걸의 비웃음을 참지 못해 나섰지만 따지고 말고 할 것도 없이 황가장의 돈을 바라보고 온 길이니 그렇다.

"흥! 자존심이 있는 무인이라면 처음부터 이런 일에 나서지도 않았겠지. 그러니 더 떠들 것 없다. 돈을 받고 꺼질 테냐, 아니면 여기서 뒈질 테냐? 둘 중에 하나만 선택해라."

장한들 속에 끼어서 무진은 가만히 교가채의 무리들을 살펴보았다. 체구가 좋고 기세가 등등했지만 솜씨가 뛰어난 무사에게서 엿볼 수 있는 짜릿한 느낌은 없었다. 교가채에서 훈련시킨 장정들인 것이다.

그들 중에서 특히 무진의 눈길을 끄는 세 사람이 있었다. 두 명은 삼십대의 장한이고, 한 명은 오십 줄에 들어 보이는 자인데 무진은 그자들에게서 심상치 않은 느낌을 받았다.

'고수다.'

그런 느낌이 즉각 오는 건 상대를 가려 볼 줄 알고, 기운을 감지할 줄 아는 본능이 생긴 탓이었다. 지난 사 년 동안 척가군으로서 치른 많은 싸움이 무진을 그렇게 만들어주었다.

교대걸이 손짓을 하자 장한 한 명이 무거워 보이는 자루를 지고 와 발 아래 내려놓았다. 쩔그렁거리는 소리가 나는 것이 은자가 가득 들어 있는 게 분명했다.

"자, 와라. 스무 냥씩을 주마. 그만하면 황가에게서 받는 돈보다 적지 않을 게다. 더구나 목숨을 잃을 염려도 없다."

서로 눈치만 보던 자들 중 대여섯 명이 주춤거리며 나섰다. 교대걸이 그들에게 약속대로 스무 냥씩을 집어주었다. 그자들은 무리 지어 왔던 장한들의 눈치를 힐끔거리며 재빨리 멀어졌다.

그 꼴을 보던 자들 중 다시 십여 명이 우르르 몰려나갔다. 하긴, 목숨을 걸고 싸우지 않아도 거저 생기는 돈이니 그게 더 좋을 것이다.

교대걸이 역시 약속대로 돈을 나눠 주는 걸 본 자들이 이제는 앞 다투어 몰려나갔다. 시끌벅적한 중에 모두 스무 냥씩의 공돈을 챙겨서 뒤도 돌아보지 않고 꺼져 버렸다.

그렇게 모두 꼬리를 만 채 사라져 버리고 다섯 명이 남았다.

무진과 이교운, 진가겸, 그리고 텁석부리와 곱상해 보이는 이십대 중반의 청년이다.

"왜? 너희들은 이 돈이 싫으냐?"

교대걸이 비웃음이 잔뜩 담긴 얼굴로 이죽거렸다. 텁석부리장한이 흥! 하고 코웃음을 쳤다.

"나는 돈도 뭐도 다 필요없다. 꼭 네놈들과 싸우고 말 테다!"

조금 전 교대걸에게서 받은 모욕을 잊지 못하고 있는 것이다. 무진이 가만히 머리를 끄덕였다. 불한당 같아 보이는 자였는데 속에 자존심이 남아 있으니 제법 쓸 만한 축이었다.

한껏 비웃음을 담은 눈길로 흘겨보아 준 교대걸이 이번에는 텁석부리 곁에 있는 젊은이를 턱짓으로 가리켰다.

"너는?"

젊은이가 잔잔히 가라앉은 음성으로 말했는데, 칼로 당겨진 줄을 끊듯 단호했다.

"나는 황가장에서 선금을 받았다오."

"그래?"

교대걸의 비웃음이 더 짙어졌다.

"그럼 내가 그 선금을 갚아주고 서른 냥을 더 주지. 그러면 떠나겠느냐?"

"돈을 받을 때 이미 약속을 했으니 그걸 지켜주고 나면 스스로 떠날 것이오."

"무슨 약속?"

"황가장의 편에 서서 싸운다는 것이지."

"하하하— 어리석기 짝이 없는 놈이구나."

교대걸은 비웃었지만 무진은 감탄하고 있었다. 일견 조용하고 부드러워 보이는 겉모습과는 다르게 강단이 있고 신의를 아는 자였기 때문이다.

무진은 그가 다른 장정들처럼 스스로 찾아온 게 아니라 황가장에서 멀리까지 사람을 보내 초빙해 온 자라는 걸 짐작했다. 그렇다면 그만한 솜씨를 지닌 고수일 것이다.

무진의 눈에 아직 이름도 모르는 낯선 젊은이가 새롭게 바라보였다.

교대걸이 이번에는 무진을 가리켰다.

"너는? 역시 이자들과 함께 싸울 테냐? 우리는 스무 명이 넘는데?"

무진은 피식 웃어주는 걸로 대답을 대신했다. 과연 이 싸움에 끼어들어야 할 것인지, 모르는 척하고 말 것인지 아직 마음을 정하지 못했기 때문이기도 하다.

그건 자기 자신에 대한 거리낌이기도 했다.

싸워야 할 자라고 결정하면 죽이는 일이 있을 뿐이다. 타협이나 연민 따위는 생각할 수도 없다. 그게 무진이 그동안 배웠고 몸에 익은 사고방식이었다.

때문에 무진은 걱정하는 척계광 앞에서 거리낌없이, '죽여야 할 자라면 반드시 죽이고, 그렇지 않은 일에는 상관하지 않을 뿐'이라고 말했던 것이다.

말없이 바라보기만 하는 무진이 이상해 보였으리라. 교대걸이 머리를 갸웃거렸다. 무시할 수 없는 놈이라는 불안감도 든다.

"쳇, 저놈은 벙어리인가 보군."

투덜댄 그가 다시 이교운과 진가겸을 바라보고 빙글빙글 웃었다.

"두 분 사범 나리, 이쯤 되었으면 항복하는 게 현명한 길 아닐까? 지금이라도 마음을 고쳐먹고 우리 교가채로 오겠다면 황가장보다 더 좋은 대우를 해주지. 어때?"

"치사한 것들."

입술만 잘근잘근 깨물고 있던 이교운이 악문 이 사이로 스산하게 말했다.

"네놈의 뜻대로 되지 않을 거다!"

주먹을 불끈 쥐고 노려보는 눈길에 살기가 어렸다.

"흐흐흐, 그렇다면 할 수 없는 일이지. 저승에 가서 원망하고 후회해 봐야 늦은 일이야."

음침하게 말하며 물러선 교대걸이 장한들에게 버럭 소리쳤다.

"모두 죽여 버려라!"

와아! 하는 함성과 함께 교가채의 장정들이 번쩍이는 도검을 들고 달려들었다. 무진은 팔짱을 낀 채 뒤로 물러섰고, 뒤에 묵묵히 서 있던 청년이 소리도 없이 앞으로 뛰쳐나갔다.

"어헝!"

그러자 눈알만 뒤룩거리고 있던 텁석부리장한도 버럭 소리치며 쿵쿵거리고 달려갔다.

그의 손에는 다섯 척 남짓한 길이의 뭉툭한 철장(鐵杖)이 들려 있었는데, 풍차처럼 머리 위에서 휘돌리는 솜씨가 제법 쓸 만해 보였다.

"이얍!"

가장 먼저 교가채의 무사들과 부딪친 이교운의 입에서 날카로운 기합성이 터져 나왔다. 그리고 비명 소리가 어지럽게 쏟아지기 시작했다.

"으악!"

"컥!"

언제 꺼내 든 것인지, 이교운은 종잇장처럼 얇은 두 자루의 면도(緬刀)를 손에 쥐고 있었다. 그것이 좌측과 우측 장한의 어깨와 가슴을 예리하게 긋고 나가자 곧 핏줄기가 허공을 적시고 뿜어졌다.

그가 뛰어들 듯이 무사들 속으로 파고들었다. 두 손이 허공을 가를 때마다 번쩍이는 빛이 눈부시게 쏟아졌고, 그의 면도가 닿는 범위 안에서 연이어 답답한 비명성이 터져 나왔다.

이교운의 왼쪽을 진가겸이 맡았다. 그는 허리에 두르고 있던 유성추를 휘두르고 있었다.

겉으로 보기와 같이 힘이 장사여서 쇠사슬 끝에 무거운 추가 달린 기병(奇兵)을 바람개비처럼 내둘렀는데, 허공에 붕, 붕— 거리는 요란한 소리가 났다.

그 소리만으로도 상대를 질리게 하기에 충분해서 교가채의 장한들은 감히 접근하지 못하고 진가겸이 달려들 때마다 우르르 흩어지곤 했다.

이교운의 오른쪽으로 서슴없이 달려나간 청년은 한 자루의 검을 썼다. 하늘을 가르고 뻗어나가는 검광이 싸늘하고 검법은 산뜻했다. 행색이 남루했지만 명가의 사사를 받은 검사가 분명했다.

텁석부리장한 또한 더운 숨을 씩씩거리며 철장을 부지깽이처럼 휘둘러 닥치는 대로 후려쳤다.

얼핏 보기에도 육칠십 근(斤:30~35㎏)은 족히 나가 보이는 그것을 가볍게 다루는 것이 보기 드문 완력을 지닌 자였다.

"흠!"

여전히 팔짱을 낀 채 그들의 싸움을 흥미롭게 바라보던 무진이 낮게 탄성을 발했다. 과연 이교운은 물론 진가겸 또한 솜씨가 뛰어난 고수였던 것이다. 이름을 알 수 없는 청년도 결코 그들 못지않았다.

이쪽은 불과 네 명에 지나지 않는데 스무 명이나 되는 교가채의 장정들이 걷잡을 수 없이 밀렸다. 비명 소리가 끊이지 않고, 쓰러지는 자들이 빠르게 늘어났다.

"물러서라!"

날카로운 소리와 함께 그때까지도 송림 앞에서 무진처럼 팔짱을 끼고 지켜보기만 하던 세 명의 사내들이 나섰다.

오십 줄에 든 호리호리한 자를 중심으로 좌우로 늘어선 삼십대의 사내들이 살기가 뿜어져 나오는 눈으로 이교운 등을 노려보았다.

이교운이 번쩍거리는 면도를 이리저리 흔들며 하하, 웃었다.

"언제 나서나 했더니 드디어 나오시는군?"

"네놈이 날뛰는 꼴을 봐주고 있자니 눈이 다 시리다."

스산하게 말한 자는 초로의 사내였다. 이교운이 눈빛을 매섭게 하며 역시 스산하게 대꾸했다.

"흐흐, 남들은 벽력태세가 무섭다고 하지만 내가 보기에는 허수아비일 뿐이야."

벽력태세(霹靂太世) 남경풍(南經風)이라면 무이산 동쪽과 서쪽에서 이름이 높은 고수였다. 그를 비웃어준 이교운이 다시 좌우에서 노려보고 있는 두 사내를 가리키며 이죽거렸다.

"육운쌍검(陸雲雙劍)이라고 거들먹거리던 것들이 언제부터 교가의 종이 되었는지 모를 일이다. 그 꾀죄죄한 목을 시원하게 해줄 테니 이리 오너라."

육운쌍검 역시 무이산 인근에서 명성이 자자한 고수들이었다. 그러니 이교운의 비웃음에 자존심이 몹시 상했으리라.

"죽일 놈!"

이를 부드득 간 왼쪽의 사내가 검을 뽑아 들었다.

'어떻게 될까?'

무진은 여전히 팔짱을 끼고 선 채 흥미롭다는 얼굴로 그들과 이교운 등을 번갈아 바라보았다. 고수들끼리의 싸움은 흔히 볼 수 있는 일이 아니라 더 그렇다.

"차합!"

날카로운 기합성과 함께 육운쌍검이 먼저 달려들었고, 이교운 쪽에서는 진가겸과 텁석부리가 벽력같은 고함을 지르며 달려나갔다.

그들 네 사람이 한 덩어리로 뒤엉키자 수시로 삶과 죽음의 경계를 넘나드는 험악한 상황이 되었다.

육운쌍검의 검법은 짝이 잘 맞았다. 가볍고 경쾌한 수법으로 음험한 기운을 감추었고, 불쑥불쑥 솟구쳐 나오는 살기 속에 암수가 숨겨져 있어서 상대하기가 까다롭다.

화가 잔뜩 난 진가겸과 텁석부리가 더욱 용맹하게 달려들었지만 그들의 병장기는 길고 무거운 것들이라 이렇게 뒤엉켜 있어서는 제 위력을 십분 발휘할 수 없었다. 그것이 유성추와 철장이 매번 가벼운 검을 이기지 못하고 헛되이 허공만 후려치는 까닭이다.

모두의 눈길이 흉흉한 그들의 싸움에 모여 있을 때 벽력태세 남경풍이 소리없이 몸을 날렸다. 어쩌나 가볍고 신속한 운신이었던지, 이교운이 그것을 눈치챘을 때는 이미 남경풍의 두 손이 면전에 닥쳐들고 있었다.

"으헛!"

크게 놀란 이교운이 버럭 소리치며 휘딱 몸을 뒤집었다. 옷자락 펄럭이는 소리와 함께 두터운 권경이 그의 이마를 휩쓸고 지나갔다.

"나잇살이나 처먹은 것이 부끄러운 줄도 모르고 암수를 쓰다니!"

화가 잔뜩 난 이교운이 소리치며 어지럽게 면도를 휘둘러 베고 그어 댔지만 남경풍의 운신법이 표흘하기 짝이 없어서 좀체 따라잡지 못하고 헛손질만 했다.

"여기도 있다!"

선수를 빼앗긴 이교운이 위태롭게 되자 곁에서 지켜보던 청년이 달려들며 검을 후려쳤다. 씨잉, 하는 날카로운 바람 소리가 남경풍의 정수리에 떨어졌다.

"흥! 어린 놈이 겁도 없구나?"

코웃음을 날린 남경풍이 한 손을 번쩍 들어 서슴없이 검을 움켜쥐었다. 베이기는커녕, 맨 손아귀에 잡힌 검이 비틀린다.

청년이 깜짝 놀라 더욱 힘을 불어넣었지만 한 번 붙잡힌 검은 좀체 빼낼 수가 없었다.

검을 쥔 손을 이리저리 흔들고 비틀어 청년의 움직임을 가두어두면서 동시에 남은 한 손과 두 발을 번갈아 차내 이교운을 핍박하는 남경풍의 솜씨가 놀랍기만 했다.

'저건 대단한걸?'

무진의 어깨가 들썩였다. 눈앞에서 벌어지고 있는 치열한 싸움이 그를 흥분시켜서 참을 수 없을 지경이 된 것이다.

"으앗!"

저쪽에서 놀란 비명 소리가 터져 나왔다. 텁석부리가 기어이 견디지 못하고 일검을 맞은 것이다.

철장을 놓친 채 쿵쿵거리고 물러서는 그의 가슴에서 붉은 피가 콸콸 쏟아져 나왔다.

곁이 허전해진 진가겸이 더 견디지 못하고 몸을 돌려 달아났다. 그 뒤를 육운쌍검이 검을 휘두르며 바람처럼 쫓았다.

눈 깜짝할 사이에 전세가 확 기울었다. 그것을 느낀 청년과 이교운도 초조함 때문에 손발이 어지러워졌다.

그들은 이제 남경풍 한 사람에게 완전히 기세를 빼앗겨서 그의 권장을 막기에 급급할 뿐, 제대로 반격 한 번 해보지 못하고 있었다.

유성추를 끌며 쿵쿵거리고 달려온 진가겸이 무진의 곁을 스쳐 갔다. 그러자 뒤쫓아온 육운쌍검에게 무진은 장애물이 되었다.

"저리 비켜!"

육운쌍검이 동시에 소리치며 무진의 목과 가슴을 향해 검을 내질렀다.

무진의 번쩍이는 눈이 촌각을 백으로 쪼갠 듯한 그 순간을 놓치지 않고 바라보았다.

"흥!"

코웃음과 두 어깨가 동시에 쏟아져 나갔다.

어깨에 두르고 있던 참나무 몽둥이가 바람을 가르며 떨어지는 건 보이지도 않는다. 쉬익, 하는 소리가 들렸을 때 몽둥이는 이미 두 자루의 검을 튕겨내고 있었다.

창! 하는 두 번의 쇳소리가 한 번인 듯 들렸고, 두 자루의 검이 엄청난 힘을 견디지 못하고 토막 나 날렸다.

몽둥이를 던져 올린 무진이 두 손을 와락 뻗어 육운쌍검을 한꺼번에 쓸어 잡았다.

"컥!"

목줄기를 잡힌 자들이 답답한 비명을 터뜨릴 때 무진의 몸이 반 바퀴 돌았다.

허리를 비튼 힘이 무지막지하게 쏟아져 나가 두 놈을 튕겨 버렸는데, 회오리바람에 말린 듯 정신을 차릴 수 없었다.

쿵, 쿵! 하는 소리와 함께 일 장여나 날려가 처박혀 버린 육운쌍검이 패대기쳐진 개구리처럼 쭉, 뻗어버렸다.

얼굴을 힘껏 젖혀서 흘러내린 머리카락을 쳐 올린 무진이 손을 뻗어 떨어지는 참나무 몽둥이를 다시 받아 쥐었다.

한순간에 그 모든 일이 벌어지고 끝나 버린 것이어서 무엇이 어떻게 된 건지 제대로 알아본 자가 없었다.

"저놈이!"

언뜻 그것을 본 남경풍이 노성을 터뜨렸다.

꽝, 꽝!

미친 듯 후려치는 주먹과 발길질에 청년과 이교운이 기어이 한 대씩을 얻어맞고 나뒹굴었다. 벽력태세라는 그의 별호에 걸맞게 빠르고 강력한 수법이었다.

그때 무진의 몸 안에는 진기가 솟구쳐 힘이 충만해져 있었다. 육운쌍검을 내던지던 홍분이 아직 살아서 근육을 푸들거리게 했다.

"죽일 놈!"

핏발 선 눈으로 노려보며 이를 악물고 와락 달려드는 남경풍의 모습이 야차 같았지만 무진은 눈도 깜짝하지 않았다.

쉬아앙—!

몸이 아직 이르지도 않았는데, 사납게 쳐낸 권경(拳勁)이 뻗어왔다. 무진이 그것을 향해 선뜻 몸을 내던졌다.

막 남경풍의 주먹이 가슴에 부딪치려는 순간, 땅을 박차고 뛰어오른 무진이 두 발을 뻗어 벼락처럼 연거푸 걷어찼다. 이십사심퇴(二十四尋腿)의 연환착(連環擉)이다.

꽝, 꽝, 꽝, 꽝!

놀란 남경풍이 쿵쿵거리고 물러서며 두 손을 사납게 내뻗고 후려쳐 그것을 막아냈다. 그때마다 몽둥이로 통나무를 후려치는 것 같은 소리가 요란하게 터져 나왔다.

욱! 하고 힘을 써서 마지막 발길질로 남경풍의 중심을 흩뜨린 무진이 몸을 와락 기울이며 몽둥이를 내려쳤다.

"끼야앗!"

괴조(怪鳥)의 울부짖음 같은 기합성과 함께 쉬잉— 하는 날카롭고 무거운 파공성이 머리 위를 날았다.

빡―!

남경풍의 머리통에서 마른 장작 쪼개지는 소리가 터져 나왔다.

한껏 탄력을 받은 몽둥이가 튕겨지는 힘에 의지해 훌쩍 몸을 뒤집은 무진이 가볍게 내려섰고, 남경풍은 눈을 부릅뜬 채 모로 쓰러졌다.

쿵―

던져진 허수아비처럼 맥없이 땅에 떨어지면서도 남경풍의 부릅뜬 눈은 무진을 바라보고 있었다. 그 속에 놀람과 의아함이 가득했다.

"아!"

"오옷!"

가슴을 움켜쥐고 비틀거리는 몸을 바로 세우던 이교운과 젊은 검사가 경악의 탄성을 터뜨렸다.

그들은 자신이 본 것을 믿을 수 없었다. 저렇게 신속하고 강렬한 타격을 본 적이 없었던 것이다.

단순하고 용맹할 뿐인 그 수법에 남경풍 같은 고수가 저항 한 번 제대로 해보지 못하고 쓰러졌다는 게 더욱 그렇다.

깊이 숨을 들이쉬어서 들끓어 오르는 흥분을 억누른 무진이 번쩍이는 눈으로 사방을 쓸어보았다.

누구도 나서는 자가 없었고, 감히 숨조차 크게 쉬는 자가 없었다. 무진의 몸에 모인 수많은 눈들이 경악과 두려움으로 질려 있을 뿐이었다.

"너희들은 모두 세상의 해충 같은 자들이다!"

무진의 일갈이 그들의 정수리 위에 벼락처럼 떨어졌다.

"곽 장사를 믿소."

장주인 황가범(黃加氾)이 손을 덥석 잡고 흔들었다. 무진은 차가운 눈으로 쏘아볼 뿐이었다. 냉랭하고 무심한 기운이 느껴져서 황가범이 멈칫거리다가 슬그머니 손을 놓았다.

지금 무진의 기상은 마치 흑풍객의 그것을 가져다 놓은 듯했다. 얼음장 같고 서리 앉은 바윗덩이 같기만 하다.

무진이 천천히 말했다.

"나는 황가장에 몸을 의탁할 생각이었으나 이제는 그렇지 않소."

"무, 무슨 말이오?"

"이따위 우스운 짓들을 다시는 하지 못하도록 쐐기를 박아주겠소."

"허—!"

잔뜩 눈살을 찌푸리고 몸을 물리는 황 장주의 얼굴에 못마땅하고 불쾌해하는 기색이 어렸다. 그러나 무진은 개의치 않는다.

황 장주는 사십대의 장한이었다. 젊은 나이에 가주가 되어서 삼백여 식솔들을 거느리고 있으니 그들의 생계 또한 책임져야 하는 막중한 의무가 있었다.

"내가 원한 건 돈을 받고 장원을 위해 싸워줄 사람이었소만?"

"틀렸소. 당신은 이웃한 교가채보다 저 산을 넘어 내려올 비적들을 더 미워해야 할 것이오."

"그들은 멀리 있지만 교가채는 가까운 곳에 있소."

황 장주의 얼굴에 노골적인 불만이 어렸다.

부상을 입은 채 돌아온 이교운으로부터 무진의 활약에 대해 전해 들은 황 장주는 뛸 듯이 기뻐했었다.

고수를 얻었으니 이제야말로 교가채 놈들을 누르고 빼앗긴 땅을 되찾을 수 있을 것이라고 믿었기 때문이다. 그런데 무진의 말은 영 엉뚱하기만 한 것이어서 그를 당황하게 했다.

"지금처럼 서로 싸우느라 힘을 소모하고 나면 비적과 왜구가 산을 넘어왔을 때 무엇으로 땅과 목숨을 지키겠소?"

"여기서 그만두면 교가채 놈들은 더욱 기승을 떨고 내 땅을 통째로 집어삼키려 할 것이오."

"빼앗긴 땅을 되찾아주면 그들과의 싸움을 그만둘 수 있소?"

볼을 부풀리고 묵묵히 바라보던 황 장주가 퉁명스럽게 대꾸했다.

"물론이오."

"좋소."

무진이 자리를 털고 일어났다. 아직 앞에 놓인 차가 식지도 않아서다.

"어?"

얼떨결에 따라 일어선 황 장주가 어리둥절해서 바라보았다.

참나무 몽둥이 하나를 쥔 채 성큼성큼 풍천각(豊川閣)을 걸어나가는 무진의 뒷등이 태산처럼 커 보였다.

"어찌 된 일입니까?"

무진이 나가고 나자 뒤늦게 뛰어들어 온 이교운이 헐떡이며 물었다.

"저 친구가 어째서 장원을 나가는 거지요?"

황 장주가 잔뜩 눈살을 찌푸렸다.

"그는 우리 장원이 마음에 들지 않는 모양이네."

"응?"

"아마 교가채로 갈 작정인가 봐."

"이런, 이런, 그래서는 안 되오."

"그를 어찌 잡을 수 있겠나?"

"제기랄!"

이교운이 가슴을 움켜쥔 채 고통을 참으며 달려나갔다.

■제10장■

일전(一戰)

일전(一戰)

"바로 저놈이다!"

높은 목책 위의 망루에서 내려다보던 자가 무진을 가리키며 소리쳤다. 오늘 새벽 송림 앞의 싸움에 나왔던 자라 무진을 똑똑히 기억하고 있었던 것이다.

"채주를 만나러 왔다!"

무진이 버럭 소리쳤다. 안에서 곧 한바탕 소란이 일었다.

잠시 후, 두텁고 높은 책문이 활짝 열리고, 스무 명이나 되는 장정들이 병장기를 쥔 채 우르르 쏟아져 나왔다.

몇 겹으로 포위를 당했지만 무진은 눈썹 하나 까닥하지 않았다. 여전히 싸늘하고 무심한 얼굴로 정면을 노려볼 뿐이다.

"왜 온 거냐!"

장정들을 헤치고 나온 자가 사납게 소리쳤다. 송림 앞에서 크게 당한 교대걸이다.

"채주를 만나러 왔소."

"흥! 수고스럽게 걸어갈 것 없다. 내가 네놈의 목을 채주님께 갖다 드리지."

무진이 천천히 자신을 포위하고 있는 장정들을 둘러보았다. 고수로 느껴지는 자는 없었다.

무진의 무표정한 얼굴이 다시 교대걸에게 향했다.

"싸우려는 게 아니오."

"너는 아니라고 해도 나는 꼭 네놈의 목을 따고야 말 테다!"

무진 때문에 아침의 일이 엉망이 되어버린 데 대한 원한이 남아 있었다. 게다가 겁도 없이 혼자서 찾아와 채주를 운운하다니. 그건 저 어린 놈이 교가채를 우습게 여겼기 때문이라는 분함도 더해졌다.

교대걸이 무진을 가리키며 악을 썼다.

"저놈을 잡아라! 잡아서 목을 쳐!"

무진의 눈살이 깊이 찌푸려졌다. 장정들이 우와! 하는 고함을 지르며 사방에서 겁없이 달려들기 시작했기 때문이다.

스무 명이지만 무진이 상대할 자는 많아야 네 명이다. 그 이상이 한꺼번에 덤벼든다면 저희들끼리 찌르거나 베일 위험이 있기 때문에 그러지 못한다.

단병접전의 훈련을 받은 자들답게 장정들도 그것을 잘 알았다. 무턱대고 들이치는 게 아니라 네 놈이 먼저 칼을 휘두르며 압박해 왔다.

잠시 갈등하던 무진은 곧 마음을 다져 먹었다.

다수의 힘을 믿고 겁없이 몰려드는 자들에게는 더욱 사납고 포악하게 나가야 할 필요가 있다. 그렇게 해서 몇 놈을 호되게 쳐 넘기면 나머지는 놀라서 주춤거리기 마련이다.

그러면 계속 싸울 것인지 달아날 것인지 이쪽에서 결정할 여유가 생긴다.

"이얍!"

무진에게서 갑작스럽고 사나운 기합성이 터져 나왔다. 충만한 기운과 자신감이 깃들어 있는 그 커다란 소리가 막 칼을 내려치려던 네 놈을 아주 잠깐 주춤거리게 했다.

짚고 있던 몽둥이 끝을 차올린 무진이 창을 내지르듯 정면에서 다가온 놈의 가슴을 힘껏 찔렀다.

"으앗!"

놈이 비명을 터뜨렸을 때 무진은 벌써 삼면을 폭풍처럼 휩쓸어가고 있었다. 바람 소리마저 따르지 못할 만큼 맹렬하게 떨어지고 후려치는 몽둥이가 벼락같다.

퍽—!

네 번의 격타음이 한꺼번에 쏟아졌다. 켁! 하는 단말마가 뿌려지고, 네 놈이 아직 고꾸라지기도 전에 무진은 벌써 앞으로 달려나가고 있었다.

쉬잉—

그의 몽둥이가 정면을 가로막고 나선 자의 어깨에 꽂히듯 떨어졌다.

빡—!

"크악!"

어깨뼈가 박살나는 소리와 처절한 비명이 동시에 터져 나왔다.

무진은 거칠 것 없는 한줄기 회오리바람이었다. 방향을 틀어 왼쪽을 바라보고 휩쓸어가며 후려치는 몽둥이에 두 놈이 머리가 깨진 채 주저앉았다.

눈 한 번 깜짝할 순간에 싸움의 주도권은 완전히 무진에게로 넘어왔다. 이쯤 되면 이제 숫자는 아무 의미가 없다. 마음껏 휘두르고, 마음껏 쳐들어갈 뿐이다.

장한들은 그런 무진의 몽둥이 앞에서 미처 몸을 빼거나 막을 생각을 하지 못했다. 우선 그것이 어디를 노리고 떨어질지 종잡을 수 없었기 때문이고, 감을 잡았다고 해도 그 맹렬하고 사나운 것 앞에서는 정신을 차릴 새가 없었기 때문이다.

사방에서 마른 박을 밟아 깨뜨리는 것 같은 소리들이 터져 나왔다. 무진이 질풍처럼 휩쓸고 간 곳에는 어김없이 처절한 비명 소리와 나뒹구는 장정들의 몸뚱이가 즐비했다.

"그만!"

우렁찬 고함 소리가 찌르릉 울려 퍼졌다.

'홍! 이제 모습을 드러내는군.'

무진이 막 내려치려던 몽둥이를 우뚝 멈추었다. 싸늘한 조소 한줄기가 입가에 떠올랐다가 곧 사라졌다.

책문 안쪽에서 두 사람이 빠른 걸음으로 나왔다. 한 명은 얼굴이 대추빛으로 붉은 노인이고, 한 명은 냉막한 인상의 청년이다.

그들이 나서자마자 장한들은 물론 교대걸도 두려운 얼굴로 일제히 물러섰다. 땅에 뒹굴며 고통스럽게 신음을 흘리던 자들도 잠잠해진다.

무진은 이미 책문 안쪽에 숨어 있는 심상치 않은 기운을 느끼고 있었다. 그가 이처럼 급하고 사정없이 장한들을 몰아친 것도 실은 그자를 끌어내기 위한 수단이었던 것이다.

살아 있는 것은 무엇이나 저만의 기운을 가지고 있다. 예민한 자라면 나무나 풀잎에서도 그것을 느낄 수 있기 마련이다.

사람에게서는 그 사람만의 기운을 감지할 수 있다. 보면서도 느낄 수 있고, 보지 않더라도 가까운 곳에서라면 느껴진다.

무진처럼 싸움 속에서 본능과 감각이 단련된 사람은 특히 고수의 기운을 민감하게 느낄 수 있었다. 생존 본능이라고 해도 될 것이다. 그래서 그가 자신을 감추고 있어도 살갗과 신경 조직이 그의 정체를 읽고 긴장으로 떤다.

'고수다!'

노인의 등장과 함께 무진의 온 신경들이 그렇게 아우성을 쳐댔다.

눈앞의 노인은 이교운이나 진가겸 등보다 훨씬 뛰어난 고수였다. 흔히 '기도(氣度)'라고 말하는 분위기와 기운이 그것을 웅변해 준다.

뛰어난 자일수록 자신의 기도를 숨기기가 어려워진다. 무진이 노인의 기도를 느끼고 흥분하듯, 노인 또한 싸늘하게 굳은 얼굴로 쏘아보는 무진의 기도에 긴장하고 있었다.

지금의 긴장이 오히려 칼과 검을 맞대고 섰을 때보다 더한 면이 있었다.

"음……."

한참 만에야 노인이 낮고 무거운 침음성을 흘렸다.

"들었던 것보다 훨씬 좋군."

턱수염을 쓸며 빙긋 웃은 노인이 교대걸을 노려볼 때는 그렇지 않았다.

"미련한 놈! 너는 매번 성급하게 굴어서 일을 망쳐 놓는다!"

교대걸이 감히 대꾸하지도 못하고 쩔쩔매는데, 눈길이 땅을 쓸었다.

혀를 찬 노인이 다시 무진을 지그시 바라보다가 물었다.

"채주를 만나겠다고? 무슨 일로 그러느냐?"

"황가장의 일 때문이외다."

무진은 거침이 없다. 조금도 꺼려하는 기색 없이 당당하게 말했다.

"핫하! 교가채에 와서 황가장을 얘기하다니. 배포가 좋다."

껄껄 웃은 노인이 한쪽으로 비켜섰다.

얼마나 우두커니 앉아 있었을까. 차가 식어갈 때쯤에야 낭하를 저벅거리며 다가오는 발걸음 소리가 들리더니 이내 몇 사람이 우르르 들어왔다.

모두 기세가 등등하고 눈길에 분노한 기색마저 띤 것이 위압적인 분위기였다. 네 명의 장한과 한 명의 검은 옷을 입은 음침한 인상의 중년인이었다.

무진이 그들 한 명 한 명과 눈을 마주치고 났을 때 다시 세 사람이 들어왔다.

금포를 입은 작은 체구의 노인을 가운데 두고 왼쪽에는 책문에서부터 무진을 인도해 온 붉은 얼굴의 노인이 있었고, 오른쪽에는 역시 책문 앞에서 본 냉막한 인상의 청년이었다.

"황가장의 일로 나를 찾아왔다고?"

노인이 인사도 생략한 채 무진 앞에 마주 앉자마자 대뜸 그것부터 물었다.

저쪽에서 인사를 잘라 먹으니 이쪽에서 새삼스럽게 차릴 필요도 없다는 듯, 무진 또한 본론부터 꺼냈다.

"빼앗았다는 땅을 돌려주고 싸움을 그치시오."

"응?"

채주가 눈을 둥그렇게 떴다. 뒤에 시립해 서 있으면서 내내 무진을 노려보던 냉막한 얼굴의 청년이 갑자기 소리쳤다.

"이놈! 근본도 없는 하찮은 들개 같은 놈이 감히 그런 말을 지껄이다니!"

땅―!

무진이 대꾸하지 않고 선뜻 등에 지고 있던 칼을 뽑아 자신과 채주 사이에 내려놓았다.

모두 긴장하여 병장기를 움켜쥔 채 노려보는데, 채주만은 미동도 하지 않았다. 서슬이 시퍼런 칼에서 뿌려지는 삼엄한 빛이 주위의 공기를 차갑게 가라앉혔다.

"척계광 장군이 지녔던 척가보도(戚家寶刀)요."

"……?"

"장군에게서 이것을 받을 때 나는 스스로 맹세한 게 있소이다."

"……."

"이 칼과 나의 명예를 더럽히지 않겠다는 것이었소."

무진은 청년에게 눈길도 주지 않았다. 눈앞의 채주만 바라볼 뿐이다.

서로를 읽기 위한 눈싸움이 치열하게 벌어졌다. 한참 만에야 채주가 무겁게 가라앉은 음성으로 말했다.

"이곳에서 그런 말을 하고 무사히 살아 나갈 수 있다고 자신하나?"

"나는 황가장을 대신해서 채주와 담판을 하러 왔지 싸우러 온 것이 아니오. 하지만 나에게 다시 모욕을 주는 자가 있다면 채주 앞에서 그 목을 쳐 보이겠소."

근본도 없는 들개 같은 자라는 청년의 말이 심한 모욕으로 여겨졌던 것이다.

'내 아버지는 천하제일인이었다!' 그런 자부심에 오물을 끼얹는 말은 용서할 수 없었다.

청년이 검자루를 잡은 채 분노로 볼을 푸들푸들 떨었다. 무진이 자기를 두고 한 말이라는 걸 알았기 때문이다.

그가 막 발작하려는 순간, 곁에 있던 붉은 얼굴의 노인이 낮게 꾸짖었다.

"나서지 마라."

청년이 감히 움직이지 못하고 하얗게 탈색된 얼굴로 입술을 악물었다.

무진이 채주를 똑바로 바라보며 한 자 한 자 힘주어 말했다.

"채주가 싸움을 원한다면 좋소. 밖에 있는 수많은 장정들이 나를 죽일 수 있겠으나 그전에 이 방 안에 있는 사람들은 한 명도 살지 못할 것이오."

눈앞에 있는 채주의 목이 가장 먼저 날아갈 것이라는 암시이기도 하다. 채주가 눈살을 찌푸렸다.

"시험해 보시겠소?"

"……"

채주가 눈에 더욱 힘을 주어 무진을 쏘아보았다. 그의 생각은 깊고 흉중은 어두워 짐작하기 어려웠다. 그러나 다른 사람들은 그렇지 않았다.

그들은 본래 강호인이고, 몇 사람은 무시할 수 없는 고수다.

그런 자들의 공통점이 있다면 무진과 마찬가지로 모욕을 참지 못한다는 것이었다.

그러니 무진은 일부러 그들의 도발을 이끌어내고 있는 건지도 몰랐다. 그리고 그때까지 말없이 쏘아보고 있기만 하던 흑의중년인이 걸려들었다.

"방자한 쥐새끼 한 마리가 제 분수를 잊고 발광을 떠는구나!"

싸늘한 외침이 들려왔을 때 그의 신형은 벌써 무진에게 부딪칠 듯 닥쳐들고 있었다.

한 손으로 어깨를 때리면서 다른 손은 목을 낚아채 왔다. 매의 발톱처럼 웅크린 손가락으로 단번에 숨통을 찢어놓겠다는 흉맹한 기세다.

무진의 눈썹이 꿈틀했다.

칼을 움켜쥔 무진이 벌떡 몸을 일으켰고, 미끄러지듯 측면으로 다가온 흑의인의 주먹이 떨어졌다.

무진은 물러서는 대신 오히려 성큼 한 걸음을 크게 내디뎠다. 그러자 어깨가 그자의 가슴에 닿을 듯 붙었다.

쉭, 하는 바람 소리와 함께 중년인의 주먹이 덧없이 흘러갔다. 목을 노리던 다섯 손가락의 공세 또한 흩어지고 만다.

단지 몸을 비틀어 어깨를 내민 것만으로 중년인의 사나운 공세를 간단하게 물리친 것이다.

그건 무진이 단번에 상대의 거리를 빼앗았기 때문이다. 호흡을 빼앗는다고 하는 그 비결이기도 하다.

어떤 타격이든지 힘의 정점이 있다. 그 정점에 표적이 있을 때 쳐낸 힘은 최대의 위력을 발휘한다. 무진은 중년인에게 바짝 달라붙음으로써 순간적으로 그 거리를 빼앗은 것이다.

그리고 이제는 무진의 차례였다.

빡―!

굽혀 친 팔꿈치에 중년인의 턱이 홱 돌아갔다.

그가 비틀거리며 물러선 순간, 번쩍이는 칼빛이 뇌전처럼 뻗어나갔다.

서걱!

살이 갈라지고 뼈가 깎이는 끔찍한 소리가 갑자기 모두의 머리 속을 텅 비게 했다.

쿵쿵거리고 물러서는 중년인의 눈이 부릅떠져 있는데, 어둠이 빠르게 동공을 채웠다.

그의 몸이 기우뚱하자 목이 어깨 위에서 미끄러지듯 떨어졌다. 어찌나 빠르고 깨끗한 일격이었던지 피도 나오지 않았다.

쿵, 하고 그자가 쓰러지고 나서야 선연한 핏줄기가 바닥에 뿌려졌다. 그리고 어깨를 떠난 목이 곁에 떨어져 굴렀다.

눈앞에 번갯불이 번쩍, 한 순간에 벌어진 일이었다.

피 한 방울 묻지 않은 칼이 다시 탁자 위에 놓여졌다.

누구도 숨을 쉬지 않았다. 코앞에서 벌어진 그 믿을 수 없는 일에 놀라 급히 들이킨 숨으로 가슴을 부풀린 채 눈만 부릅뜨고 있을 뿐이었다.

무진이 다시 채주를 마주 보고 앉았다. 아무 일도 없었다는 듯 냉막한 얼굴에 변화가 없다.

"휴—"

한참 만에야 채주가 길게 한숨을 내쉬었다. 그리고 여기저기에서 경악의 탄성과 신음이 낮게 새어 나왔다.

"으음— 정말 지독한 친구로군."

그제야 채주 뒤에서 꼼짝하지 않고 바라보던 노인이 얼굴을 찌푸린 채 중얼거렸다. 청년은 새하얗게 질린 얼굴인데 두 눈에 공포가 떠올라 있었다.

비릿한 피 냄새와 음습하게 떠도는 죽음의 냉랭한 기운 속에서 내내 낯을 찡그리고 있던 채주가 비로소 입을 열었다.

"황가가 뭐라고 하던가?"

"채주께서 무단히 땅을 개간하고 점점 토지를 먹어 들어온다 하더이다."

"그 땅은 자갈밭일세. 오랫동안 버려져 있었지. 황가가 저는 쳐다보지도 않았으면서 내가 힘들여 개간해 곡식을 수확하니 배가 아팠던 게야."

"어쨌든 남의 땅을 허락없이 점유한 건 잘못이외다."

"흥! 자네가 뭘 안다고 그러나? 그 땅은 교가채와 뒤섞여 있어서 오래전부터 경계가 모호했던 곳일세. 전에는 황가의 세력이 컸던 탓에 그들의 주장이 먹혀들어 갔던 것뿐이지. 이제 나의 세력이 크니 내 주장을 펼 차례 아닌가?"

무진은 우려했던 것보다 일이 쉽게 풀릴 수 있다는 걸 눈치챘다. 역시 이쪽의 힘을 보여주고 기선을 제압한 효과였다.

희생당한 흑의중년인이야 안됐지만 그 한 목숨으로 수십 명의 장정들을 살릴 수 있게 된다면 값싼 희생은 아닐 것이다.

천천히 찻잔을 들어 입술을 적시고 난 무진이 담담하게 말했다.

"이 참에 분쟁이 된 곳의 경계를 확실히 정해놓고, 두 가문 사이에 내려온 반목을 씻으면 어떻소? 싸우는 데 쓸 힘을 농사일에 보탤 수 있게 되니 모두에게 이득일 것이오."

채주가 자신이 고용한 무사들을 돌아보았다. 무진이 재빨리 말했다.

"강호인들이 민간의 일에 끼어들 건 없소. 채주만 결정하시면 되오. 황 장주에게는 내가 권하여 장원 안의 무사들을 모두 내보내도록 하겠소이다."

무진의 말은 지나치게 일방적인 면이 있었다. 묵묵히 듣고만 있던 붉은 얼굴의 노인이 조용한 어조로 말했다.

"두 집안에 고용된 무사들은 강호의 협객들과는 거리가 멀다. 너의 말대로라면 졸지에 생계가 막막하게 될 테니 다들 반발할 거야. 억지로 해산시킨다면 저희들끼리 뭉쳐서 또 어떤 일을 저지를지 알 수 없지."

무진이 머리를 끄덕였다. 한동안 생각에 잠겨 있던 그가 비로소 신광이 번쩍이는 눈을 들어 채주와 노인을 바라보았다.

"그렇다면 교가채와 황가장의 무사들을 규합해 한 사람이 통솔하는 건 어떻소?"

"응?"

뜻밖의 말이라 모두가 눈을 둥그렇게 떴다.

"아직 산에는 적도들이 남아 있고, 왜구는 호시탐탐 내륙을 노리고 있소이다. 게다가 이웃한 광동 땅에는 왕직의 잔당들이 무리 지어 다니며 약탈과 방화를 일삼으니 그들의 말발굽이 언제 이리로 향할지 모르는 일이오."

"으음—"

채주와 노인이 깊은 침음성을 흘렸다.

사실 눈앞에 있는 황가장과의 싸움보다 산적이나 왜구의 침입이 더 위험하다는 건 그들도 잘 알고 있었다.

반란군이 된 왕직의 잔당들은 말할 것도 없다. 그들이 작심하고 쳐

들어온다면 교가채든 황가장이든 오래 버티지 못할 것이다.

"그러니 무사들을 서로 반목하게 할 게 아니라 하나로 합쳐서 교가채와 황가장의 외곽을 공동으로 방비하게 한다면 그들에게도 일거리가 있으니 좋고, 두 집안은 안심하고 생업에 종사할 수 있으니 역시 좋은 일 아니겠소?"

누구도 무진의 말을 부정하지 못했다. 그들 역시 그렇게 하는 게 옳다는 걸 잘 알고 있었지만 자존심을 굽히기 싫었고, 누가 나서서 중재해 주는 사람이 없었을 뿐이다.

"강호인들의 존경을 받을 만한 사람이 나서주기만 한다면 가능할 것으로 보오."

말하는 중에 노인을 힐끔 바라보았다. 그 노인이야말로 교가채와 황가장의 무리들을 통틀어 가장 뛰어난 고수일 것이라는 짐작이 섰기 때문이다.

"핫하, 자네는 일 처리하는 게 빠른 말이 달리는 것처럼 거침없군! 좋아. 내가 황 장주를 만나보겠다!"

채주가 탁자를 치고 일어섰다.

"결단은 이제 황 장주의 몫이오."

무진의 이글거리는 눈길 앞에서 젊은 황 장주는 머리를 숙인 채 깊은 생각에 빠져 있었다. 한참 만에야 얼굴을 든 그가 결연하게 말했다.

"좋소. 당신을 한 번 믿어보리다!"

쇠뿔도 단김에 빼라는 말이 있듯이, 무진은 그날 중에 모든 것을 끝내 버리고자 했다.

그가 교가채에 한 번 더 다녀오고 나서 드디어 오랜 앙숙이었던 두 사람이 자갈밭 가운데에 마주 섰다.

그들의 뒤에는 각기 고용한 무사들이 병장기를 지닌 채 멀찍이 떨어진 곳에 늘어서서 지켜보고 있었다. 조금만 일이 잘못되어도 그대로 부딪쳐 걷잡을 수 없는 유혈극이 벌어질 상황이었다.

산 능선을 길게 가로지르고 있는 자갈밭은 이삼십 무(畝:1무는 현재의 개념으로 100평임) 정도 되는 것이었다.

작다고는 할 수 없으나 두 집안의 세력으로 보아서는 손바닥만한 것에 지나지 않았다. 막상 그것을 확인하자 무진은 더욱 기가 막힐 뿐이었다.

작은 다툼이 큰 싸움으로 변하는 것은 오직 시간문제일 뿐이다. 서로의 자존심이 그렇게 만든다.

당장은 눈앞에 있는 자를 죽여 버려야 속이 후련해질 것 같지만 지나고 나서 돌아보면 스스로도 어이없어하게 된다.

지금 황 장주와 교 채주가 그랬다.

"보시오. 이것이 그동안 수십 명이나 되는 장정들의 피를 빨아들인 땅이오."

무진이 몽둥이를 들어 가리키는 곳을 바라보는 그들의 얼굴에 착잡한 기색이 가득했다.

한동안 무거운 침묵이 흘렀다. 젊은 황 장주가 먼저 한숨을 쉬고 교 채주에게 머리를 숙였다.

"용서하십시오."

그걸로 다 끝났다.

교 채주의 얼굴에 부끄러움과 기쁨이 동시에 떠올랐다. 그가 빠르게 다가와 황 장주의 손을 붙들었다.

"미안하오. 내 욕심이 과했소이다."

"천만에 말씀을. 제 고집이 어이없었을 뿐입니다."

저쪽에서 잔뜩 긴장하여 바라보고 있던 무사들이 일제히 돌아섰다.

교 채주와 황 장주가 손을 맞잡은 채 무진을 바라보았다. 그들의 얼굴 가득 진심으로 감사하는 기색이 어려 있었다.

"고맙소. 이게 다 그대의 공이구려."

"무엇으로 은혜를 갚아야 할지."

무진이 오히려 진심으로 감사하며 두 사람에게 머리를 숙였다.

"그동안 과격했고, 불손했던 점을 사과드리겠습니다. 제가 바라던 것이 이루어졌으니 그뿐, 은혜라니 당치도 않습니다."

교 채주와 황 장주의 감격은 더욱 커졌다.

두 집안이 싸움의 원인이 되었던 자갈밭에 모여 연 사흘 밤낮 쉬지 않고 잔치를 벌였다. 잡은 소가 열 마리고 돼지며 닭은 헤아릴 수도 없었다.

황가장의 식솔이 삼백여, 교가채의 식솔이 오백여. 거기에 두 집안에서 사사롭게 고용한 무사들까지 모두 모이니 천여 명이나 되는 커다란 집단이 되었다.

그들이 사흘 동안 어울려 먹고 마시자 원한은 술에 씻겨 어디로 흘러갔는지 모르게 되었고, 정은 불러오는 배와 함께 새롭게 부풀었다.

나흘째 되는 날 무진이 두 가주를 불러놓고 말했다.

"남겠다고 한 무사들이 모두 일백칠십오 명입니다."

이제 교가채의 무사와 황가장의 무사를 따로 세지 않았다. 교 채주와 황 장주가 머리를 끄덕였다.

"그들 개개인은 여느 장정에 비할 바가 아닙니다. 그러니 그들을 하나로 묶어 군대처럼 움직이게 할 수 있다면 이제 산적이나 해적 따위가 감히 넘보지 못할 것입니다."

"모두 자부심이 강하고 부러질망정 굽히려 하지 않는 자들이니 누가 그들을 그렇게 할 수 있겠소?"

황 장주가 걱정스런 얼굴을 하고 그렇게 말했지만 교 채주는 허허, 웃을 뿐이었다.

채주가 수염을 쓸며 그윽한 눈길로 무진을 바라보고 입을 열었다.

"곽 장사가 있지 아니하오?"

"해주시겠소?"

황 장주의 눈이 반짝였다. 그들에게 무진은 아들과 손자뻘이 되는 청년일 뿐이다. 그러나 황 장주는 물론 교 채주도 결코 하대(下待)하지 않았다.

무진이 손을 내저었다.

"저는 한곳에 머물러 있을 수 없는 몸입니다. 천 노사(老師)가 아직 여기 계시다는 걸 잊으셨습니까?"

얼굴이 붉은 노인이다.

본명은 천조운(千朝運)인데, 강서 무림에서 아무도 무시하지 못하는 노고수로서 외호를 철담금검(鐵膽金劍)이라고 했다.

그와 교가채는 외척지간이었다. 만년에 심산에 묻혀 한가롭게 즐기던 중에 세 번씩이나 외사촌인 교 채주의 간청을 받았다.

마지못해 산에서 내려온 천조운은 채주의 손자인 교태엽(僑太燁)의 사부가 되어 오 년째 머물고 있는 중이었다. 바로 무진을 모욕했던 냉막한 얼굴의 청년이었다.

천조운은 그동안 자신의 명예를 생각해 두 집안의 싸움에는 나서지 않았기에 모두 그를 두려워하면서 존경했다.

교 채주가 즉시 천조운을 모셔오게 했다.

"핫하! 늙은이를 쉬게 해주는 게 젊은이의 도리이거늘 오히려 저는 쉬고 늙은이더러 일을 하라고 하는구나?"

수염을 쓰다듬으며 정자에 오른 천조운이 껄껄 웃으며 말했다. 무진이 벌떡 일어나 포권하고 빙긋 웃는 걸로 인사를 대신했다.

"음, 아무리 생각해 봐도 고약해."

천조운이 짐짓 눈살을 찌푸렸다. 그의 손을 잡은 교 채주가 웃음을 띠고 말했다.

"아우님의 무용과 덕이 높으니 내 생각에도 이 일에는 적임일세."

"흥! 형은 그래, 부끄럽지도 않소?"

천 노인이 짐짓 황 장주의 눈치를 보며 핀잔을 주었다. 그러나 기우에 지나지 않다.

황 장주가 벌떡 일어나 두 손을 모으고 커다랗게 말했다.

"소생도 천 노사의 명성은 귀가 따갑게 들었소이다. 천 노사께서 나서서 두 집안의 안위를 책임져 주시겠다면 저는 다만 명에 따를 뿐입니다."

교가채에 고용된 무사들은 물론, 황가장의 이교운이나 진가겸 등도 불만이 없었다. 정자를 지키고 있던 그들이 일제히 소리쳤다.

"저희들도 따르겠습니다!"

무진은 두 집안의 간청에 못 이겨 닷새를 더 머물고 떠났다. 한겨울에도 여간해서는 눈을 볼 수 없는 남쪽 지방에 서설(瑞雪)이 흩날린 날이었다.

황 장주와 교 채주가 나란히 십 리 밖까지 나와 배웅했고, 천조운이 손을 잡으며 말했다.

"나는 내 스스로를 지킬 줄만 알았지 남을 위해 힘을 쓸 줄 모르고 살아왔네."

그게 강호인들의 속성이다. 모든 것을 나 중심으로 판단하고 행동한다. 힘이 있고 무예가 출중한 자들일수록 그런 경향이 컸다.

"자네의 안목은 그런 나를 부끄럽게 했네. 그러니 철이 드는 것과 나이와는 상관이 없는 게야."

"과중한 말씀입니다."

"아니네. 이번 일로 나는 뒤늦게 깨달은 셈이네. 그러니 자네를 고마워해야지."

무진의 얼굴이 한층 밝아졌다. 천조운이라면 두 마을을 잘 지켜낼 것이다. 그의 명성을 듣고 찾아오는 무사들도 많아질 테니 교가채와 황가장은 안정 속에서 번영을 누리게 될 것이다.

'이런 일들이 많아져야 한다.'

무진은 그렇게 생각했다.

남쪽은 내륙과 달라 산에 둘러싸이고 물줄기에 가로막혀 고립되어 있는 마을이 많았다. 그러니 폐쇄적이고 신경질적인 것이다.

계투라는 이름의 지극히 이기적인 싸움이 비롯된 것도 그런 지리적 특성의 영향을 받았으리라.

계투의 폐해는 개인뿐 아니라 나라에도 해를 끼친다. 그러니 이제부터라도 자신이 한 것처럼 누군가가 서로 싸우는 자들을 화해시켜서 합심해 외적에 대항케 한다면 어찌 왜구 따위가 해안을 어지럽히고 내륙까지 넘볼 수 있겠는가.

보름 뒤 무진은 경덕진(景德鎭)에 이르렀다. 어제부터 잔뜩 흐려진 하늘이더니 기어이 진눈깨비가 흩날리고 바람이 사납게 불었다.

경덕진은 노(盧)의 옛 땅에서도 큰 시진이다. 번화함이 남창부 못지 않았다.

구화산(九華山)에서 발원해 파양호(鄱陽湖)로 흘러드는 창강(昌江)의 물줄기를 끼고 있어서 수운(水運)이 발달했고, 내륙 각지로 뻗어나가는 관도가 잘 정비되어 있는 교통의 요지이기도 하다.

날이 궂고 바람이 부니 길을 가기 힘들어진다. 딱히 급한 일이 있는 것도 아닌데다가, 가야 할 곳이 멀리 있는 자에게는 더욱 그렇다.

무진은 지금 제가 있던 호남으로 향하고 있었다. 천산평의 호은암과 수련이 그립고 흑풍객이 생각나지만 아직 그들을 찾을 때는 아니다.

'이제는 염 아저씨의 복수를 해드릴 때가 되었다.'

무진은 그렇게 작정하고 있었다.

흑풍객은 용왕주로 만든 검을 빼앗기 위해 온 자들이 호남의 신검문 도들이라고 했었다. 그리고 그자들이 염 아저씨를 죽였다.

아저씨의 초라한 묘 앞에서 제 피로 목패를 비석 대신 세워 드리며 맹세했던 일을 떠올리자 새삼 가슴이 달아올랐다.

남통가로(南通街路)를 어슬렁거리던 무진은 '청향객잔(淸香客棧)'의 현판을 보고 그리로 향했다.

붉은 칠을 한 낡은 문은 꾀죄죄했는데, 안으로 들어서자 기물(器物)들이 깔끔하게 정돈되어 있어서 마음이 놓였다.

"식사를 하실 건가요?"

아직 한낮인데 찾아온 손님이니 엉뚱하게 여겨졌으리라. 다가온 점원이 무진의 행색을 이리저리 살펴보며 물었다.

"잠잘 곳도 필요하다."

"두 냥. 선금을 받는뎁쇼?"

거칠고 후줄근해 보이는 행색이 영 마음에 차지 않았던 모양이다. 무진이 말없이 품에서 은자를 꺼내 건네주자 그제야 점원의 얼굴이 활짝 펴졌다.

"잘 선택하신 겁니다. 손님은 운이 좋은 겁죠. 남통로에서 우리 객잔만큼 깨끗하고 음식 잘 나오는 곳은 없습니다요. 술 맛도 죽여줍죠. 그렇구말굽쇼."

이층의 객방으로 인도해 가는 동안 쉬지 않고 종알거렸다.

점원의 말처럼 객방도 깨끗하고 냄새가 없었다. 창가로 나 있는 넓은 창문 때문일 것이다. 낡은 침대 하나와 그것만큼이나 낡아 보이는 탁자 하나에 의자 두 개가 있을 뿐인 황량한 공간이었다.

짐을 풀고 났을 때 점원이 뜨거운 차가 담긴 주전자를 들고 들어왔다.

"지금 식사를 준비할까요?"

"어두워진 다음에 내려가겠네."

"예, 예, 말씀만 합시오. 최고로 준비해 모십죠."

객방을 둘러보고 나서 만족해 넌지시 건네준 은자 한 냥의 위력이었다.

세상은 어딜 가나 돈이 있어야 마음이 통하고 대접을 받는다. 인심은 옛말이 되었다. 주머니가 가벼운 나그네는 그래서 늘 시달린다.

강호라는 곳도 마찬가지다. 내가 지닌 실력이 있어야 대접을 받는 곳이다. 세상보다 더 철저하고 더 야속한 곳 아니던가.

그러나 지금 무진의 주머니는 묵직했다. 교 채주와 황 장주가 이별을 아쉬워하던 끝에 전별금이라면서 넣어준 은자가 거추장스러울 지경인 것이다.

천천히 차를 마시면서 무진은 제가 지나온 날들을 반추(反芻)했다. 짧은 시간 속에 무수히 많은 일들이 주마등처럼 스쳐 간다.

품속을 더듬는 손끝에 아버지가 남긴 유일한 물건인 음룡벽옥소(吟龍碧玉簫)가 만져졌다. 양각되어 있는 용의 문양이 눈으로 본 듯 생생하게 느껴진다.

"아직은 때가 아니다."

무진이 지그시 어금니를 물었다. 그러나 때는 곧 오리라.

아버지를 죽이던 그 다섯 놈의 얼굴은 그때나 지금이나 떠오르지 않는다. 하지만 그들의 초식 하나하나의 이름은 각인처럼 가슴속 깊이 새겨져 있었다. 이제부터는 그것을 찾아다닐 것이다.

나는 밝은 곳에 놓이고 그자들은 어둠 속에 있으니 불리한 일이 될지라도 더 머뭇거리고 있을 수 없었다.

어느덧 어둠이 깔려드는 텅 빈 공간을 노려보는 무진의 눈빛이 번들거리기 시작했다.

제11장

여산(廬山)의 인연

여산(廬山)의 인연

하늘은 오늘도 잔뜩 흐려 있었다. 며칠 전 먹장구름 사이로 이월의 보름달을 보았으니 계절은 봄의 문턱을 넘어서 있는데 어제오늘의 날씨는 겨울로 돌아간 듯했다.

기어이 희끗희끗한 눈발이 날리더니 이내 함박눈이 되어서 펑펑 쏟아지기 시작했다.

한겨울에도 얼음 어는 날이 많지 않은 강서 땅에서 이처럼 퍼붓는 함박눈을 보기란 매우 드문 일이다. 그것도 이월 중순 아닌가.

눈은 내리는 대로 녹아 마른땅에 스며들었다. 골목에서 뛰어나온 아이들은 그게 불만이겠지만 그래도 입을 벌리고 이리저리 뛰면서 눈을 받아먹느라고 정신이 없었다. 아이들에게도 눈은 마냥 신기하리라.

날이 궂으니 저잣거리에 오가는 사람의 발길이 뚝 끊겼다. 상인들은 하늘을 원망했고, 아이들은 쌓이지 않는 눈을 원망한다.

경덕진을 떠난 무진은 지금 파양호에 인접해 있는 도창현(都昌縣)에 와 있었다.

물길을 끼고 있는 곳은 어디나 그렇듯이 도창현도 번잡한 성읍이다. 바다처럼 넓은 파양호를 바라보고 있으니 산물이 풍부하고 진(津)을 찾아 들고나는 사람들이 끊이지 않는다.

어디에나 양지가 있으면 음지가 있듯, 번화한 도창현에도 그늘진 곳이 있었다. 서문 밖의 마을이 그렇다.

현의 서쪽 장양가로(長陽街路)는 영세한 상인들이 밀집해 있는 곳이었다. 골목은 지저분하고 조금만 안쪽으로 들어가면 낡고 초라한 집들이 담을 맞대고 이어져 있다.

현성의 서문(西門)인 대호문(大護門)으로 통하는 관도라지만 장양가로는 사람들 틈을 비집고 마차 한 대가 겨우 지나갈 만큼밖에 되지 않았다.

그 거리가 골목에서 뛰어나온 아이들의 웃음소리로 어지러워지고 있는 중이었다.

상점의 처마 밑에 서서 눈을 피하며 아이들의 뛰노는 모습을 바라보고 있는 무진의 얼굴에 기쁨이 반짝였다.

'그 아이들은 지금 다 어디서 무얼 하고 있을까?'

그런 생각이 불쑥 든다.

유년을 함께 보냈던 글방의 친구들이 하나하나 떠올랐다.

오랜 세월이 지났고, 어렸을 때의 기억이지만 무진은 그들을 조금도 잊지 않고 있었다. 기억에 남아 있는 친구들이라고는 호은암의 수련과 그때의 악동들이 다이기 때문이다.

그 뒤로는 또래의 친구를 사귈 기회도 여유도 없는 삶이었다.

가장 심술궂었고, 또 가장 잘 놀아주었던 종탁(種濯)이의 얼굴이 그 중 선명하게 떠올랐다. 무진보다 세 살 많아서 그때 종탁이는 아홉 살이었다.

'보고 싶다.'

그렇게 중얼거리자 가슴이 아파왔다. 그 시절, 그곳으로 다시는 돌아갈 수 없다는 슬픔이 가슴에 내려앉는다.

그런 생각의 끝에는 아버지가 떠올랐고, 아버지를 떠올리면 이제 알 수 없는 의문들이 자꾸만 생겨나 머리가 아파지곤 했다.

'왜 아버지는 나에게 한마디도 당신의 사정을 얘기해 주지 않으셨던 것일까?'

무진은 흑풍객과 헤어진 뒤부터 그런 의문을 갖게 되었다. 흑풍객의 말로 미루어보아 아버지가 천하제일의 고수였다는 게 분명하니 더 그렇다.

그는 사문의 일로 아버지와 원한을 맺었다고 말했다. 그 일에 대한 궁금증도 갈수록 커져만 갔다.

그러면 무진은 그런 것에 대해 한마디도 말하지 않은 아버지에 대한 야속함으로 우울해지기도 했다.

당신의 무공을 가르쳐 주었으면 좋으련만 그렇게 하지도 않았다.

'내가 너무 어렸기 때문일까?'

어쩌면 그런지도 모른다고 생각했고 그렇게 믿었다. 조금 더 크면 당신의 무공을 전해주려고 했던 건지도 모르는 일 아닌가.

또 어쩌면 자기가 일곱 살이 되면 무공을 가르쳐 주려고 했었는데, 그만 일곱 살이 된 생일 날 밤에 흉수들에게 돌아가시고 만 건지도 모른다. 그러니 나에게 운이 없었던 거다.

무진은 애써 그렇게 믿으려 했다. 그래야 아버지를 조금이나마 이해할 수 있고 제 마음도 편해지는 까닭이었다.

아버지에 대한 생각으로 가만히 품속에 손을 넣어 벽옥소를 쓰다듬던 무진의 귀에 아이들의 높은 비명 소리가 들려왔다. 급하게 달려오는 말발굽 소리도 들린다.

"응?"

번쩍 정신을 차린 무진의 눈에 저쪽에서 미친 듯 질주해 오고 있는 네 필의 건마(健馬)가 보였다. 거리에 나와 눈을 맞으며 뛰노는 아이들을 상관하지 않고 급하고 난폭하게 달려오는 것이다.

놀란 아이들이 와아― 소리치며 뿔뿔이 흩어졌는데 작은 계집아이 하나가 풀썩 넘어져서 일어나지 못했다. 너무 놀라 두려움마저 잊었으리라. 그저 주저앉아 멍하니 바라볼 뿐이었다.

"저런, 저런!"

"저러다가 큰일나겠다!"

"어서 아이를 끌어내!"

뒤늦게 그것을 본 상인들이 저마다 뛰어나와 발을 구르며 소리쳤지만 누구 하나 선뜻 나서지 못했다.

말들은 매우 빠르게 다가오고 있었다. 씩씩거리는 허연 콧김과 흩날리는 눈발이 선명하다.

무진이 더 생각할 것 없이 땅을 박차고 뛰어나갔다.

하얗게 질린 얼굴로 바들바들 떨고만 있는 계집아이 앞에 무진이 두 팔을 활짝 벌리고 섰다.

"비켜!"

마상에서 날카로운 외침이 터져 나왔다.

말 등에 찰싹 달라붙어 있던 자가 불쑥 몸을 일으키며 소리친 것이다.

　말은 이제 지척에 밀려들고 있었다. 그것의 뜨거운 숨결이 이마에 느껴지고, 떡 벌어진 가슴이 눈에 가득 들어왔다.

　"죽일 놈!"

　기수가 소리치며 급히 고삐를 챘다. 곧 부딪칠 듯 달려들던 말이 머리를 틀더니 급히 방향을 바꾸어 아슬아슬하게 무진의 곁을 스치고 지나갔다. 기수의 솜씨가 눈부신데다가 말 또한 잘 훈련된 명마가 분명했다.

　짝―!

　무진의 등짝에 채찍이 떨어졌다. 뼈를 저리게 하는 아픔이 치달려갔지만 무진은 두 팔을 활짝 벌린 채 꿈쩍도 하지 않고 서 있을 뿐이었다.

　뒤따라 닥쳐든 세 필의 말이 차례로 곁을 스쳐 지나갔다.

　짝―!

　짝―!

　그리고 두 차례 더 사정없는 채찍질이 어깨며 이마에 떨어졌다.

　무진은 쏜살같이 스쳐 가는 그들이 네 명의 젊은 남녀라는 것을 알아보았다.

　제일 먼저 달려나간 자는 남색 경장에 검을 등에 진 매부리코의 청년이었고, 그 뒤를 백의에 백건을 쓰고 역시 검을 등에 진 청년이 따랐으며, 무진의 이마를 후려치고 지나간 자는 붉은색 경장을 입고 피풍을 두른 소녀였다.

　네 번째로 스쳐 지나간 사람도 소녀인데 하늘색 경장에 피풍을 두르고 있었다. 그녀만이 무진에게 채찍질을 하지 않았다. 스쳐 지나가며 힐끗 바라보는 눈이 맑았다.

기수와 말이 모두 뛰어나니 한눈에 명가의 자제들이라는 것을 알 수 있었다.

세 번째로 스쳐 지나가며 때린 홍의녀의 채찍에 이마가 찢겨 붉은 피가 흘러내렸다.

그들 네 명의 남녀는 벌써 함박눈 저쪽으로 사라져 보이지 않았고, 빠르게 멀어지는 말발굽 소리만 희미하게 들려왔다.

무진은 조금도 변화가 없는 표정으로 두 팔을 활짝 벌린 채 서 있을 뿐이었다.

말발굽 소리가 사라지고 나서야 천천히 돌아선 무진이 그때까지도 겁에 질려 오돌오돌 떨고 있는 계집아이를 안아 들었다.

"이젠 괜찮다."

잔뜩 겁에 질린 계집아이의 새까만 눈이 무진의 이마에서 떠날 줄을 몰랐다.

"수아야!"

그때에야 소식을 듣고 달려나온 아낙이 무진의 팔에서 빼앗듯 계집아이를 받아 안고는 울음을 터뜨렸다.

"감사합니다. 감사합니다. 이 은혜를 어찌 갚아야 할지……."

수도 없이 머리를 조아리는 아낙의 품에서 계집아이가 비로소 왕— 하고 울음을 터뜨렸다.

"아이가 무사하니 됐습니다."

무진이 계집아이의 머리를 쓰다듬어 주며 빙긋 웃었다. 아낙이 남루한 제 옷자락을 찢어서 그런 무진의 이마에 흐르는 피를 닦아주었다.

소란 통에 거리를 이리저리 뛰어다니며 즐거워하던 아이들의 흥이 다 깨져 버렸다. 무거운 정적을 딛고 무진이 천천히 걸음을 옮겼을 때였다.

"장사, 장사! 이리 오시오."

한 사람이 무진의 옷소매를 붙잡고 이끌었다. 중년에 머리가 벗겨진 뚱뚱한 사내인데, 앞치마를 두르고 있었다.

"이렇게 보낼 수는 없소. 와서 따뜻한 차라도 한잔 마시고 가시는 게 좋겠소."

한사코 무진을 끌고 간 사내는 길가의 만두가게 주인인 왕 씨였다.

가게 안으로 무진을 이끈 사내가 뜨거운 만두와 차 한 주전자를 내왔다.

"뉘신지 모르나 대접할 게 이것밖에 없어서 부끄럽구려."

정성과 진심이 가득하니 사양하면 오히려 서운해할 것이다.

무진이 아주 맛있게 만두 한 개를 으적으적 씹어 먹고 차를 마시는 중에 아낙이 계집아이를 안고 들어왔고, 거리의 이웃들이 하나둘 모여 들어 좁은 가게 안이 꽉 찼다.

모두 한 소리로 무진의 용기와 담대함을 칭송하고 감사의 말을 하느라 가게 안이 시끌벅적해졌다.

"하나뿐인 제 딸년을 살려주셨습니다."

남루한 아낙이 다시 머리를 숙였다.

"바쁜 길이 아니시라면 곧 날도 저물 텐데 저희 집에서 하루 묵어가시면 어떨지요?"

"아니, 그럴 것까지 없습니다."

무진이 사양했지만 아낙의 얼굴은 더욱 간절해졌다.

"누추하지만 따뜻한 밥 한 끼 지어드릴 수는 있답니다."

어미의 손을 꼭 잡고 빤히 바라보던 아이가 아직 피가 마르지 않은 무진의 이마를 가리키며 덜 익은 발음으로 말했다.

"아저씨, 피 나. 자고 가."

"그래, 그러시구려. 여기 장 부인의 말을 듣는 게 좋겠어. 그리고 오늘 저녁에는 내가 한잔 사지."

"무슨 소리야? 내가 살 거다."

"어림없는 소리! 수아를 구해줬으니 장 부인을 대신해서 내가 사야 한다!"

사람들이 서로 나서며 왁자하게 떠들자 만두집 사내 왕 씨가 눈을 부라리고 소리쳤다.

"제기랄 놈들아! 내 손님이니 내가 모신다!"

무진은 이 사람들이 진심으로 그것을 원하고 있다는 걸 알았다. 이처럼 마음으로 붙드는 데에는 매정하게 뿌리칠 방법이 없다.

흥이 난 왕 씨가 가게를 꽉 메우고 들어선 사람들에게 막 쪄낸 만두를 한 접시씩 돌렸다.

짜기로 소문난 그가 이처럼 후하게 인심을 쓰는 일은 매우 드물어서 사람들이 모두 왁자하니 웃고 떠들며 왕 씨를 놀려댔다.

"그놈들은 저 너머 장가보의 자식 놈들이라우."

"행패가 이만저만이 아닌데 오늘도 자칫 큰일날 뻔했지 뭐야."

"다들 병장기를 지니고 설쳐 대는데 누구 하나 나서서 뭐라고 할 사람이 없어. 관아에서도 눈을 질끈 감고 있으니 세상이 온통 저희들 것인 양 으스대고 있지."

"보주의 위세가 아주 대단하다오. 아문(衙門)의 높으신 나리보다 더 당당해."

그들의 말속에서 무진은 그 장가보가 무림의 한 세력이라는 것을 눈치챌 수 있었다. 지역민들과 사이좋게 지내면 좋으련만 그러지 못한 걸 보니 제 힘을 믿고 군림하려는 자들이리라.

힘이 없는 백성들이야 언제나 이처럼 서럽다. 관에 채이고 강호의 무리에게 업신여김을 당하며 살 수밖에 없는 것이다.

선제(先帝)인 정덕제에 이어 가정제의 명 황실도 썩을 대로 썩어서 백성을 돌보지 않은 지 오래다.

두 대의 황제를 거치는 동안 나라의 꼴이 말이 아니게 망가졌다. 그러자 강호에도 은연중에 긴장이 감돌아 모두들 신경이 곤두서 있는 중이었다.

강호의 일이라는 게 늘 그렇다.

황제가 강력한 권한을 행사하여 나라가 안정되고 질서가 바로 서면 강호의 무리들도 숨을 죽인다. 그러다 나라가 어지러우면 강호도 어지러워졌다.

관의 힘이 약해지고 질서가 문란해지니 곳곳에서 힘있는 자들이 제 세력을 넓히기 위해 분란을 일으키곤 했던 것이다.

애꿎은 민초들만 그 틈바구니에 끼어서 이리저리 억울한 일을 당하기 일쑤였다.

한두 사람의 힘으로 해결될 일이 아니었다.

무진은 이제 겨우 강호에 발을 들여놓은 초출이나 마찬가지였다. 아직 강호의 형편이 어떻게 돌아가고 있는지 알 수 없으나 조금 전 거리에서 있었던 사건만으로도 어렴풋이 짐작은 섰다.

'무도(無道)해졌다.'

그것이 무진이 본 강호의 모습이었다. 낭객들이 도처에 흩어져 떠돌고 있는 것만 봐도 그렇다.

왕가의 만두집에 모인 자들이 무진이 보여준 그 용기 하나에 이처럼 들떠서 떠들어대는 것도 실은 그동안 억눌리며 살아온 자신들의 분노를 풀어놓는 일이었다.

그날 저녁 무진은 아낙의 집에서 묵었다. 궁색한 살림이 한눈에 들여다보였다.

수아라고 하는 계집아이의 아비는 파양호의 어부였는데 이 년 전에 풍랑을 만나 죽었다고 했다.

몇 가지 나물을 무친 것이 찬의 전부였지만 따뜻한 밥과 국에는 아낙의 정성이 담겨 있었다.

무진은 낡은 식탁에 마주 앉아 있는 아낙과 수아의 밥그릇에서 눈을 뗄 수 없었다. 그들의 밥에는 좁쌀이 구 할이었던 것이다.

아낙은 무진의 밥그릇에 좁쌀이 섞이지 않도록 조심하며 쌀이 많은 곳을 골라 퍼 담고 자신은 남은 것을 어린 딸과 함께 나눈 것이다.

아낙은 그 밥을 무진이 맛있게 먹어주기를 바라고 있었다. 그게 그녀가 무진에게 고마움을 표현할 수 있는 유일한 일이다.

무진은 아무 소리 하지 않고 한 그릇의 밥을 깨끗하게 먹었다. 사양하고 미안해할수록 아낙이 서운해할 것이기 때문이다.

아래쪽에 따로 떨어진 방이 하나 더 있다고 하지만 과부의 집이라는 걸 알았으니 눌러앉아 있기가 껄끄러웠다. 무진은 밖에서 다 들여다보이도록 방문을 활짝 열어놓은 채 그 밤 내내 찬바람을 맞으며 단정히 앉아 있었다.

멀리서 첫닭이 울었다. 이제 곧 날이 밝아질 것이다.

천천히 일어선 무진이 품에 지니고 있던 은자 주머니를 탁자 위에 올려놓고 대신 벽에 걸려 있는 낡은 죽립을 내려 들었다.

풀어두었던 칼을 등에 지고 죽립의 턱 끈을 단단히 조여 맨 그가 아낙과 아이가 곤히 잠들어 있을 안채를 향해 손을 모아 인사하고 소리 없이 떠났다.

어둠이 남아 있는 거리를 성큼성큼 걸어 나루로 내려간 무진은 구강(九江)으로 떠나는 배에 몸을 실었다. 파양호에 왔으니 그 유명한 여산(廬山)을 그냥 지나쳐 갈 수 없어서였다.

바다처럼 넓다는 호수는 짙게 피어오르는 새벽 안개에 싸여 고요하게 가라앉아 있었다. 배 안에는 일찍 길을 나선 장사꾼 서너 명이 있었는데, 그들도 어제의 일을 보았던지 무진을 알아보고 웃으며 인사를 건넸다.

적막한 호수에 사공의 노 젓는 소리만 퍼져 나간다. 이른 아침의 숲을 떠나 먹이를 찾아 나온 왜가리 몇 마리가 느릿느릿 날갯짓을 하며 호수 위로 낮게 날았다.

안개 속으로 희미하게 떠 보이는 산과 숲을 바라보는 무진의 뒷목에 따가운 시선이 와 닿고 있었다. 배에 올라 자리를 잡고 앉으면서부터 느껴지던 것이었지만 무진은 애써 돌아보지 않았다.

한나절을 나아간 배가 파양호 북쪽을 가로질러 성자현(星子縣)의 동구진(東丘津)에 닿았을 때는 점심때를 훌쩍 넘긴 무렵이었다.

성자현에서는 여산까지의 관도가 이어져 있다. 빠른 말로 달린다면 반나절이면 족할 것이고, 천천히 걸어도 하루면 여산 남쪽에 다다를 수 있다.

호객꾼과 상인, 여행객들로 북적이는 진을 막 벗어났을 때 뒤에서 부르는 소리가 들렸다.

"기다리시오."

죽립을 살짝 들어 올리고 바라보니 저쪽에서 사람들을 헤치고 다가오며 손을 흔드는 자가 있었다.

스물대여섯 살쯤 되어 보이는 사내인데 배에서부터 훔쳐보던 자였다.

깨끗한 옷을 입고 푸른색 비단 허리띠를 둘렀으며 가죽신을 신은 것이 잘 어울려서 귀공자처럼 보였다. 게다가 갸름하고 이목구비가 뚜렷하며 잡티 하나 없는 얼굴은 다시 보기 힘든 미남이었다.

무진은 그가 여름도 아닌데 손에 옥을 깎아 만든 섭선을 쥐고 있는 걸 이상하게 여겼다.

다가온 청년이 인사도 생략한 채 대뜸 말했다.

"때를 놓쳐서 출출한데 함께 식사라도 합시다."

"나를 아시오?"

"하하, 한 배를 타고 저 깊고 푸른 호수를 건너왔으니 이만한 인연이 어디 흔하겠소? 알고 모르고를 따질 게 못 되지."

"흠."

"집 밖에 나오면 다 친구가 되는 거라오. 보아하니 그리 바쁜 길도 아닌 것 같은데 어디 가서 술이라도 한잔 나누며 천천히 사귀어봅시다."

친근하게 웃으며 말하는 것이 붙임성이 있는 자였다. 그가 떠드는 동안 무진은 말없이 그의 눈만 바라보았다.

'악의는 없는 자로군.'

눈빛이 깨끗하고 맑은 정기가 담겨 있으니 나쁜 뜻을 품은 자가 아님을 알 수 있었다.

"자, 자, 저리로 갑시다. 내가 몇 번 이곳을 다녀간 탓에 어느 집 음식이 맛있고, 어느 집의 술이 입에 붙으며, 어느 집에 가야 예쁜 소저들이 있고, 어디가 잠자기 편한지 훤히 꿰고 있다오."

머뭇거리자 대뜸 옷소매를 잡고 끌며 떠들어대는데 밉상이 아니었다. 피식 웃은 무진이 마지못한 듯 청년을 따랐다.

그가 무진을 데려간 곳은 현성 안쪽 가장 번화한 거리에 있는 번듯한 주루였다. '만홍주가(滿紅酒家)' 라는 붉은 현판이 인상적이다.

"아니, 이거 상 공자 아니십니까?"

청년이 문을 밀고 들어서자 저쪽에서 점소이가 반색을 하고 달려와 굽실거렸다. 청년이 거드름을 피우며 의젓하게 말했다.

"우삼이로구나. 그래, 별일없었지? 아정이랑 이이, 장오, 종칠…… 또 누가 있더라? 아무튼 다들 몸 건강히 잘 있고?"

손가락마저 꼽아가며 한참 이름을 불러대는 그를 바라보는 점소이의 입가에 활짝 웃음이 피어났다.

"공자님, 골치 아프게 그 제기랄 놈들까지 기억할 게 뭐 있습니까요? 그저 이 우삼이만 기억하시면 됩니다. 헤헤."

"저런 죽일 놈! 얘들아, 상 공자님 오셨다!"

안쪽에서 대나무 통을 들고 나오던 놈 하나가 그 소리를 듣더니 즉시 들고 있던 걸 내던지고 내실 쪽으로 뛰어들어 가며 소리쳐 댔다.

곧이어 점소이들이 와글거리며 뛰어나왔고, 나이 지긋해 보이는 주인마저 상 공자를 부르며 달려나오느라고 주가 안이 시끌벅적해졌다.

무진은 어안이 벙벙해지고 말았다. 대체 이자가 누구기에 저렇게 난리들을 쳐댄단 말인가.

"하하, 이 험악한 세상 속에서 그래도 다들 피둥피둥 살이 찌도록 잘 있었구만?"

청년이 그들 모두를 끌어안으려는 듯 두 팔을 활짝 벌리고 즐겁게 웃었다.

그들 사이에 한바탕 요란한 만남이 이루어졌다. 한쪽에 뚝 떨어져서 무진은 멍하니 그 희한한 광경을 바라보고만 있었다. 저 청년이 혹시 이곳의 주인은 아닌가? 하는 생각마저 든다.

바쁜 저녁 시간을 위해서 푹 쉬고 있어야 할 주방장마저 청년을 보더니 두말없이 주방으로 달려 들어가 끊임없이 볶아내고 튀겨내느라고 땀을 뻘뻘 흘렸다.

점심때는 훨씬 지났고, 저녁때는 아직 먼 어정쩡한 시간이었으므로 청년은 주가를 독차지하다시피 했다.

무진은 태어난 이후 처음으로 이와 같이 거창하고 멋들어진 식탁을 구경해 보았다.

파양호에서 건져 낸 잉어며 붕어 등 온갖 요리가 주를 이루었고, 야채와 육류가 섞였으며 내륙에서는 보기 힘든 바다 생선들까지 쉬지 않고 나왔다. 한 젓가락씩만 맛을 보아도 배가 불러 나머지는 구경만 해야 할 지경이다.

"자, 자, 오늘은 당신이 내 손님이니 어려워하지 말고 마음껏 즐기시오."

청년이 술잔을 높이 들어 권했다. 그렇게 세 순배를 돌고 나자 그가 잔을 내려놓고 머리를 갸우뚱했다.

"가만, 그런데 형장은 내가 누구인지 아시오?"

"응?"

도대체가 엉뚱하고 알 수 없는 사람이라 무진이 눈을 둥그렇게 떴다. 여전히 머리를 갸웃거린 청년이 중얼거렸다.

"그러고 보니 나도 형장이 누구인지 모르고 있군. 이런 제기랄, 이런 경우가 있나 그래."

'놀리는 건가?'

불쑥 그런 생각이 드는데 청년이 손을 해해 내저으며 유쾌하게 웃었다.

"하하, 통성명을 아직도 하지 않았다는 얘기올시다. 나는 상여상(商璵象)이라오. 하북 계(碨:북경) 땅에서 났다오."

잠시 망설이던 무진도 가슴을 펴고 말했다.

"나는 곽무진이외다."

"응? 곽 형이었군. 그래, 어디 태생이시오?"

"그건……."

대답해 줄 말이 없었다. 태어난 곳을 모르니 그렇다. 난처해하는 그를 보던 상여상이 다시 하하 웃었다.

"사연이 있는 모양이구려. 말하기 싫으면 안 해도 좋소."

"음……."

무진의 낯빛이 어두워졌다.

"어제 장양가로에서 곽 형을 보았소. 참으로 오랜만에 사람다운 사람을 보았다고나 할까?"

그 일을 지켜보았던 모양이다. 무진의 얼굴이 살짝 붉어졌다. 그러자 거뭇한 턱수염에 가려져 있던 동안(童顏)이 드러났다.

"부끄럽소. 그렇게 말하지 마시오."

"아니, 아니지. 그 말로도 부족할 지경이라오. 요즘 같은 세상에 누가 아무 상관도 없는 사람을 위해서 제 몸을 내던지려 하겠소?"

"그만둡시다."

"그래도 할 말은 해야겠소. 아무튼 그래서 형과 꼭 사귀어보겠다고 작정했던 참인데, 마침 내가 가고 있는 곳과 방향마저 같으니 이거야말로 하늘이 내게 곽 형을 보내준 게 아니고 뭐겠소? 하하하—"

상여상이 매우 즐겁다는 듯 무릎을 치며 웃다가 다시 술을 권했다.

"장성한 사내가 집을 떠나 세상을 떠도는 목적은 오직 하나. 영웅호걸을 만나 벗을 삼기 위함 아니겠소? 나는 곽 형을 만난 게 정말 기쁘고 즐겁소."

거나하게 먹고 마셔서 기분이 풀어질 만큼 취기가 돌았다.

상여상이 점원들과 주방장에 이르기까지 모두 불러 고루 은자를 나누어 주는데 씀씀이가 보통 큰 게 아니었다. 그가 이처럼 최고의 대접을 받는 게 다 그런 이유가 있었던 것이다.

"자, 배부르게 먹고 마셨으니 이번에는 놀아봐야 하지 않겠소?"

만홍주가를 나온 상여상이 무진의 옷소매를 끌었다. 무진은 더 이상 그에게 신세를 지고 싶지 않았고 함께 다니고 싶지도 않아졌다. 돈을 물쓰듯 해대는 그의 행위에 자신도 모를 반감이 들었던 것이다.

"아니, 나는 이만 잠잘 곳이나 찾아봐야겠소이다. 그러니 상 형 혼자 맘껏 노시구려."

"그래서야 어디 의리가 있다고 할 수 있소? 사나이가 우정을 나누고 함께하기로 했으면 즐거움과 괴로움을 끝까지 같이 나누어야지."

무진은 난감해지고 말았다. 언제 보았다고 이처럼 찰싹 달라붙어서 의리까지 운운하며 잡아끄는 데는 어이가 없기도 했다.

'도대체 이자가 정신이 있는 건가?'

"자, 자, 그러지 말고 나를 따라오시오. 내가 아주 기막힌 데로 안내해 드리리다."

"기막힌 데라니?"

"흐흐, 보아하니 곽 형은 촌에서 나고 자란 게 틀림없소. 그렇지 않소?"

"응?"

"게다가 강호에는 이제 막 나온 신출내기일 것이오. 그렇지 않소?"

"……!"

"내가 이래 뵈도 사람 보는 눈 하나는 정확하다오. 곽 형은 촌사람이며 강호 초출이고, 게다가 무서운 솜씨를 지녔을 게 틀림없소."

무진의 몸이 굳어졌다. 그가 번쩍이는 눈으로 상여상을 쏘아보았다. 상여상은 개의치 않고 제 말을 해나갈 뿐이었다.

"그러니 곽 형은 어떤 목적이 있어서 홀로 강호를 떠도는 중이거나, 아니면 수행하기 위해서 주유하는 거겠지. 그런데 내가 보기에는 수행자 같지는 않거든?"

"어째서?"

"강호에 처음 나온 수행자들은 대개 스스로의 솜씨를 시험해 보고 싶어 안달이 나 있다오. 조금만 강해 보이는 자가 있으면 무턱대고 달려들기 일쑤지. 아니면 이름있는 고수를 이리저리 찾아다닌단 말씀이야? 그런데 곽 형은 그런 일에는 관심이 없는 듯하니 수행자가 아니라고 단정하는 거요."

"대체 상 형은 어떤 사람이오? 나에 대해서 알고 있었소?"

"하하, 조금만 주의 깊게 곽 형을 관찰해 보면 누구나 그 정도는 알아맞힐 수 있다오. 강호란 만만한 곳이 아니외다. 그러니 늘 조심을 해야지."

무진은 상여상 또한 강호의 인물이라는 것을 비로소 확신했다. 그것도 자신과는 달리 꽤 많은 경험을 쌓고 있는 자일 것이다. 그러니 제법 이름도 알려졌으리라.

"강호에 나왔으면 세상을 많이 경험하고 알아야 하는데, 그 첫걸음이 무언지 아시오?"

"……?"

"하하, 바로 여자라오."

"여자……."

무진이 난감하다는 얼굴로 바라보자 상여상이 눈마저 찡긋해 보이며 너스레를 떨었다.

"여자를 알면 세상을 다 안다고 할 수 있지. 그러니 곽 형은 반드시 경험해야 할 것이외다."

그가 한사코 무진의 옷소매를 끌었다.

"오늘 내가 곽 형이 눈을 크게 뜨도록 해드리고 말겠소."

아무리 생각해 봐도 상여상이라는 자는 이상하기만 했다. 그런 한편 그의 말에 호기심도 생긴다. 이자의 정체가 무언지 궁금해지기도 했다. 그래서 무진은 못 이기는 척 상여상이 이끄는 대로 몸을 맡겼다.

"나는 여태까지 세상에서 그처럼 매혹적인 여자를 본 적이 없다오."

현성의 번화한 길을 걸으면서 상여상은 쉬지 않고 말했다. 날은 어느덧 어둑어둑해지고 있어서 머지않아 밤이 될 것이다.

"그래서 여산에 올 때마다 반드시 들르지. 그녀의 얼굴이라도 한 번 보지 않고서는 발걸음이 떨어지지 않는 걸 어쩌겠소?"

"그럼 상 형은 그 여자를 보러 계에서 이곳까지 오는 거요?"

"그럴 리야 있겠소? 쳇, 내가 언제 계 땅에서 산다고 했소? 거기서 태어났다는 거지."

"그럼 상 형이 사는 곳은 어디요?"

"하하, 사내로 태어나 강호에 나왔으니 마땅히 하늘을 지붕 삼고 땅을 구들 삼아야지. 어디 한곳에 붙박여서야 그게 무슨 영웅호한이라고 할 수 있겠소?"

"그럼 상 형도 나처럼 떠도는 신세로군?"

"뭐, 그렇다고 해도 할 말은 없소."

그렇다면 상여상 역시 자신의 입으로 주절댄 것처럼 무슨 목적이 있어서일 것이다. 보아하니 그 또한 수행에 나선 건 아닌 듯싶으니 더 그렇다.

무진에게 '그럼 이 알 수 없는 자의 목적은 무엇일까?' 하는 의문이 새롭게 생겼다.

어느덧 날은 어두워졌고, 상여상은 무진을 이끌고 북쪽으로 꺾어졌다. 조금 걷자 홍등과 청등이 요란하게 내걸려 있는 골목이 나왔다.

무진이 눈살을 찌푸렸다. 짐작은 하고 있었지만 홍등가로 들어서니 왠지 꺼림칙했던 것이다.

그의 마음을 안다는 듯 상여상이 미리 손을 내두르며 말했다.

"걱정할 것 없소. 설마 하니 내가 곽 형을 지옥에 떨어뜨리기야 하겠소?"

그를 따라 얼마쯤 그 어지러운 골목을 거슬러 올라갔을까.

"어머나, 상 공자님이시다!"

저쪽에서 간드러진 음성이 들렸다. 그러자 곧 사방에서 짜르르— 하고 새들이 일제히 지저귀는 듯한 소리가 시끄럽게 들려왔다.

"어머, 정말 상 공자님이시다!"

"상 공자님! 소녀를 못 잊어 오셨군요? 그런데 왜 이렇게 오랜만에 오셨어요?"

"상 공자님! 여기 좀 보세요!"

"저 매향이에요. 그새 저를 잊으셨나요?"

온갖 교태 어린 그 외침에 무진은 얼이 빠져서 멍청해졌다. 귀가 간지러워지더니 가슴마저 간지러워지고 얼굴이 화끈 달아오르는 것이 갑자기 몹쓸 병에 걸리기라도 한 것 같았다.

홍루와 청루의 입구며 창틀마다 활짝활짝 핀 꽃송이처럼 매달린 여인들이 일제히 손을 흔들고 수건을 던져 대며 상여상의 눈길을 한 번이라도 받기 위해 안달을 하고 있는 것이었다.

그 뒤를 따르며 무진은 이자가 희대의 난봉꾼이 아닌가? 하는 의심마저 들었다.

그러나 상여상은 오히려 얼굴이 긴장으로 딱딱하게 굳어 있었다. 쥐고 있던 섭선을 펴서 얼굴을 반쯤 가린 채 오직 앞만 바라보고 빠르게 걸을 뿐이었다.

"다 왔소."

빠르게 말한 상여상이 무진을 끈 곳은 청등이 걸려 있는 커다란 누각이었다.

홍등이 걸려 있는 집이 몸을 파는 창기들이 있는 곳이라면 청등을 내건 집은 술과 노래와 웃음을 파는 기녀들이 있는 곳이다.

상여상이 무진을 끌고 들어선 곳은 즐비한 청루들 중에서도 크고 화려한 집이었는데, 검은 바탕의 현판에 굵은 금 글씨로 '천외별원(天外別院)'이라 써 있는 게 인상적이었다.

용이 꿈틀거리고 호랑이가 달려가는 듯 힘차고 웅장한 글씨체가 무진의 눈길을 끌었다. 그걸 본 상여상이 으쓱거리며 말했다.

"저게 형천(荊川)이 손수 써준 거라면 믿겠소?"

"응?"

무진이 크게 놀라 눈을 부릅떴다.

형천이라면 그가 척계광과 함께 마음속으로 스승이라 여기고 있는 당순지(唐順之)의 호다. 그가 이곳에 온 적이 있고, 손수 현판을 써주었다면 예사롭지 않은 일이다.

"원래 당 순무(巡撫)가 이곳 강서 태생 아니오? 그러니 여산에 한 번쯤 들르지 않았을 리가 없지. 문무에 통달하고 병법에 밝으면서 대쪽 같기로 유명한 그 양반마저 감탄했을 만큼 이 집이 유서 깊고 그윽하다는 증거라오."

상여상이 으스대며 말하고 있었지만 무진은 누구보다 절강순무 당순지 장군에 대해서 더 잘 알고 있었다. 그에게서 무예를 전수받았기에 그렇다.

'떠나온 지 벌써 사 년이 되었다. 잘 지내고 계신지……'

아련한 그리움이 밀려들었다. 사 년 전 작별 인사를 올렸을 때 이제 헤어지면 다시 보지 못할 것을 알고 우울해하던 장군의 모습이 눈에 선했다.

상여상이 감회에 젖어서 멍하니 현판의 글자만 바라보고 있는 무진의 등을 밀었다.

"그 유명한 항주에 가도 이 집만큼 미인이 많은 곳은 없을 것이오."

"여기는 작은 현에 불과한데 어찌 이렇게 많은 홍루며 청루가 있단 말이오?"

"여산을 찾는 사람들이 사시사철 구름 같은데 그들이 모두 이곳을 지나가니 먹고 마시고 즐기는 곳이 안 생길 리 있겠소? 그러니 항주며 소주가 천하제일의 색향이라고 말하는 자들은 죄다 뭘 모르는 놈들인 게지."

은근히 자부심마저 갖고 말하는 것이어서 무진은 어이없는 웃음을 흘리고 말았다.

"상 공자님 오셨군요."

안쪽에서 상여상과 무진이 들어오는 걸 본 어린 계집애가 쪼르르 달려와 깍듯이 인사했다. 상여상이 머리를 쓰다듬어 주고 말했다.

"오늘 담 소저가 나오는 날이지?"

"아니라 하더라도 상 공자님이 찾으시는 걸 아시면 아가씨는 기꺼이 나와주실 겁니다."

"요것이 못 본 새 제법 컸다고 벌써 남정네의 귀를 즐겁게 할 줄 아는구나?"

"어머나, 짓궂기도 하셔라."

계집아이가 볼을 붉히고 앞서 쪼르르 달려갔다.

화려하게 치장된 실내를 두리번거리던 무진이 볼멘소리로 물었다.

"대체 여기서 뭘 하자는 게요?"

"곽 형은 그저 가만히 있기만 하면 되오. 오늘 천상의 선녀를 두 눈으로 보게 될 테니 마음이나 단단히 먹고 계시구려."

이제 무진은 상여상이 내쫓는다고 해도 기를 쓰고 안을 구경하고 싶어졌다. 당순지의 체취가 남아 있는 곳이라니 더욱 그렇다.

넓은 주청에는 이른 저녁 시간임에도 불구하고 많은 사람들이 있었다. 술을 마시고 웃고 떠들며 저희들끼리 즐기고 있을 뿐, 기녀의 모습은 찾아볼 수 없는 게 이상했다.

"공자님, 이쪽으로 오시지요."

중년의 화사한 여인이 치맛자락을 잡고 다가와 눈웃음을 치며 상여상을 안내했다. 주청 한쪽에 커다란 휘장이 쳐져 있었는데, 그녀는 그 앞에 특별이 마련되어 있는 상석으로 상여상과 무진을 인도했다.

"조금만 기다리시면 됩니다."

그녀가 낮게 속삭이고 사라졌다. 무진은 이곳저곳을 둘러보느라고 다른 것에는 신경조차 쓰지 않았다.

지금 자신이 보고 있는 것들을 그 언젠가 당순지 장군도 보았으리라, 그 생각에 가슴이 뛰었다. 사소한 것들 하나까지도 이제 무진에게는 소중한 의미를 지니고 다가왔다.

시간이 얼마 지나지 않은 것 같은데 사람들이 빠르게 모여들어 어느새 넓은 주청 안이 발 디딜 틈 없이 가득 찼다.

무진이 놀란 얼굴로 상여상에게 물었다.

"대체 오늘 이곳에 무슨 일이 있는 거요?"

술잔을 내려놓은 상여상이 상기된 얼굴로 낮게 말했다.

"오늘이 바로 여산선녀(廬山仙女)로 불리는 새부용(塞芙蓉) 담소옥(潭素玉)이 열흘에 한 번 대중 앞에 모습을 보이고 노래와 춤을 선사해 주는 날이기 때문이라오."

"새부용 담소옥?"

무진은 더욱 어리둥절해질 뿐이다.

어느덧 술시 말(戌時末:저녁 9시 무렵)이 되었다.

징—

웅장한 징 소리가 울려 퍼졌다. 그러자 이백여 명이 한꺼번에 들어

설 만큼 크고 넓은 주청이 쥐 죽은 듯 조용해졌다.

그렇게 와자지껄 떠들어대며 술을 탐하고 음식을 먹어대던 그 많은 사람들이 모두 숨을 죽인 채 오직 한곳을 바라보았다.

동쪽의 휘장이 걷히면서 높이 마련된 가무대(歌舞臺) 위로 비파며 칠현금, 당적(唐笛)과 대금, 대소고(大小鼓), 경(磬) 등을 든 십여 명의 악사들이 줄지어 등장하고 있었다.

"소옥이 나온다."

누군가가 흥분에 떨리는 음성으로 그렇게 속삭였다. 그 소리가 일파만파가 되어 주청을 가득 메우고 있는 사람들 사이로 낮은 파도처럼 술렁거리며 물결쳐 나갔다.

과연 한 사람의 기녀가 구름을 밟듯 걸어나오고 있었다. 물이 흐르듯 늘어진 치맛자락을 움켜쥐고 품에는 공후(箜篌)를 소중히 안았다.

당채(唐彩) 적삼에 모란이 수놓인 자주색 긴 치마를 입었고, 허리에는 금색 비단 띠를 두른 모습이 선녀의 현신 같기만 했다.

구름처럼 틀어 올린 머리에 취교(翠翹:봉관처럼 물총새 깃털 모양의 장식을 한 관)를 얹었고, 정교하게 만들어진 운두봉잠(雲頭鳳簪)과 화전(花鈿:꽃 장식의 비녀)을 꽂았는데, 백옥비녀 양쪽 끝에 늘어뜨린 두 줄의 붉은 비단 띠가 걸음을 옮길 때마다 봉긋한 가슴 위에서 물결쳤다.

화려하되 속되어 보이지 않고, 아름답되 요염해 보이지 않으며, 밝되 밝아 보이지 않는 신비한 분위기를 지닌 여인.

사람들이 망설임없이 여산선녀라고 꼽아주는 새부용 담소옥이었다.

열망의 뜨거운 눈길과 마른침 삼키는 소리들이 한숨과 탄식 소리에 뒤섞였다. 그 속에서 소옥이 악사들의 은은한 연주에 맞추어 소중히 안고 있던 공후의 줄을 퉁기기 시작했다.

공명통에 걸려 반짝거리는 열세 줄에 그녀의 상아빛 손가락이 스칠 때마다 맑고 그윽하며 애절한 소리가 울려 나왔다. 천상의 신들이 그 소리를 들을 것이고, 지하의 악귀들도 귀를 기울여 그 소리를 들을 것이다.

하늘에서 가득 향기로운 꽃비가 내리고 땅에서는 자욱이 안개 같은 슬픔이 일었다.

> 심양강(潯陽江) 저문 날에 그대를 보낼제
> 갈꽃 단풍잎에 갈바람 불어……
> 뱃전을 감도는 달빛 차게 빛나고
> 이슥한 밤 꿈꾸는 내 지난 청춘이여.
> 흐느껴 우는 꿈에 눈시울도 뜨겁구나……
> 모두 다 천애에 떠도는 외로운 사람
> 어쩌자고 만나서 알게 되었으리……

백낙천(白樂天)의 비파행(琵琶行)이 그녀의 붉은 입술과 흰 치아 사이에서 방울방울 떨어졌다.

음률은 애잔하고 노래는 더욱 절절하다.

흐느끼듯, 흐느끼듯, 간간이 소옥의 입술이 파르르 떨리고 손끝이 주저했다. 그러다가 '어쩌자고 만나서 알게 되었으리' 하는 대목에 이르러서는 기어이 맑은 눈물마저 소리없이 흘러 창백한 볼을 적셨다.

그 애절함과 가녀림에 그녀를 바라보고 노래를 듣던 사람들 모두가 눈시울을 붉혔다.

쨍, 하는 높고 날카로운 소리가 나더니 현(絃)이 끊어지고 노래가 끝났다.

누군가의 긴 탄식이 비탄으로 가라앉은 주청의 어둠 속 멀리멀리 퍼져 나갔다.

"아!"

무진이 꿈에서 깬 듯 저도 모르게 한 소리 탄성을 터뜨렸다.

『바람의 길』 2권에 계속…